ダンジョンバスターズ
Dungeon Busters
I am Just Middle-Aged Man,But I Save the World Because of Appeared the Dungeon in My Home Garden.
中年男ですが庭にダンジョンが出現したので世界を救います
Vol.3
Author
篠崎冬馬
Illustration
千里GAN
message
朱音はグッタリしている。

レオナール・シャルトル
name
Léonard Chartres
聖ヨハネ騎士団
フランカ・ベッツィーニ
name
Franca Bezzini
テンプル騎士団
ロルフ・シュナーベル
name
Rolf Schnabel
ライヒ騎士団

message
クルセイダーズ来日！
マルコ・
name モンターレ
Marco Montale
テンプル騎士団
クロエ・
name フォンティーヌ
Chloe Fontaine
聖ヨハネ騎士団
アルベルタ・
name ライゲンバッハ
Alberta Reigenbach
ライヒ騎士団

『ハロー。各国政府首脳の方々、
そして愛しき人類諸君』
name ジョーカー
Joker
ダンジョン討伐者／魔王

ダンジョン・バスターズ

中年男ですが庭にダンジョンが出現したので世界を救います

Vol 3

Dungeon Busters

I am Just Middle-Aged Man,
But I Save the World
Because of Appeared the Dungeon
in My Home Garden.

Author
篠崎冬馬

Illustration
千里GAN

Vol 3

Dungeon Busters

I am Just Middle-Aged Man,
But I Save the World
Because of Appeared the Dungeon
in My Home Garden.

Contents

プロローグ 003

第一章
ダンジョン・クルセイダーズ来日 005

第二章
ダンジョン完全起動 088

第三章
南米の動乱 146

第四章
混迷化する世界 214

プロローグ

　不健康なほどに痩せた男と、蒼《あお》い髪を持つ少女が薄暗い中を歩いている。そこに、赤い肌をした巨人が襲い掛かってきた。男は幽鬼のように揺らめき、巨人の横を通り過ぎる。胴体から上下に分かれて巨人は倒れ、消滅した。

「ミーファは本当に戦わないんだな」

「ん。私は口出しする」

　少女は無表情のままそう返答し、手にしていたチョコレートの粒をパクリと口にした。

「せめて自分の身くらいは守ってくれよ？」

　男はそう言いながらも、少女に危険が及ばないように戦い続ける。医者だった男は、スラム街で子供に騙《だま》され、この薄暗い地下迷宮に放り込まれた。魔物と戦い続け、やがて人間を超える強さを手に入れた。だが同時に、男の精神は変質していった。医者として命の貴さをなによりも重んじていたはずなのに、今では平然と人を殺せるようになってしまった。このダンジョンでは、魔物を倒すと食料が手に入る。それをスラムの子供たちに分け与える。その時だけ、自分がまだ人間でいるような気がする。

「そろそろ最下層に辿《たど》り着く。準備したほうがいい」

「ミーファや魔物は成長が早いからいいな」

自分が強くなったという実感は特にない。魔物を一撃で倒せるようになったり、斬られても怪我《けが》をしなくなったりと、結果的に肉体が強化されていることに気づく。

だが精神は違う。既に何人もの人間を殺した。罪悪感は消え、むしろ正しいことをしているという自負すら持ち始めている。誰かが、この歪《いびつ》な世界を正さなければならない。

このままいけば五〇年後も一〇〇年後も、一部の豊かな国が資源を独占し、多くの人々が貧しい中で命を繋《つな》ごうと足掻《あが》く世界になっているだろう。年収一〇〇〇ドルの貧民も、一〇〇万ドルの金持ちも、必要とする食事の量は変わらない。生きるために必要な空間も変わらない。だが一方は、不衛生な空間に押し詰められながら生き、もう片方はロクに使いもしないプールやバスケットコートを自宅に持ち、不必要なほどに広い部屋に無駄に大きなベッドを置いて寝ている。それだけの富と空間があれば、多くの人々を救うことができるのに、そんな余裕はないと見て見ぬふりをする。自分のいまの暮らしは、多くの人々の「死」によって成り立っていることを知りながら、なぜ平然としていられるのだ。

狂気の世界の中で、自分は正気だと思って生きている者を変えるには、より強い狂気しかないだろう。狂人には、正気の人間こそ狂っているように見えるのだ。

「世界を狂気で包む。俺は、魔王になる。フヒッ……ヒヒヒッ」

懐からカードを取り出して投げる。顕現した数十体の魔物は男の前に一斉に傅《かしず》いた。

第一章

ダンジョン・クルセイダーズ来日

【ライヒ共和国　ロルフ・シュナーベル】

俺がクルセイダーズの話を聞いたのは、大学卒業が迫っていた時のことだった。大学のあるシュトゥットガルトから、隣州のミュンヘンに向かう。親父《おやじ》は、ミュンヘンの市議会議員だ。とはいっても、ライヒでは自治体議員は「名誉職」であり無報酬が基本だ。父は工作機械会社を経営しており、大学卒業後は俺もその会社で働くつもりだった。

その父から「バチカン教国からお前に話が来ている」と電話があった。父はミュンヘンではそれなりに有名であり、ライヒ騎士団という社交界の幹部でもある。俺も二度ほど、社交界に参加したことがある。俺は熱心なカソリックというわけではないが、部活の試合前や今のガールフレンドに告白する前などに教会に祈りに行くほどには信仰心もある。

「ネルトリンゲンで昼にするか」

シュトゥットガルトを東に二〇〇キロ進むと、ネルトリンゲンという街がある。クワトロを運転しながら、俺は一二時過ぎにその街に入った。ネルトリンゲンは城壁に囲まれた旧市街と、その周囲に広がる新市街がある。旧市街は一周ぐるりと城壁に取り囲まれ、中の建物は煉瓦《れんが》色をした鋭角の屋根で統一されている。巨人《タイタン》がでてくる日本の人気アニメのモデルとなった街ともいわれている。

確かに、ダニエル塔からマルクト広場を見下ろすとどこか非現実的なアニメの世界を思わせなくもない。

そのダニエル塔近くのカフェでレバーケーゼとビールで昼食を取る。ライヒにも飲酒運転を禁止する法律があるがアルコールの血中濃度基準が緩く、ビール一杯までなら暗黙で認められている。

昼食を終えて、ネルトリンゲンから高速に乗りミュンヘンへと向かう。年始に実家に戻ったばかりなので懐かしさはないが、母の得意料理である「シュヴァイネハクセ」を食べれると思えば移動も苦ではない。

「先日、教皇猊下《げいか》の勅命が下った。ダンジョンの討伐を目的とする十字軍《クルセイダーズ》を結成せよと。そこで、ライヒ騎士団を含めたヨーロッパ三大騎士団は、それぞれ二名ずつ子女を推薦することとなった。私は、お前を推薦しようと思う」

十字軍《クルセイダーズ》？　今は二一世紀だぞ。前時代的な名称には閉口するが、ローマ教皇の意図は理解できる。たしかに、ダンジョンという超常現象を前にカソリックの総本山がなにもしなければ、それはカソリック教の存在意義そのものが問われるだろう。だがなぜ俺なのだ？　確かに、中等教育《ゲーアハト》の頃からラグビーを続けているため体力には自信がある。だが同世代には、俺よりも熱心なカソリック信徒もいる。

そのことを問うと、父は頷《うなず》いて説明してくれた。

「今回の十字軍遠征《レコンキスタ》はイベリア半島のような局地ではなく、全世界が対象となる。つまりカソリックとは異なる宗教が根付いている土地にも征《ゆ》くことになる。そこで推薦には、スポーツを経験し、心身ともに健康であること。そして他宗教への柔軟性が条件とされた。父親の目から見ても、お前は責任感が強く、友人や仲間を大切にする義侠心《ぎきょうしん》がある。キャプテンとしてチームをまとめ、引っ張ってきた経験もある。お前ならば、十字軍《クルセイダーズ》を率いることができる」

褒めてくれるのは嬉《うれ》しいが、それが父の本音だとは思えなかった。父はカソリック信徒だがライヒ人らしい合理的な判断ができる。騎士団から「息子を十字軍《クルセイダーズ》に出せ」と言われて、素直に了承するほどにお人好《ひとよ》しではない。なにか考えがあるのだろう。

「父さん、俺は卒業後に父さんの会社で働くことが決まっていた。それを覆してまで十字軍《クルセイダーズ》に入る意味はあるのか？　父さんの本音を聞かせてほしい」

すると父は、少し黙った後に一枚の紙を取り出した。三重冠に金銀の鍵、ローマ教皇の徽章《きしょう》が刻印された紙だ。内容は、十字軍《クルセイダーズ》に与えられる報奨のようだ。

「簡単に言えば、ダンジョンの利権だ。ライヒ、イタリー、フランツェの三ヶ国のダンジョンを十字軍《クルセイダーズ》が討伐した場合、ダンジョン所有権は十字軍《クルセイダーズ》の騎士たちに与えられる。日本が開発した水素発電技術は、いずれ世界に広まる。そうなればダンジョンは、途方も無い価値を持つようになるだろう」

「つまり、カネのために十字軍《クルセイダーズ》に入れ、と言いたいのか？」

「父さんが推薦した理由はそうだ。お前にとって、これは大きなチャンスだと思ったからだ。もちろん、お前自身の意志を尊重するつもりだ。もし、十字軍《クルセイダーズ》に入るのが嫌ならば、この話は無かったことにしよう」

ダンジョンに興味が無いといえば嘘《うそ》になる。学内でもチーム内でも、ダンジョンの話題で持ち切りだったからだ。正直なところ「神の尖兵《せんぺい》」としてダンジョンを討伐することには違和感がある。中世において北方十字軍《クルセイダーズ》がバルト海沿岸域に進出したが「教化」を掲げた侵略に過ぎないからだ。父の話を聞く限り、聖職者としての奉仕の精神ではなく、いずれ来たる新たな資源獲得競争の一環である。あまり褒められた動機ではない。

だがそれでも、ダンジョンの危険性は無視できない。「大氾濫《スタンピード》」についてはテレビでも連日特集され、ＥＵ全加盟国が対策に当たるべきだという意見が多い。このまま放っておけば、母国であるライヒ共和国は崩壊し、愛する家族や友人たちも死の危険に晒《さら》されることになる。なにより、結婚まで考えはじめているガールフレンドのベルティーナを守るためにも、誰かがダンジョンに立ち向かわなければならない。

「正直に言う。俺はダンジョンの利権なんてどうでもいい。だが大氾濫《スタンピード》の可能性は見過ごせない。ベルティーナとは、卒業後に結婚の約束までしたんだ。十字軍《クルセイダーズ》に入ることで彼女を守れるのならば、俺はこの話を受けたいと思う」

一代で今の会社を創りあげた父のことは尊敬している。だが俺には俺の動機がある。俺は決めた。父には悪いが、利権など無視してダンジョンは確実に潰してしまおう。

【千代田区大手町　江副和彦《えぞえかずひこ》】

市ヶ谷《いちがや》の防衛省で打ち合わせを終えると、その足で大手町の「バックスタッフ部門」へと向かった。来月末には、江戸川区鹿骨町《ししぼねちょう》にある自宅の改築が終わる。ダンジョン・バスターズ本社屋として、会社が正式に稼働する。ダンジョン・バスターズはただの冒険者パーティーではない。複数の冒険者パーティーを束ねる「クラン」である。当然、リーガルチェックや会計処理を行う「バックスタッフ部門」が必要になる。経営コンサルタントとして多くの企業を見てきた。規模が急拡大した企業は大抵、マネジメントで失敗して成長の限界を迎えるか、あるいは失敗する。ダンジョン・バスターズは、その名こそ日本全国に知られたが、営利組織として本格的な稼働を始めるのはこれからだ。今のうちにしっかりと、マネジメント部門を固めておきたい。

大手町ツインタワーのレンタルオフィスに入ると、各メンバーたちは慌ただしく働いていた。江戸川区への移転に向けて、そこかしこに段ボールが積まれている。現状と今後について、スタッフ部門を束ねる向井《むかい》総務部長と打ち合わせを行う。

「江副氏ぃ、ちょっとお願いがあるんだけど」

収支の話や全社員での社員旅行の話などを詰めていると、IT部門を任せている睦夫《むつお》がやってきた。なんでも「4K動画編集のためのグラフィックボードが欲しい」そうだ。基本的にノートPC以外使ったことがない俺は、そうしたPCハードの知識はほとんどない。

「江副氏が予算くれたから、自作で作業用デスクトップを用意したけど、できればグラボの二枚挿しをやりたいよ。将来を見越して最上位モデルにしてあるけど、4Kカメラの動画を編集するとなると、もう少しスペックが欲しい。それとディスプレイも、4Kのトリプルディスプレイにすべきだよ」

「ふむ、その辺のことは全くわからん。そもそも4Kなんて必要なのか？」

「ダンジョン内は薄暗いし、これからBランク、Aランクへとランクアップしていけば、もう人間の目では追えない速度になる可能性もあるよ。いま使ってるのはビデオカメラの中では最高性能だけど、それで撮影した動画を編集するには、もっと高いスペックと環境が必要なんだぉ！」

睦夫が熱くなっている。いや「だぉ！」って言われてもな。俺は素人だ。グラボだの4Kだの二枚挿しだの言われてもまるで理解できん。市販のノートPCとグラボなるものを搭載したデスクトップでは、そんなに性能に違いがあるのか？　俺のPCは確か三年前の4コアとかいうCPUだったが、資料作成で困ったことなど一度もないし、動画サイトも普通に観《み》れるぞ。それに最高性能カメラなんていうが、スマホのカメラに毛が生えた程度ではないのか？　そもそも人間の目で4K動画の美しさなんてわかるのか？　動画編集にモニターが三枚も必要だという意味も理解できん。動画編集だのCG作成だの、八万円程度の一四インチノートPC一台で十分だろ。少なくとも経営コンサルティングの仕事では、それで十分だった。

否定的な疑問が山ほど出てくる。だがここでダメと言ったら、睦夫はやる気を無くすだろう。ダンジョン・バスターズと一般企業とでは金の重みが違う。正直、金なんぞどうでもいい。ダンジョンに入ればすぐに稼げる。ダンジョン・バスターズがもっとも重視しているのは人材だ。睦夫がやる気になるのなら、好きにさせてやろう。

「わかった、わかった。じゃあ取り敢《あ》えず一〇〇〇万渡すから、秋葉原行って好きなだけ環境を整えろ。明細も不要だ」

「江副さん、さすがに明細は必要です。設備投資ですから」

向井総務部長が苦笑して俺を止めた。ダンジョン・バスターズの口座を置いてある都銀本店に連絡し、一〇〇〇万をピン札で用意してもらう。睦夫他二名のオタクたちは、それを受け取ると喜び勇んで秋葉原に向かった。お前ら、引っ越し作業終わったのか？

「さて、今週の申し込み状況は……」

気を取り直して、大手町オフィスの一角でダンジョン・バスターズへの申し込み状況を確認する。ダンジョン冒険者試験への合格者自体は全国で一〇〇名を超えているが、その多くが魔石採掘を目的とした「採掘者《マイナーズ》」だ。「討伐者《バスターズ》」を志望する者の多くは、ウチに申し込みをしてくる。だが現状では、そのすべてを受け入れるわけにはいかない。

ダンジョン・バスターズの組織化を急ぐ必要がある。凜子《りんこ》や正義《まさよし》たち四名をCランクに上げ、彼らにチームを持たせることが優先だ。Cランクになり次第、自分のパーティーを率いるような「チーム制」を敷いて、クラン組織へと移行する。

「さすがにブートキャンプを経験しているだけあって、一時のような『レベ上げ』などという勘違いはいないな。元ラグビー日本代表、こっちは正義と同じ元力士か。って、これって角界のロボットって呼ばれてたあの関取じゃないか。根性は十分だろうし、身体《からだ》が大きいことはそれだけで素質だ。この二名は壁役としても欲しいな……」

討伐者《バスターズ》としてウチに申し込んでくる者の多くは、やはり体育会系が多い。六名一組のチームであれば、それでも問題ないだろう。戦闘における指揮や撤退の判断などは、バスターズの訓練で身につければいい。

「向井さん、オフィス要員のほうは足りていますか？」

「今のところは大丈夫です。ですが現在の申し込み状況から考えれば、いまの人数では遠からず不足します。今月下旬当たりに、一度新本社の確認に行きたいと思っています」

「必要な備品は、向井さんの判断で購入していただいて結構です。ダンジョン・バスターズ社宅での食事関係については、責任者としては一人、心当たりがあるのですが……」

「例の依頼の報酬が入れば、新たな投資も可能でしょう。今のところ財務面に問題はありませんが、景気の見通しも不透明です。資金は多いに越したことはありません」

魔物大氾濫《モンスタースタンピード》が発生する時期は秘匿されている。だがいずれ起きるであろうことは、日本政府の公式見解として発表されていた。そのため非常食をはじめとした災害対策グッズや地下室増設といった需要が、先進国をはじめとして急増している。

「日本の防災グッズが、海外でも飛ぶように売れているそうです。バスターズの動画に日本製のキャンプ道具が出ていたため、メーカー各社からスポンサー支援をするという話まで来ています。知り合いに、元都銀の広報部門にいた奴《やつ》がいますので、声を掛けました」

「ぜひ、雇ってください。広報部門はいずれ必要になります。睦夫たちは、動画編集などは得意ですが、広報戦略の立案などは苦手のようですからね。基本的にバスターズが使用する道具や食料は、国産品に限定しましょう。まぁ私の好みなんですが……」

「良いと思います。ダンジョンという危機を前に、日本国内にもナショナリズムが広がりつつあります。国産品にこだわる姿を見せれば、ネットでのウケも良くなるでしょう」

俺は肩を竦《すく》めた。インタビューに対する回答などから「江副和彦は右派、保守だ」と勘違いしている人がいるらしい。勘違いさせておいたほうが得だと思ってそのままにしているが、俺は右でも左でもない。俺の判断基準には国産も外国産もない。品質とコストから合理的に判断して買っている。ただ、それを口にするほど子供ではないというだけだ。

横浜ダンジョン攻略作戦を翌日に控えたこの日、俺は鹿骨のAランクダンジョン「深淵《アビス》」で準備を整えていた。具体的には「ガチャ」である。

「金沢ダンジョンで手に入れたCランク魔物のカードを使うぞ。SR装備もそうだが、アイテムも手に入れたい」

手元にあるカードはおよそ二六〇〇枚、ガチャは二八六回可能だ。取り敢えずアイテムガチャを一一回やってみる。

＝＝＝＝＝＝＝＝＝＝＝＝＝＝＝＝＝＝＝＝＝＝＝＝＝＝＝＝

【名　称】エリクサー

【レア度】Super Rare

【説　明】本人の意思によって、肉体を自在に変化させることができる「万能薬」。性転換や若返りも可能。ただし寿命は延ばせない。

＝＝＝＝＝＝＝＝＝＝＝＝＝＝＝＝＝＝＝＝＝＝＝＝＝＝＝＝

一回のうちエクストラ・ポーションなどのRカードが五枚、ハイ・ポーションなどのUCカードが五枚出た。そして残り一枚がSuper Rare（SR）カードだった。喜ばしいことだが、その内容が問題だった。

「……これはヤバイだろ。素晴らしい効用だがヤバすぎる」

エクストラ・ポーションは「元に戻す」「治癒する」ことに特化している。これは未確認ではあるが「美容整形前に戻ってしまう」「生来の障害者は治癒できない」という可能性があった。だがSRのエリクサーは、本人の思い通りの肉体になることが可能なのだ。ダウン症候群のような遺伝的疾患さえも治療することができるかもしれない。自分の顔、身長や体重を自在に変えることや性転換をすることも可能だろう。つまり「遺伝子レベルで別人になれる薬」なのだ。

「これは運営局に報告だな。エクストラ・ポーションでも、アルツハイマーの治療などに使える。この薬は封印したほうが良いだろう。いつの日か、科学がファンタジーを解明する時が来るまでな」

親の気持ちを考えるならば、遺伝的疾患に対する治療薬があったほうが良いことは、百も承知だ。だが科学の発展によって遺伝子治療などの分野も著しい発展を見せている。あまりに万能すぎる薬は、人類にとって害になりかねない。俺は少し考えて、封印用のカードケースにしまった。

続いて「防具ガチャ」を回す。SR武器「斬鉄剣」はあるが、防具でもSRの装備が欲しかった。

＝＝＝＝＝＝＝＝＝＝＝＝＝＝＝＝＝＝＝＝＝＝＝＝＝＝＝＝＝＝＝＝＝＝＝＝＝＝
【名　称】スピリチュアル・シールド
【レア度】Super Rare
【説　明】対物理・魔力のバリアを張ることができる。バリアの大きさや強度は
　　　　　使用者の精神力によって変化する。
＝＝＝＝＝＝＝＝＝＝＝＝＝＝＝＝＝＝＝＝＝＝＝＝＝＝＝＝＝＝＝＝＝＝＝＝＝＝

「ほう。これは試してみる価値があるな。体育会系出身者なら、気合いで強いバリアを張ることができるかもしれん」

＝＝＝＝＝＝＝＝＝＝＝＝＝＝＝＝＝＝＝＝＝＝＝＝＝＝＝＝＝＝＝＝＝＝＝＝＝＝
【名　称】黒鋼の大盾
【レア度】Rare
【説　明】鋼の中でも特に選《よ》り抜かれた「黒鋼」で作られた大盾。
　　　　　物理、魔法に高い防御力を持つ。
＝＝＝＝＝＝＝＝＝＝＝＝＝＝＝＝＝＝＝＝＝＝＝＝＝＝＝＝＝＝＝＝＝＝＝＝＝＝

「盾や鎧《よろい》が出たな。これは後々のバスターズ・メンバーのために取っておこう。盾役となるガー

ディアン一名、攻撃するアタッカー二名、魔法攻撃二名、回復および支援魔法一名ってところか。弓による物理的な遠隔攻撃も必要か？　これは今後のメンバー編成で考えるとしよう」

課題なのは、魔法スキルを持つ者が少ないことだ。今のところ、エミリと茉莉《まり》しかいない。魔法スキルは「素質」に依存するらしいので、簡単には見つけられないだろう。

「待てよ。確か朱音《あかね》が『スキルオーブ』でスキルが得られるって言ってたな。ＳＲかＵＲだと思うが……アイテムガチャか？」

五〇回ほどアイテムガチャを回してみる。すると思いがけないアイテムが出てきた。

＝＝＝＝＝＝＝＝＝＝＝＝＝＝＝＝＝＝＝＝＝＝＝＝＝＝＝＝＝＝＝＝＝

【名　称】スキルオーブ（基礎秘印魔法）
【レア度】Ｓｕｐｅｒ Ｒａｒｅ
【説　明】六大元素魔法スキルを修得することができる。各元素の魔法を満遍なく高めると、応用秘印魔法のスキルを身につけることができる。

＝＝＝＝＝＝＝＝＝＝＝＝＝＝＝＝＝＝＝＝＝＝＝＝＝＝＝＝＝＝＝＝＝

【名　称】スキル枠拡大
【レア度】Ｓｕｐｅｒ Ｒａｒｅ
【説　明】スキル枠が全て埋まっている場合、枠を一つ増やすことができる。

＝＝＝＝＝＝＝＝＝＝＝＝＝＝＝＝＝＝＝＝＝＝＝＝＝＝＝＝＝＝＝＝＝

【名　称】スキル消去
【レア度】Ｓｕｐｅｒ Ｒａｒｅ
【説　明】既に身につけているスキルを消すことができる。スキルが消えた場合、別のスキルが発現する可能性もあるが、たいていは消えただけとなる。

＝＝＝＝＝＝＝＝＝＝＝＝＝＝＝＝＝＝＝＝＝＝＝＝＝＝＝＝＝＝＝＝＝

【名　称】身代わりのリング
【レア度】Ｓｕｐｅｒ Ｒａｒｅ
【説　明】致死レベルのダメージを受けた場合、このリングが身代わりに砕けることで肉体が全快する。

＝＝＝＝＝＝＝＝＝＝＝＝＝＝＝＝＝＝＝＝＝＝＝＝＝＝＝＝＝＝＝＝＝

【名　称】エリクシル・リング
【レア度】Ｓｕｐｅｒ Ｒａｒｅ
【説　明】毒、麻痺《まひ》、石化、沈黙、混乱の状態異常を完全に防ぐことができる。

＝＝＝＝＝＝＝＝＝＝＝＝＝＝＝＝＝＝＝＝＝＝＝＝＝＝＝＝＝＝＝＝＝

【名　称】性隷属契約書
【レア度】Ｓｕｐｅｒ Ｒａｒｅ
【説　明】まずは貴方《あなた》の血液を登録してください。その後に契約書にサインした人は貴方の性奴隷になります。契約書が消滅しない限り有効です。

＝＝＝＝＝＝＝＝＝＝＝＝＝＝＝＝＝＝＝＝＝＝＝＝＝＝＝＝＝＝＝＝＝＝

「……エリクシル・リングまでの五つは素晴らしいな。早速使ってみよう。そして最後の奴は永久封印＆運営局へ警告だな」

封印用のケースに収め、机の引き出しに入れて鍵を掛けると、俺はスキル枠拡大のカードを机に置いた。このカードは素晴らしいが、ＳＲカードだということに納得がいかないからだ。価値を考えればＵＲもしくはＬＲであってもおかしくはない。

（まるで、簡単に強化するよう促しているかのようだ。もし邪《よこしま》な人間が精神支配系のスキルなんかを身につけたら大変なことになる。これはダンジョン・システムの罠《わな》なのか？）

クラン「ダンジョン・バスターズ」の長としては、メンバーのためにもこのカードの扱いを考えるべきだ。だがスキルリストには、魅了や混乱といった精神攻撃系のスキルも存在している。人は、力を持つと変わることがある。俺自身を含め、簡単に悪用できそうなスキルについては、忌避したほうが良いだろう。

結局、俺はスキル枠を選択せず「空き」のままにした。スキルリストの中に空白があるからだ。今後、ランクアップと共に新たなスキルが見つかるかもしれない。

【横浜ダンジョン　霧原天音《きりはらあまね》】

私たちは現在、横浜ダンジョンの「第四層」で戦っている。出てきた魔物はＤランクの「カンガルー」よ。なぜか知らないけれど、手には赤いグローブをつけているわ。

「まったく、カンガルーがボクシングで襲ってくるなんて、まるでアニメじゃない！」


＝＝＝＝＝＝＝＝＝＝＝＝＝＝＝＝＝＝＝＝＝＝＝＝＝＝＝＝＝＝＝＝

【名　前】霧原　天音
【称　号】なし
【ランク】D
【保有数】12／29
【スキル】カードガチャ　鞭術《べんじゅつ》Lv5　調教Lv1

＝＝＝＝＝＝＝＝＝＝＝＝＝＝＝＝＝＝＝＝＝＝＝＝＝＝＝＝＝＝＝＝

パシーンッという鋭い音が響き、カンガルーの腹に鞭《むち》が食い込む。グォォンと悲しそうな声で鳴き、カンガルーは煙になった。フンッ、所詮は獣ね。厳しく躾《しつ》けてあげるわ。

片手で鞭を振る私を見ていた「和彦さん（そう呼ぶことにしたのよ）」が、なんとも言えない表情を浮かべている。何よ、貴方も躾けてほしいの？

「いや……うん、似合……見事なものだな」

「そう？　まだ男に鞭打ったことがないの。検証のためにも試したいんだけど？」

「遠慮するよ。さて、一通りの戦い方は確認した。ではこれから俺流の『ランク上げ』をやるぞ。

なぁに、やり方は簡単だ。十字路の中央に立って、四人それぞれが向かってくるカンガルーと戦い続けるだけだ。劉《リュウ》師父は中央にいて、魔物を引き寄せてくれればいい」

「それは容易《たやす》いことじゃが、軽くはないか?」

確かにそうね。この横浜ダンジョンで、私たちはDランクに上がった。第三層では物足りないということで、今では第四層で戦っている。それぞれがスキルを発現しているわ。

もっとも、私の場合は「調教」とかいうフザけたスキルが出てきたけれど、警察組織で男を使う立場で考えてみると、これも悪くないわね。男なんて一皮剝《む》けばプライドと性欲の塊よ。女から指示を受けるってだけで、嫌がるバカもいるわ。言葉で通じないのなら、鞭で躾けてやるのが一番よ。

「彰《あきら》から報告は受けている。これまでは、チームでの連携と個のランクアップの両方を狙った訓練だった。Dランクまでならそれでいい。だがDランクとCランクの間には、種族限界という大きな壁がある。人間のままではCランクにはなれない。そこで俺の出番だ。みんなにはこれから、人間の限界を超えてもらう。超えるまで、戦い続けてもらう」

「具体的には、どれくらい戦うの?」

これまで私たちは、万を超える魔物を屠《ほふ》ってきた。今さら厳しいなんて言われたところで、怖《お》じけるような私たちではない。そう思っていたわ。だが和彦さんの返答を聞いて、私は目眩《めまい》を覚えた。

「なぁに、大したことじゃないさ。一人あたり六〇秒で一体ずつのカンガルーを倒すとして一時間で六〇体、休憩と睡眠時間を除いて一日一四時間戦えば、八四〇体になる。そのサイクルをダンジョン時間で一八〇日間続ける」

「は？」

「ざっと計算して、およそ一五万体弱だ。無論、途中でウェイトを増やしていく。心配するな。ちゃんと食事も風呂も睡眠も確保する。たかが一八〇日、ダンジョン・ブートキャンプ六回分だ。どうってことないだろ」

他の三人の顔が引きつっている。きっと私も同じ表情をしているわね。彰さんも劉師父も苦笑してるわ。この人、狂ってるわ。

【横浜ダンジョン　篠原寿人《しのはらひさと》】

ダンジョン・バスターズに入ってからの一ヶ月、俺の環境は激変した。まず入ってくる収入が桁外れだ。魔石を集める「採掘者《マイナーズ》」は冒険者運営局の規則で、地上時間で一時間、ダンジョン時間で最大一四四時間までしか入ることが許されない。これはラノベ作家が「ＰＫ（Player's Killing）」の懸念を提示したためだ。冒険者運営局内で議論の末に、採掘者《マイナーズ》は地上時間で六〇分ごとの予約制となっている。

けれど「討伐者《バスターズ》」は違う。討伐者《バスターズ》は好きなだけダンジョンに入ることが許されている。戻った時に「生存確認の連絡」だけをすればいい。その結果、俺たちは採掘者《マイナーズ》の平均を遥《はる》かに超える魔石を確保している。ダンジョン時間で一二時間ごとに地上に戻り、シャワーを浴びた後は再び第二層の安全地帯《セーフティゾーン》に戻り、そこで睡眠を取る。ブートキャンプと同じやり方を続けているため、たった一日で一〇キロを超える魔石を集めてしまった。この一ヶ月間で稼いだ金額は、魔石及びカードの売却を合わせると三〇〇万円を超えている。

「第四層のシューティング・カンガルーを一人あたり一五万体倒せ」

途方も無い数に思えた。第四層のカンガルー一匹から得られる魔石は六グラム、一五万体ということは九〇万グラム、つまり九〇〇キロだ。カードもおよそ三%の確率で出現するから、一五万体で四五〇〇枚になる。エクストラ・ポーションを得るために、カードは全てガチャに使うつもりだが、魔石だけでも九〇〇〇万円になる。つい一ヶ月前までフリーターだった俺は、思わずツバを飲み込んだ。

「全員がCランクになったら、横浜ダンジョンの討伐に乗り出すぞ。一週間だ。一週間以内に、Cランクになれ」

もとよりそのつもりさ。俺は和さんに恩がある。そして俺には夢がある。全世界には難病患者が何千万人もいる。エクストラ・ポーション一億枚が、俺の目標だ。魔物一五万を相手にするなんて、どうってことないぜ！

【横浜ダンジョン　江副和彦】
単純な戦闘技術だけなら彰と劉師父に任せることもできたが、ダンジョン・バスターズ初期メンバーたちは、将来の幹部候補だ。精神的な部分も含めて、俺がサポートする必要があるだろう。ただひたすらに戦い続けるのではなく、時間と目標を決めて戦う。試し、検証し、改善する。いずれ各々がチームを率いるのだ。チームマネジメントや集団での戦い方など、様々なものを実地訓練《OJT》していく。
　Cランクを目指してパワー・レベリングを開始してから地上時間で四日目に、凜子と正義がCランクになり、六日目に天音と寿人がCランクに達した。

＝＝＝＝＝＝＝＝＝＝＝＝＝＝＝＝＝＝＝＝＝＝＝＝＝＝＝＝＝＝＝＝＝＝＝＝
【名　前】日下部《くさかべ》　凜子
【称　号】種族限界突破者《スピーシズ・リミットブレイカー》
【ランク】C
【保有数】20／26
【スキル】カードガチャ　杖術《じょうじゅつ》Lv7　回避Lv6
＝＝＝＝＝＝＝＝＝＝＝＝＝＝＝＝＝＝＝＝＝＝＝＝＝＝＝＝＝＝＝＝＝＝＝＝
【名　前】墨田《すみだ》　正義
【称　号】種族限界突破者《スピーシズ・リミットブレイカー》
【ランク】C
【保有数】16／22
【スキル】カードガチャ　シールドバッシュLv8　打撃Lv5
＝＝＝＝＝＝＝＝＝＝＝＝＝＝＝＝＝＝＝＝＝＝＝＝＝＝＝＝＝＝＝＝＝＝＝＝
【名　前】霧原　天音

【称　号】種族限界突破者《スピーシズ・リミットブレイカー》
【ランク】C
【保有数】21／29
【スキル】カードガチャ　鞭術Lv7　調教Lv1
＝＝＝＝＝＝＝＝＝＝＝＝＝＝＝＝＝＝＝＝＝＝＝＝＝＝＝＝＝＝＝＝＝＝
【名　前】篠原 寿人
【称　号】種族限界突破者《スピーシズ・リミットブレイカー》
【ランク】C
【保有数】22／27
【スキル】カードガチャ　剣術Lv4　秘印魔法Lv1
＝＝＝＝＝＝＝＝＝＝＝＝＝＝＝＝＝＝＝＝＝＝＝＝＝＝＝＝＝＝＝＝＝＝

「……劉師父、天音の『調教』なんですが、これはレベルアップしないのでしょうか?」

「そもそも調教しておらんからのぉ。魔物カードを顕現して調教すると良いのじゃがな。無論、生きた人間でも構わんぞ」

「なるほど。天音、曙町《あけぼのちょう》のSMクラブとかに行ってみるか?」

冗談で言ったつもりなのに、俺に向かって鋭い鞭が飛んできた。Cランカーの攻撃である。辛うじてそれを躱《かわ》せたが、天音が本気だったらヤバかったかもしれない。

「……いずれ犬の魔物あたりを召喚するつもりよ。それを躾ければ、レベルアップもするでしょ。それとも、貴方が犠牲になってくれるの？」

俺は両手で押さえるような仕草で、なんとか天音を宥《なだ》めた。もっとも、警察官僚として男を使ってきたのだ。この程度で感情的になるほど子供でもないだろう。

「全員、Cランクになったな。今日は切り上げて、明日は休みを入れよう。明後日《あさって》から横浜ダンジョン討伐に乗り出すぞ。それと寿人は、魔法スキルの使い方を教わる必要があるだろう。明後日、LRカードのエミリを顕現してやるから、教わるといい」

こうして、横浜ダンジョン討伐の条件は整った。

【バチカン教国】

現代において、その旗を知る者はあまり多くはない。アドリアーナ広場からコッリドーリ通りを歩き、バチカン教国の入り口「サン・ピエトロ大広場」まで行進する三つの集団があった。黒白の上下縦長の旗に真紅の十字を描いた「テンプル騎士団旗」、白黒の上下横長の旗に、上は黒、下は白で十字を描いた「ライヒ騎士団旗」、横長の鮮やかな赤生地に白く十字を描いた「聖ヨハネ騎士団旗」である。人々は熱狂した。かつて聖地奪還を目指して東征を行なった「ヨーロッパ三大騎士団」が、今ここに蘇《よみがえ》ったのである。

「かつて、クレルモン公会議においてウルバヌス二世は演説を行い、聖地奪還を呼びかけました。それからおよそ一〇〇〇年、私は教皇として、再び人々に対して問い掛けたいのです。『神はおわすのか』という問い掛けを」

三大騎士団が教皇庁に入ってから二時間後、バチカン教国ローマ教皇庁では、教皇フランチェスコの演説が全世界同時放送されていた。広場には無数のカソリック教徒たちが集まっている。テレビやラジオなどあらゆるメディアを通じて、全世界一三億人のカソリック教徒たちが、教皇の演説を静かに聞いていた。

「この一〇〇〇年、科学は大きく進歩しました。そして、その進歩と共に人の心から、あるものが消えていきました。それは『畏怖の心』です。かつては天の轟《とどろ》きに、人々は畏怖し自らの行いを見つめました。季節外れの嵐に、洪水に、飢饉《ききん》に、疫病に、人々は畏怖し主に赦《ゆる》しを乞いました。科学の進歩は、私たちが畏怖していたものを解き明かし、理屈を解明しました。ですが、どれほど科学が進歩しようとも人の心は、一〇〇〇年前と変わることはありません。私たちは大いなる自然の前では、か弱き葦《あし》に過ぎないのです」

そこかしこから、啜《すす》り泣く声が聞こえてくる。人々は涙を溢《こぼ》しながら天に向けて赦しを乞い、祈りを唱えた。

「いま、ダンジョンという科学では説明できない事象が起きています。私は、これを神の御業《みわざ》だとは思いません。いつの日か、科学はダンジョンを解き明かすでしょう。ですが、いま目の前に出現しているダンジョンに、魔物に、貴方はなにを感じているでしょうか。遥か一〇〇〇年前に、人々が感じていたものと同じもの、『畏怖』を抱いているのではありませんか？　宇宙はなんと広大にして、なんと深淵《アビス》なのでしょうか。世界の壮大さを前にした時に、私たちが抱く原初の感情『怖《おそ》れ、そして畏《かしこ》まる心』にこそ、主はおわすのです。科学では証明できません。証明する必要もありません。なぜなら私たちは、既に知っているからです」

「科学者、哲学者、経営者、政治家……すべての人に、私は伝えたい。怖れ、畏まる心を恥じてはいけません。ダンジョンという未知に恐怖し、何かに縋《すが》ろうとする気持ちは、誰もが持つ原初の感情なのです。祈ることで心が癒やされるのであれば、カソリックでも、仏教でも、ムスラームでも良い。祈りなさい。それは決して、無意味なことではありません。祈りの中で、貴方は自分の心に『主』を見出《みいだ》すはずです」

サン・ピエトロ大広場に集まった数万もの人々が、膝を折り、目を瞑《つぶ》り、両手を組み、静かに祈っている。世界中の各所で、同じ光景が見受けられた。

「主への祈りは、貴方の心を癒やしてくれることでしょう。ですが主は、畏怖の対象であるダンジョンそのものを消してはくださいません。これは私たち人類が直面した試練なのです。この一〇〇〇年間、大自然に挑みそれを解き明かしてきたように、ダンジョンという畏怖に立ち向かい、克服しなければなりません。私は、今こそ再び、旗を掲げる時だと確信しています。カソリック教会は心に主を懐き、ダンジョンに立ち向かいます。私は、ローマ教皇として勅命を下しました。今ここに、ダンジョンへの宣戦を布告します。かつて教会を支えてくれた騎士修道会を集結させ、ダンジョン討伐のための『十字軍《クルセイダーズ》』を興します。道は険しく、苦難が続くでしょう。ですが必ずや、私たち人類はこの試練を克服します。そしていつの日か、心の中に安らぎという名の『聖地』を取り戻すでしょう」

教皇の演説が終わると、サン・ピエトロ大広場は静まり返っていた。誰かが小さく声を発した。やがてそれは大きくなり、そして大地を揺るがすほどの歓声へと変わった。人々は一斉に叫んだ。

「Dieu le veult!《神の望みのままに！》」と……


【横浜ダンジョン　江副和彦】

横浜ダンジョンの第五層で俺たちが出くわしたのは、仙台ダンジョン第三層に出現する魔物「ヘルハウンド」であった。黒炎の塊を口から放ち、黒い毛並みを焔《ほむら》のように逆立てて襲ってくる。

「シィッ」

天音が鞭を振る。だがヘルハウンドは音速の鞭を躱し、壁を蹴って正義の盾を飛び越えた。だがそれは四人の想定内だった。飛び掛かってくるヘルハウンドの左右上に、凜子と寿人が武器を構えていた。

「ハァッ！」

「セイッ！」

棒と剣を食らったヘルハウンドは、空中で煙となる。鞭によって相手を誘導し、逃げ場のない空中で挟み撃ちにして倒す。四人が連携した攻撃であった。

「どうだ。初めてCランク魔物と戦った感想は？」

四人は互いに顔を見合わせ、最年長の天音が答えた。

「確かに、魔法の威力も速度も、Dランクとは比べ物にならないわね。Eランクの時は、Dランク相手でも戦うことができたけれど、Dランクのまま Cランクと戦うのはちょっと無謀ね。今回だって、四人の連携ではなく一対一での戦いだったら、きっと勝てなかったでしょう。今後は私たちもチームを持つ。だから連携プレーを試したんでしょ？」

「そうだな。それぞれが六名チームのリーダーとなり、ダンジョンを討伐してもらう。現在、メンバー候補となる『次のバスターたち』を募集している。具体的な顔合わせやチーム結成は、拠点ができる三月末以降になるだろう。それまでに、ルールや評価基準なども定めるつもりだ。横浜ダンジョンの討伐後、皆の意見も聞かせてほしい」

三月になれば、移転のために色々と忙しくなるだろう。バチカンからは十字軍《クルセイダーズ》もやってくる。そのためにも。横浜ダンジョンはあと一週間で、決着をつけておきたい。その後はバスターズ全社員の社員旅行を予定している。今後の方針はそこで発表するつもりだ。

「次、来たッス！」

レブルドルが出現した。Cランク魔物との戦いは、メンバーの良い経験になる。今日はこの第五層で戦い続けるとしよう。

【防衛省　石原由紀恵《いしはらゆきえ》】

ダンジョン・バスターズとは、次のダンジョン出現予想日である三月六日までに、横浜ダンジョンを討伐してもらう契約であった。だが彼らの仕事は極めて迅速だ。二月中には討伐が完了してしまうだろう。さらには、メンバー四名が Cランクになっている。ガメリカの知人から内緒で聞いたところ、米軍特殊部隊から選抜されたチームは、まだDランクでモタモタしているようだ。今後の冒険者制度では「種族限界突破者《スピーシズ・リミットブレイカー》」という称号を得られるCランクが、一つの目安になるだろう。

〈第五層は犬型の魔物レブルドル、第六層は熊型のデビル・グリズリー、第七層は獅子《しし》型の……これはなんて読むんだ？　テウフェ……〉

「トイフェル・レーヴェ、ドイツ語で『悪魔の獅子』って意味ね。なんでドイツ語なのかは知らないけれど……それで、第八層は？」

　画面にはスキャニングした魔物カードと男の顔が映し出されている。男は別の画像を表示した。札幌《さっぽろ》ダンジョンと同様、一本道の画像である。

〈横浜ダンジョンは第八層で終わりだ。最下層の形状は同じようだな。それで、例の天井のレリーフなんだが……〉

　画像が切り替わる。私は思わず身を乗り出した。見るからに邪悪そうな、悪魔のような魔物が、苦悶《くもん》の表情を浮かべながら渦巻く線に飲み込まれそうになっている。着色されていないため、詳細までは判《わか》らないが、邪悪な何かが滅びる直前の絵だろうか？

「……意味不明ね。これは何を表していると思う？」

　だが画面の男も肩を竦めた。六六六のダンジョンすべてに、別々のレリーフがあるとするならば、討伐を続ければいずれ一つのストーリーが見えてくるのではないか。今のところはそれくらいしか言えないだろうと返ってくる。私も同意見だ。ダンジョンはまだ無数にある。すべてを討伐するのに、あとどれくらい掛かるのだろうか。ダンジョン・バスターズの新規加入メンバーたちがCランクになってから、既に四日が経過している。期限までは十分あるが、私の中にはチリチリとした焦りもあった。

「札幌は調査から討伐まで一日で終わったのに、横浜は時間を掛けているわね。一層ごとに丸一日を費やしている。なにか理由があるの？」

〈札幌の場合は、最初から討伐できると判っていたからな。だが横浜は違う。メンバー四人がCランクになったばかりだ。ダンジョン討伐に慣れるためにも、時間を掛けている。心配するな。横浜ダンジョン討伐後は、四人はそれぞれでパーティーを結成し、独立チームとしてダンジョン討伐に乗り出す。討伐者《バスターズ》はどんどん増えていく。期限までには、ちゃんと間に合わせるさ〉

男はどうやら、私の懸念を察したようだ。六六六のダンジョンすべてを一つのチームで潰そうとしたら、五日に一つずつ潰さないと一〇年を超えてしまう。飛行機での移動時間なども考えれば、ほぼ不可能だ。だからダンジョン・バスターズは「複数のチームを束ねるクラン」を目指している。やがて多くのチームが、世界中に散ってダンジョンを討伐し始めるだろう。

〈今はまだ基礎づくりだ。極端な話、討伐数は月一箇所でも構わないと思っている。それよりもチーム連携を身につけた、地に足のついた冒険者たちを育成する。育成プログラムの標準化と育成し続ける体制をつくるほうが重要だ〉

「貴方が作った組織よ。貴方に任せるわ。最下層に挑むのは明日ね？　気をつけてね」

画面を切った私は、現在防衛省内で進めている「新制度」について打ち合わせるため、会議室へと向かった。

【横浜ダンジョン　江副和彦】

横浜ダンジョンは、その気になれば一日で攻略できただろう。だがDランクからCランクに上がったばかりで急いだ戦いは避けたかった。俺はCランクからBランクになるのにかなりの時間を掛けたし、彰も一ヶ月の間がある。「種族限界突破者《スピーシズ・リミットブレイカー》」であっても、普通に人間として暮らしていかなければならないのだ。ダンジョン内の戦闘や日常の暮らしに慣れるため、数日を掛けた。

「さて、ここが横浜ダンジョンの最下層だ。札幌でもそうだったが、このように一本道があり、最奥にダンジョン・コアを守るガーディアンがいる。ガーディアンのランクは、ダンジョン・ランクと同等か一つ上のランクだ。また、一体だけとは限らない。複数の可能性もある」

ガーディアンがいる部屋の手前で、四人に説明する。念のため、朱音、エミリ、劉峰《フォングアン》光も顕現している。Dランクの札幌ダンジョンのガーディアンはCランクだった。横浜ダンジョンではBランクが出る可能性も十分にある。念入りに確認したうえで、凜子が扉に手を掛けた。左右にゆっくりと開いていく。

「……ガーディアンは一体だけのようね。アレは、ハイエナ？」

部屋の奥にいたのは、身体を丸めて床に寝ているハイエナのような魔物であった。それがのっそりと起き上がる。かなり大きい。全長は優に二メートルを超えている。白目のない、サクランボのように赤い瞳を向け、牙を剝いた。朱音が魔物の正体を教えてくれた。

「ヘル・ハイーナ、Cランクの魔物ですが、Dランクの眷属《けんぞく》を召喚して集団で襲い掛かってきます。

あの赤目のボスを倒さない限り、次々と仲間を呼び出します」

「そうか。凛子、正義、天音、寿人、まずはお前たち四人でやってみろ。ヤバそうだったら、俺たちが加わる」

ダンジョンを討伐したという経験が自信に繋《つな》がる。できればこの四人で討伐してもらいたい。だが目の前のハイエナは思った以上に手強《てごわ》そうだった。床に白い円が複数浮かび上がると、一回り小さいハイエナが一〇匹以上出現した。

「ハイエナは群れで狩りをするという。四対一二か。少し厳しいか？」

「まずは私たち四人にやらせて頂戴。危なかったら助けてね？」

「来るッス！」

正義が盾を構えた。ハイエナたちは四匹ずつ左右に分かれ、残りが正義めがけて真正面に向かってくる。

「俺は魔法で左を防ぐ！　凛子と天音は右にあたって！」

寿人は、エミリから教えられたファイア・アローを放ち、ハイエナを足止めする。正義は突撃してきた三匹を右方向へと弾《はじ》き返した。そこに天音の鞭が飛ぶ。複数といっても、Dランク魔物だ。Cランク四人が連携して戦えば対処はできる。だが凛子と天音が倒した瞬間、新たなハイエナが出現してくる。どうやらあの魔物が召喚できるのは最大で一二体までのようだ。

「凛子、貴女《あなた》は私たちの中で一番速いわ。三人で雑魚をひきつけるから、その間にボスをヤって頂戴！」

「了解！」

正義もシールドバッシュと打撃で戦い始める。魔物を惹《ひ》き寄せる匂い袋を持っているため、召喚されたハイエナたちは正義に向かっていった。その横を凜子がすり抜け、一気にボスに迫る。

「グァオォンッ！」

凜子が突きを放とうとした瞬間、ボスは咆哮《ほうこう》し右前足で宙を掻《か》いた。瞬間、凜子は防御の構えを取った。バシンッという音がして、手足に無数の切り傷が生まれた。

「あれはカマイタチか？」

「違うわ。爪に魔力を込めて放った風魔法よ。初見で防いだのは凄《すご》いけれど、近づいて戦う者にとっては厄介ね」

見守っていたエミリが表情を険しくした。

「……俺が出るか」

斬鉄剣に手を掛けたとき、彰が俺の肩を叩《たた》いて首を振った。彼らはまだ戦える。ギリギリまで見守れ。彰の目はそう言っていた。初撃を防いだ凜子は、その後は風魔法を躱している。回避のスキルを使っているのだろう。そして一匹を相手にした三人も、傷を負いながらも徐々に倒し始めている。

「なるほど。見切ったわ。その魔法を使っている間は眷属召喚ができない。そして……」

凜子が真《ま》っ直《す》ぐ突っ込む。ヘル・ハイーナが再び前足で斬撃を放つ。凜子はスライディングをするように床を滑りながら見えない刃を躱し、魔獣の口内に棒を突き入れた。

「……その斬撃は真っ直ぐにしか飛ばない」

棒は血まみれでヘル・ハイーナの頭を突き抜けていた。


【日下部凜子】

四人全員が傷を負っているけれど、重傷ではない。ポーションで十分だろう。和さんと彰さんが拍手している。劉師父は顎髭《あごひげ》を撫《な》でながら嬉しそうに頷いていた。

「四人とも見事じゃ。今回、儂《わし》らはなにもしておらん。お主ら四人の手柄じゃ」

そう。私たちは四人で、Cランクダンジョンを討伐したのだ。劉師父、そして和さんたちがいなければ、ここまで来ることはできなかっただろう。だがこの戦いは、私たち四人が摑《つか》んだ勝利だ。嬉しさが込み上げてきた。他の三人も同じらしく、拳を掲げて叫んだ。

そして私たちの目の前に、正八面体の漆黒の水晶が出現した。ダンジョン・コアだ。寿人がビデオカメラを用意している。どうやら討伐の証拠を撮影するようだ。

「さて、ではダンジョンの討伐を終わらせるぞ。事前に打ち合わせていた通り、ダンジョン所有者を彰に設定する。無論、ダンジョンから入る収益はダンジョン・バスターズに納められる。今回、彰に設定するのは『討伐者《バスターズ》』の称号を得て、他のダンジョンを討伐するためだ。今後はみんなにも順次、この称号を得てもらう」

討伐したダンジョンから得られる魔石は、その収益の一〇%を討伐者《バスターズ》に渡すことで仮決定されている。正式には国会での議決待ちだが、圧倒的多数派の与党と一部野党が賛成しているため、来月には決まるそうだ。もっとも、それはすべてクラン「ダンジョン・バスターズ」の口座に振り込まれ、運営資金に充てられる。彰さんが得られるのは「討伐者《バスターズ》」という称号だけだ。

彰さんがコアに触れる。すると事前に教えられていた通り漆黒の水晶の前に、横浜ダンジョンの情報が出現した。

＝＝＝＝＝＝＝＝＝＝＝＝＝＝＝＝＝＝＝＝＝＝＝＝＝＝＝＝＝＝＝＝＝＝＝＝＝

ダンジョンNo．69

ランク：C

所有者：なし

階層数：008

供給DE：1059

出現物：魔晶石

大氾濫《スタンピード》：On

〈管理権限を取得しますか？　Y／N〉

〈当ダンジョンを消去しますか？　Y／N〉

＝＝＝＝＝＝＝＝＝＝＝＝＝＝＝＝＝＝＝＝＝＝＝＝＝＝＝＝＝＝＝＝＝＝＝＝＝

「彰、管理権限を取得してくれ」

Yを押すと所有者が彰さんになり、そして奇妙な声が聞こえてきた。

《ダンジョン討伐を確認しました。宍戸《しど》彰には『討伐者《バスターズ》』の称号が与えられます。またCランクダンジョンを最初に討伐した特典として、Ｌｅｇｅｎｄ Ｒａｒｅカード『戦鎚《せんつい》の巨人 ンギーエ』が贈られます》

＝＝＝＝＝＝＝＝＝＝＝＝＝＝＝＝＝＝＝＝＝＝＝＝＝＝＝＝＝＝＝＝＝

【名　前】ンギーエ
【称　号】戦鎚の巨人
【ランク】F
【レア度】Legend Rare
【スキル】盾術Lv1　鎚術Lv1　守護結界Lv1

＝＝＝＝＝＝＝＝＝＝＝＝＝＝＝＝＝＝＝＝＝＝＝＝＝＝＝＝＝＝＝＝＝

彰さんが、出現したカードを読もうとした瞬間、カードが輝き形を変えた。そして、まるで壁のような巨体が目の前に出現した。私は思わず退いた。巨人というのは、存在だけで威圧を感じる。

「んん？　ここ、どこ？　オデ、呼ばれた？」

二メートル半近くあるだろう巨人は、キョロキョロと周りを見回す。エラの張った四角い顔を傾《かし》げ、頭を掻いている。和さんが巨人の前に立った。

「戦鎚の巨人ンギーエ、ようこそ人間の世界に。お前を召喚したのは、ここにいるダンジョン討伐者《バスターズ》の宍戸彰だ。俺たちはダンジョン・バスターズ。全てのダンジョンを討伐することを目標としている。できればお前も手を……貸し……」

「ｚｚｚ……」

なんと、ンギーエという巨人は話も聞かずに、口端から涎《よだれ》を垂らして眠り始めた。和さんが無表情になる。彰さんが脇腹を指でついた。巨人がビクンッと反応する。

「あ、あれ？」

「ンギーエ、ダンジョン討伐に手を貸せ」

和さんが短く言う。ンギーエは和さんを見下ろしながら、コクコクと首を縦に振った。

「オ、オデ……頭悪いけど、いいの？」

「ん？　別に問題ないが？」

「み、みんなからデカイだけだって……大飯食らいのでくの坊って呼ばれてるけど……」

特に悲しそうな表情も見せずに、ンギーエは呟《つぶや》いた。すると和さんは笑った。

「デカイだけ？　結構じゃないか。その体軀《たいく》は立派な才能だ。でくの坊は、お前の才能を活《い》かせない周りの方だ。お前が壁として守ってくれるだけで、皆は安心感を持つ。それが壁役の存在意義だ」

「オデ、バカだからよくわからない。で、でも役に立つなら働く」

「あぁ、頼む。飯もたらふく食わせてやる。取り敢えず今は、カードに戻れ」

巨人はカードに戻った。LRキャラクターである以上、きっと強いのだろうが本当に大丈夫だろうか。和さんはカードをケースに入れて、私たちを見回した。

「このように、キャラクターカードはふとしたことで出現する。皆もこれから、手に入れることもあるだろう。今のンギーエだが、俺が言ったことは本当だ。どんな奴にも強みの一つや二つくらい、あるものだ。その強みを引き出し、伸ばしてやるのがリーダーの役目だ。今後、みんなもバスターズのチームリーダーになってもらうが、メンバーの力を引き出すことに注力してくれ」

和さんは以前も言っていた。人格や価値観を矯正するのは、時間も掛かるし難しい。変わるか変わらないかは、本人次第だからだ。だが、本人が持っている強みを引き出し、自信をつけさせることはできる。だからダンジョン・バスターズは、強みを伸ばす育成をするのだと。

「兄貴、スタンピードをオフにしたよ。表示されている数字は、札幌と同じだね」

和さんは眉間を険しく寄せたまま頷いた。私も憂鬱な気持ちになる。大氾濫《スタンピード》の発生は、もう確定的と言って良いだろう。これから出現するダンジョンも含めて、あと六六四箇所を討伐しなければならない。気が遠くなりそうだ。

「さぁ、地上に戻ろうよ！　今夜はお祭りだ！」

そんな空気を吹き飛ばすように、彰さんが手を叩いて笑った。ガーディアンの部屋から第一層に転移し、階段を上っていく。ダンジョンを覆い隠しているテントから出ると、太陽の眩《まぶ》しさに思わず目を細めた。

【衆議院　ダンジョン対策委員会】

討伐を終えてから三日後、俺は衆議院に設置されたダンジョン対策委員会に、参考人として呼ばれていた。横浜ダンジョンの最下層には研究者たちが籠もっているが、第一層から第三層は民間人冒険者にも開放され、ブートキャンプも行われている。冒険者運営局の方針で、民間人冒険者は「採掘者《マイナーズ》」と「討伐者《バスターズ》」に分けられているが、討伐者《バスターズ》に魔石採掘量の一〇％が入るという制度は法制化が必要であった。

また大亜共産国やEU、バチカン教国などからの応援要請に迅速に応えるためには、現状のような外務省経由ではなくダンジョン政策を一元管理する組織体が必要となる。そのため、国会では「ダンジョン省」の設置が話し合われている。

「庁」ではなく「省」なのは、ダンジョンが全世界的な規模であり、リスクと同時に大きなリターンが得られる可能性があること。そのリターンも魔石という新エネルギーのみならず、人類の科学技術全般に及ぶ可能性があることから、いずれ巨大な利権が発生するのが確実であること。同時に「大氾濫《スタンピード》」という人類存続の危機が発生する可能性があることから、物理的な抑止力も必要であること。

簡単にいえば、一部局どころか「庁」ですら責任を担うに不足しているのだ。ダンジョン対策を一元管理するには「省クラス」の組織が必要であった。

そしていま俺は、与野党の委員からダンジョン対策についての質問を受けていた。中にはしっかりとした考えを持つ議員もいるが、現実とかけ離れた認識の議員もいる。たとえば立憲民政党の某議員などだ。

「参考人にお尋ねします。魔石一グラム一〇〇円というのは、あまりにも高額とは感じないでしょうか。たとえば横浜ダンジョンでは一時間ごとに民間人冒険者がダンジョンに入っていますが、彼らは平均して一〇万円を得ています。たった一時間でです。高すぎるとは思いませんか？」

有り得ない数字に俺は呆《あき》れかえって返答した。

「お答えします。具体的な数字を聞いて、いま呆れています。たった一〇万円ですか？　横浜ダンジョン第一層では、魔物一体で三グラムの魔石を得られます。地上の一時間は、ダンジョン時間では一四四時間です。その半分を魔石採掘に使ったとしましょう。三〇秒ごとに一体ずつ魔物を倒し、それを一二時間行って休憩する。そのサイクルを六回やると地上時間で一時間程度です。計算では二〇〇万円以上を得られます。週五日で一千万円、二〇〇日で四億円です。最低でもこれくらいは稼いでいると思っていたのですが、どうやら採掘者《マイナーズ》たちは少し怠けているようですね」

「私は高すぎると思わないかとお聞きしたのです。お答えください」

「全く思いません。いま私が例示した「四億円」も、地上時間では二〇〇日ですが、ダンジョン時間では一四四倍、およそ八〇年になるんですよ？　つまり実質的には年収五〇〇万円です。これを高いとおっしゃるのなら、議員報酬を一四四分の一にしてからおっしゃってください」

現実を見ず、観念論で議論することが「賢い」とでも思っているのだろうか。民間企業で三年も営業をやれば、こんな下らない議論など無意味だと気づくだろうに。

もっとも、中には真面目に考えている議員もいる。万一、地上に魔物が溢《あふ》れ出た場合は自衛隊で戦えるかという質問があった。これに対しては判らないとしか答えられない。

「魔物に銃が効くのかどうか、試したことがないので判断できませんね。ただ私の感覚としては、高位の魔物は想像を遥かに超えて危険と思われます。予想ですが、Sランクの魔物一体を倒すのに、陸上自衛隊の全火力を集中する必要があるでしょう。要するに、怪獣映画に出てくるような奴です。そんなのが何万、何十万と溢れ出てきたら、半日で人類は滅亡するでしょう」

「では、やはり防衛力の強化が必要とお考えですか？」

「防衛力の強化は必要でしょう。ですがそれ以上に、私は『Sランク冒険者』を大量に育成し、大氾濫《スタンピード》を未然に食い止めることに集中すべきだと考えます」

参考人質疑を終えた俺は、その足で防衛省へと向かった。十字軍《クルセイダーズ》、ダンジョン・クルセイダーズ受け入れのために、国際政策課の担当者と打ち合わせるためだ。

「クルセイダーズの六名は明日の夜、成田に到着します。明後日の一〇時に、防衛省で顔合わせを行います。彼らにもそのように伝えています」

「六名のプロフィールは見ました。中々、個性的な人たちのようですね」

【ライヒ騎士団】

■ロルフ・シュナーベル（男性　二三歳）

■アルベルタ・ライゲンバッハ（女性　二〇歳）

【聖ヨハネ騎士団】

■レオナール・シャルトル（男性　二一歳）
■クロエ・フォンティーヌ（女性　一九歳）
【テンプル騎士団】
■フランカ・ベッツィーニ（女性　二三歳）
■マルコ・モンターレ（男性　一九歳）

「最年長はライヒ騎士団のロルフ・シュナーベル、カールベルク大学の哲学部生ですか。てっきり、神学部や修道院から来ると思っていました」

「カールベルク大学の神学部は新教のほうですので、カソリックとは違いますから……江副さんが気にされていた『敬虔《けいけん》度（真面目さ）』ですが、それぞれの両親は社会的にも地位のある騎士団員ですが、子供である彼らはバラツキがあります。聖ヨハネ騎士団のレオナール・シャルトルはフラヴィーニ神学校の学生で、敬虔なカソリック教徒ですが、クロエ・フォンティーヌのほうは、漫画家になりたいとかで、大学にも……」

俺が依頼したのは、各人のパーソナリティだ。これまでの経歴や目指しているものなどから、コイツらがどんな人間かを探る。「日本語の勉強をしておけ」と伝えているが、勉強の仕方までは教えていない。その成果で、コイツらがどれくらい真面目に取り組むつもりかを計る。バチカンが話題作りにぶち上げた「見せかけのアイドル」程度であれば、真面目に付き合う必要はない。

（俺ならローマのダンジョン第一層に籠もって勉強する。一週間が二年半になるんだから最低限の

語学力は修得できる。果たして彼らはどうかな)
今後、海外に出るにあたっては語学の勉強もしておく必要があるだろう。英語と中国語から始めようか。打ち合わせながら、そんなことを考えていた。

【成田国際空港　ロルフ・シュナーベル】

成田空港に降り立った俺は、ドイツの眼鏡メーカー「ローゼンストック」のサングラスを掛けた。コンベアから出てきたリモーワのスーツケースを回収する。横には、頭一つほど背の低い女性、アルベルタが立っている。ガメリカのブランド「ゼロハリボストン」のキャリーケースとスキーケースのような鞄《かばん》を手にしている。「ジオーネ&ランゲ」の腕時計を確認して顔を顰《しか》める。入国手続きに、予想外に時間が掛かってしまった。待ち合わせの時間まで、あと五分しかない。

「急ごう。我々ライヒ人同様、日本人は時間に正確だ」

「待て。マルコとフランカが、まだ来ていないようだ」

俺は思わず舌打ちしてしまった。我々ライヒ人とイタリー人とでは、時間に対する感覚がまるで違う。時間通りに集合するライヒ人に比べ、イタリー人は待ち合わせの時間に起床するような連中だ。特にマルコは、その傾向が強かった。

やがてマルコが姿を見せる。フィウミチーノ空港から乗ってきたイタリー人の女性に声を掛けているようだ。奴はいったい、なにをしに日本に来たのだ?

「遅いぞ、マルコ。同じ飛行機に乗ってきたのに、なぜお前は一五分も遅れるのだ」

電話番号を交換したのだろう。スマートフォンを操作しながら歩いてきたマルコに、アルベルタ・ライゲンバッハが眉間を険しく寄せて叱責した。

「だから言ったじゃん。ロルフもアルベルタも真面目なライヒ人なんだから、待ち合わせの時間は守れって」

フランカ・ベッツィーニが呆れた表情を浮かべている。いや、一緒に出てきたお前も遅れているのは同じだろう。イタリー人は時間にルーズだ。これで一緒に活動していけるのか、不安がないと言えば嘘になる。ではフランツ人はどうかというと、男のレオナール・シャルトルは、いかにも神学生という真面目な男だが、クロエ・フォンティーヌという女性は俺にも理解不能だ。彼女が持つ紙袋の中には、ハート型の造形物を先端に接着し、全体をピンク色に塗装したプラスチック製の棒が入っている。なにに使うのだ？

「ワハァッ！　ここが憧れの日本《ジャポン》！　リリカル萌《もえ》が住んでる国なのね？」

頭痛がする。アルベルタなど一歩距離を取っていた。やれやれ、先が思いやられる。


【アルベルタ・ライゲンバッハ】

成田空港から都内のホテルに移動して一泊した私たちは、日本国の国防の中枢、防衛省へと急いでいた。朝の待ち合わせに遅れたバカがいたのだ。

「会議は一〇時からだ。一〇分前には防衛省に到着する必要があったが、これでは正門に到着するのが一〇時だな。五分は遅れそうだ」

「いや、別に五分くらい問題ないでしょ！　俺らはおおらかなイタリー人だよ？　イタリー人にとっては今はエスプレッソタイムだよ。一〇時から会議なんて方が間違ってる」

ロルフとマルコが言い争っている。まったく、この二人の相性は良くない。真面目で几帳面《きちようめん》なロルフと、適当でいい加減なマルコ……まぁお互いもう子供でもないし、我慢すべきところは我慢している。それよりももっと理解不能なのがクロエだ。今朝、ホテルを出てきたときの格好を見て、私は呆れてしまった。日本の漫画やアニメが好きなのは構わないが、白とピンク色の短めのスカートのドレスを着て、肘近くまである白い手袋、赤い大きなリボンで亜麻色の髪を留めている。

私はさすがに注意した。

「クロエ、これから日本国政府とダンジョン・バスターズとの大事な会合だというのに、その格好はなんだ？」

「大事な会議だからよ！　これが魔法少女の正装よ！　相手が文句言ってきたら、キラめくスティックでやっつけてやるんだから！」

私はもう、注意する気すら失《う》せた。侘《わ》び寂《さ》びの文化を持つ日本だが、同時にこのようなアニメも文化として持っている。一方には凛《りん》と張り詰めた武士の世界があり、もう一方には派手さ、軽さ、幼さの文化も形成している。この多様性こそ、私が日本に魅了される理由だ。だが物事には限度というものがある。これはさすがに行きすぎだと思うが……

「お待ちしていました。会議室にご案内します」

一〇時過ぎに、私たちは防衛省に到着した。既に門衛が待っていたため、すぐに会議室に案内される。ビルに入ると、事務官らしき男が待っていた。クロエの格好に一瞬呆れた様子だったが、なにも言わず会議室まで案内された。さて、いよいよ世界最強の冒険者集団「ダンジョン・バスターズ」との顔合わせだ。私は緊張しつつ、会議室へと入った。男女数人の日本人が、既に部屋で待っていた。そして、中年の男は明らかに不機嫌だった。

【防衛省　江副和彦】

社会人たるもの、五分前行動は当たり前だ。九時四〇分に防衛省内の喫煙所で一服し、開始一〇分前には会議室に到着した。だが一〇時を過ぎても連中が来ない。彼らが来たのは、俺が部屋に入ってからおよそ二〇分後のことだ。デートの約束ではない。日本国政府の官僚もいる重要な会議で約一〇分の遅刻、舐《な》めてるのかコイツらは？

「遅れてしまい、申し訳ない。お詫《わ》びする」

パンツスーツ姿の金髪の女性が、部屋に入るなり日本語で謝罪し、頭を下げてきた。写真で予《あらかじ》め知っている。アルベルタ・ライゲンバッハだ。続いて、金褐色の髪をサッカー選手のように短く刈り込んだ男が同じ様に一礼する。ロルフ・シュナーベル。この男もスーツ姿だ。まぁ常識的だろう。

「ゴッメーン！　遅れちゃったぁ♪」

亜麻色の髪をしたフザけた格好をした女が軽い調子で謝りながら入ってくる。クロエ・フォンティーヌ。一応、日本語ができるらしい。

「Je vous prie de m'excuser《本当に申し訳ありません》」

ジャケットとスラックス姿の茶髪の男が、申し訳無さそうな表情で入ってくる。言葉は理解できないが、たぶんフランツ語だろう。

「Scusate《悪い》」

そして入ってきたのはカラーシャツとセーター、ジーンズというラフな格好の黒髪の男と、レザージャケットとジーンズを着た明るい茶色（赤毛）の女だ。

ハッキリ言おう。俺はもうこの時点でやる気をなくしていた。帰ろうかと思ったが、隣にいた石原局長が俺の足を軽く踏んだ。微《かす》かに首を横に振る。仕方なく俺は席についた。会議室では向き合う形で座っている。こちらからの出席者は、俺と石原局長、国際政策課課長と係長および主任の五名だ。

「では、少し遅れましたが会合を始めたいと思います。私は防衛省ダンジョン冒険者運営局長、石原由紀恵と申します。バチカン教国が厳選した六名の十字軍《クルセイダーズ》をお迎えできたことを光栄に思います」

石原が日本語で挨拶する。ライヒ語、フランツ語、イタリー語の同時通訳を用意していたため、六人はそれぞれがイヤホンをしている。なにが光栄だと思った。いま挨拶している見た目アラサー実年齢五〇歳近いキャリア官僚も同じ思いだろう。

それぞれが立ち上がって挨拶した。俺はただ一言、ダンジョン・バスターズの江副和彦としか告げていない。コイツらへの興味を無くしていたからだ。

六人がそれぞれ母国語で挨拶してくると思っていたが、アルベルタ・ライゲンバッハとクロエ・

フォンティーヌは日本語で挨拶してきた。

「私はアルベルタ・ライゲンバッハという。再び日本の地を踏むことができたことを嬉しく思う。クルセイダーズの名に恥じぬよう、修行に励むつもりだ」

「魔法少女クロエ・フォンティーヌです。『クロエたん』って呼んでね♪」

一方は堂々とした挨拶だが、もう一方はフザケているとしか思えない。実力、実績、名声があるのなら呆れはするが腹は立てない。だがコイツらは十字軍《クルセイダーズ》の看板を背負い、バチカン教国の資金で学びに来た人間だ。一つひとつの言動に、ローマ教皇とカソリック教会の権威が掛かっている。その責任意識を持っているのだろうか。

だから、一通りの挨拶を終えた後、俺は椅子の背もたれに寄り掛かり、二〇歳年下の若造たちを見下して言い切った。

「お前ら、何しに日本に来たんだ？」


【横浜ダンジョン　江副和彦】

舐めたガキを躾けるには痛みが一番だが、コイツらはそれ以前の問題だ。だから俺は顔合わせ早々、横浜ダンジョンにガキ共を連れてきた。万一を考えて横浜ダンジョンを五日間貸し切りにしていて正解だった。

「ここは横浜ダンジョンだ。ここでなら十分に時間が取れる。お前らはこれから五日間、ここで日本語を勉強してもらう。ダンジョン時間で一日一二時間、食事やシャワーを合わせると、地上時間でちょうど一時間になるだろう。それを一二〇回繰り返してもらう。勉強時間は累計一四四〇時間、日常会話くらいはできるようになるだろ」

「待て、私は必要ないだろ！」

「そ、そうよ！　なんで私まで！」

「連帯責任だ。お前らはチームだろう。クルセイダーズはローマ教皇庁で既に顔合わせをしているはずだ。その時に、日本語を勉強しろと言われなかったか？　なぁに、心配するな。できる奴がいたほうが、より早く終わるだろう。三日目にテストする。それで最低限をクリアすれば、地上に解放してやる。言っておくが、逃げ出そうとはするなよ？　お前らを監視するのは、陸上自衛隊から選ばれたダンジョン探索チームだ」

「私たちは教皇猊下に選ばれた十字軍《クルセイダーズ》なのよ？　その私たちにこんな扱いして、タダですむと思って……グゥゥッ」

俺は、ペラペラと煩《うるさ》い魔法少女の首を片手で絞め上げた。

「黙れ。教皇？　十字軍《クルセイダーズ》？　知るかそんなの。言っておくが、バチカンからはお前らが死んでも構わないと許可を得ている。ここはダンジョンの中だ。教皇の権威も神の教義も通用しない地獄だよ」

そう言って俺は手を放した。ゲホゲホと咳《せ》き込む少女を一瞥《いちべつ》し、そして全員を見渡す。

「お前らこそ勘違いをしていないか？　お前らの働き次第で、カソリック教や十字軍《クルセイダーズ》の歴史、バチカンや騎士団の名誉が崩壊するんだぞ？　今のお前らの姿を見たら、一〇億人のカソリック教徒はどう思うだろうな？　選択肢は二つだ。黙って日本語を学ぶか、荷物をまとめて逃げ帰り、カソリックとバチカンを嗤《わら》い物にするか、どっちだ？」

通訳に指示して、俺の言葉を訳させる。自分たちの立場をようやく理解したのか、全員の顔が微かに引き締まった。


【マルコ・モンターレ】

まったく、カズヒコ・エゾエには困ったものだよ。イタリー人は陽気で明るいのが長所なんだよ？　メッチャ悲壮感満載で、僕とはまったく合いそうにないね。でも、彼の言っていることは間違ってはいない。僕らはローマ教皇庁から指名された十字軍《クルセイダーズ》だ。その僕らがなんの活躍もしなかったら、先祖が築き上げてきたカソリックの権威が崩壊する。

だから僕らは強くならなければならないし、そのために日本語が必要なら学ぶべきだ。ただ、ライヒ人と日本人の共通点は、目標にめがけて悲壮に頑張るところなんだよね。別に悲壮になる必要ないじゃん。気楽に頑張る。これが僕らイタリー人さ。


【フランカ・ベッツィーニ】

なんでアタイが勉強しなきゃいけないんだよ。いや、確かにオヤジからは「カソリックの名誉」って言われてきたけどさ。アタイにはピンとこないんだよ。教会だって子供の頃に行ったきりで。この数年は足も運んでいない。聖書だってロクに読んでない。そんなアタイが十字軍《クルセイダーズ》って言われてもさ。まぁ就職もせずにプラプラしているアタイにとって、冒険者ってやつの報酬は魅力だったから引き受けたけどさ。

そんなアタイが日本語の勉強なんて、イタリー語すら曖昧なんだよ？　鉛筆なんて持ったの何年ぶりだろう。まぁとても逃げ出せそうにないから、仕方なく勉強するけどさ。はぁ、イカスミパスタ食べたい。


【レオナール・シャルトル】

神学生であった僕が十字軍《クルセイダーズ》に選ばれた。子供の頃から聖書と共に過ごした僕にとって、ダンジョンの出現を危機に感じたのは確かだ。まるで「ヨハネの黙示録」のようだ。世界の終焉《しゅうえん》を食い止めるため、カソリックの聖職者も立ち上がるべきという猊下のお言葉は、正しいと思う。けれども僕は、喧嘩《けんか》すらしたことがない。そんな僕が剣を振って戦えるのだろうか。ダンジョン内に連れてこられたとき、僕は不安でいっぱいだった。まずは日本語を勉強しろと言われたとき、正直に言うとホッとした。

カズヒコ・エゾエという人物は、当初こそ知的な雰囲気を持っていたが、クロエの首を絞めるなど、いざとなれば暴力を厭《いと》わない人間だ。彼に逆らえば、僕らは本当に死んでしまうかもしれない。だからまずは、日本語をマスターしよう。騎士団員である父と、カソリック教会の名誉を守るためにも……

【石原由紀恵】

江副から提案を受けた時、私を除く局員たちは「そこまでする必要があるのか」という表情だった。なにしろ「最初に日本語を叩き込み、同時にダンジョン内の食事にも慣れさせる」という提案だったからだ。確かに、ビールやワイン、ピザやソーセージがある恵まれた地上とは違い、ダンジョン内では食事が制限される。念のために手配をしておいたけれど、彼らを見た瞬間、それが正しかったと確信した。

「それで、これからどうするの？」

「日本語ができるようになったら、次はブートキャンプだ。少なくともEランクまで引き上げる。魔物と戦うのは、その後だな。問題は一人前の冒険者という定義だが……」

「彼ら六人で、最弱のダンジョンを攻略できる程度にしてほしい。これが依頼よ。つまり全員で札幌ダンジョンが攻略できる程度ね」

「Cランクだな。だが戦闘技術やチームワークは時間が掛かる。短期間では無理だ」

「あと三ヶ月でダンジョンが『完全起動』するわ。それまでに仕上げてほしいの。貴方なら可能でしょ？」

「やれるだけやってみるさ。取り敢えずこれから四日間、ダンジョン・バスターズは沖縄に社員旅行だ。日本語を叩き込むのは自衛隊に任せる」

沖縄旅行と聞いて、私のコメカミが少しヒクついた。新年度に向けての準備で、こちらは多忙を極めているというのに。まったくこの男は、私への当てつけのつもりなのか。

「彼らが、日本語をマスターしているとは思わなかったの？」

「可能性は限りなくゼロだと思っていたよ。あの年齢なら、十字軍《クルセイダーズ》に選ばれたと有頂天になっていて当然だからな」

そう言って江副は沖縄へと飛んでしまった。沖縄は三月には海開きが始まる。シュノーケリングなどもできるだろう。その一方、私は今日も残業だ。自分も冒険者になろうかという思いが少しだけ湧き上がり、私は笑って首を振った。


【バチカン教国　教皇庁】

ローマ教皇庁の組織は、バチカン諸組織の統合運営を行う「国務省」のほか、各枢機卿《すうききょう》の会議によって方針が定められる「省」、裁判所、評議会などから成り立っている。その教皇庁に今年、教皇フランチェスコによって新たな部署が置かれた。日本語では「十字軍によるダンジョン討伐のための部署《Dicastery for Reconquista of Dungeon Crusaders》」と訳されているが、「レコンキスタ」「ダンジョン・クルセイダーズ」という名詞からも、この組織に対する教皇の強い意志が見て取れる。

DRDCの長官は、日本人で唯一の枢機卿となった坂口《さかぐち》・ステファノ・宏《ひろし》である。彼はグレゴリアナ教皇庁立大学卒業で、もともとは東京大司教であったが、英語とイタリー語も堪能であったことから、この役目に相応《ふさわ》しいと判断されたのだ。

「彼らは今頃、日本に到着している頃でしょうね」

ローマ時間では一三時という、ちょうどシエスタの時間ではあるが、坂口は執務室で部下たちと食後のエスプレッソを楽しんでいた。
「ですが長官、本当に彼らで良かったのでしょうか。ベッツィーニ嬢などはいかにも現代の若者といった感じです。もっと信仰に篤《あつ》い若者もいたと思いますが？」
「主への信仰は大切です。ですが、猊下のお言葉にもあった通り、ダンジョンへのレコンキスタには、信仰の篤薄ではなく、より具体的な『力』が求められます。魔物を前にして主に祈りを捧《ささ》げても、魔物は消えてはくれないのです」
クルセイダーズの選別は、坂口が中心となって行なった。各騎士団に向けて坂口が出した条件は以下の三つである。
一．各騎士団員の子女であること
二．カソリック教会で洗礼をうけていること
三．ストレスに対する肉体的、精神的耐性を有すること
現代では、各騎士団が半ば「名士の社交クラブ」となっていることから、神に心臓を捧げて戦うといった、かつての十字軍《クルセイダーズ》のような「狂信性」を求めることはできなかった。またその子女に至っては、洗礼こそ受けたものの、教会でのミサ中にスマートフォンを弄《いじ》るような「現代っ子」がほとんどである。
無論、青年会に入り熱意をもって聖性に向き合おうとする若者もいるが、ヨーロッパにおいてもカソリックのみならずプロテュートがほとんどの英国や、ルーシア正教など独立正教会がある。全世界で考えれば、カソリックに傾倒しすぎる者よりも、教徒ではあってもある程度の柔軟性を持つ

者が良いと判断したのである。

「私は日本で生まれ育ちました。日本人の多くは、宗教への柔軟性を持っています。八百万《やおよろず》の神を崇《あが》める日本神道は、ヒンド教やヤハウェ教にならぶ世界屈指の民族宗教ですが、他宗教には極めて寛容です。恐らくダンジョン・バスターズは、宗教的、民族的垣根を超えて世界中で歓迎されるでしょう。クルセイダーズが活躍するには、彼らと同じような柔軟性が必要なのです」

「確かに、宣教師を送り込んでいた中世とは異なり、現代は個々人が情報を受発信する時代です。クルセイダーズが旗を掲げてダンジョンに乗り込めば、それだけでカソリックの活躍が世界中に知れ渡るでしょう」

ローマ教皇庁には、グレゴリウス一五世によって設置された「福音宣教省」という組織がある。簡単に言えば「野蛮な土地に宣教師を送り、教化し、教皇庁の権威を行き届かせるための組織」である。いわばカソリック教の「マーケティング部門」であるが、中世時代の「プッシュ型（物売り型）」ではなく、「プル型（問い合わせ対応型）」の宣教方法を取っている。クルセイダーズには、カソリックの広告塔という役割もあった。だからこそバチカン教国も多額の資金を拠出したのであった。

「いずれにしても、私たちは何も考えずに十字軍《クルセイダーズ》の騎士を選んだわけではありません。ダンジョン・バスターズの江副さんも、いずれ気づくでしょう」

坂口枢機卿は微かに笑って、エスプレッソを啜った。

【横浜ダンジョン　江副和彦】

石垣島で三泊四日の「社員旅行」を楽しんできた俺は、東京に戻ると早々に、横浜ダンジョンに入った。クルセイダーズ六人の成果を見るためだ。

「我々は、既に日本語をマスターしている。冒険者としての修行を始めてもらいたい」

「……へぇ」

大柄な体躯をしたロルフ・シュナーベルを見上げながら、俺は感嘆の声を漏らした。最初から日本語がある程度できた二名以外は、せいぜいカタコト程度だろうと思っていたが予想以上に堪能になっている。これなら問題なさそうだ。

「さぁ、やっと始まりね。はやく魔法をぶっ放したいわ！」

クロエ・フォンティーヌが、ピンク色のプラスチック棒を振り回している。うん、横浜ダンジョンでは「武器にすらならない」と判断したようだね。そんなので戦ったら、一撃でペコッていくだろうな。

他の四人も準備が整っているようだ。だがすぐにブートキャンプを開催するほど、俺は酷ではない。予想以上に早く日本語を覚えた六人には、息抜きも必要だろう。

「ブートキャンプは明後日からだ。今日はもう午後になっているが、明日はオフにする。初めて日本に来た奴もいるだろう？　東京観光を楽しんでくれ」

歓声をあげる六人を見ながら思った。バチカンは恐らく、信仰の敬虔度ではなく一人ひとりのこれまでの経歴や人格を重視して選抜したのだろう。宗教関係者らしからぬ柔軟な判断だ。彼らの上司は管理職としても相当に優秀だと思った。

『東京観光のためのオフなんて、うまい言い訳ね。明日は三月六日、ダンジョン出現予定日だものね。ただ念のため、彼らにはＳＰを手配しておいたわ』

横浜ダンジョンの施設から、ビデオ通話で石原局長と話す。クルセイダーズの修行をすぐに始めない理由は、休ませるという側面も無くはないが、それ以上に「ダンジョン出現日に備えて」という理由が大きい。そろそろ西日本に出現してもおかしくはない。

『貴方が沖縄で遊んでいる間に、日本も世界も動いているわ。日本では六月までには、ダンジョン対策関連法案が衆議院を通過する予定よ。貴方の希望通り、Ｄランク以上の冒険者が同伴することを条件に一六歳以上の高校生も、ダンジョン立ち入りが許可されるようになるわ。それと、ダンジョンの討伐者《バスターズ》もしくは討伐組織には、その後二〇年間、魔石採掘量の一〇％を金銭で納められる。もっとも、当然ながら税金が掛かるけれどね？』

ダンジョン対策関連法は、俺の希望がかなり盛り込まれている。俺やバスターズの利益ではなく、恒久的にダンジョンを活用するための制度を整備したものだ。もっとも、民法や刑法など幅広い分野で法改正が必要となるため、今後も検討が続けられる予定だ。

「札幌ダンジョンの調査の方は？」

『ダンジョン・コアの分析は不可能みたいね。ダイヤモンド・ドリルでも傷一つつかず、Ｘ線も透《とお》さない。研究班は「現代科学では分析不可能」と結論を出している。一方で、出現物については面白いことが判ったわ。例の「赤い魔晶石」についてよ』

画面には「赤い魔晶石」が映っていた。出現物のリストに「黒魔晶石」「赤魔晶石」「青魔晶石」「黄魔晶石」「白魔晶石」とあったため、試しに赤魔晶石で設定して魔物から出現したものだ。

『この赤魔晶石は、ある鉱物資源を生み出すわ。炭化水素、硫黄、酸素、窒素などが混合した日本でもっとも消費されている油……』

「石油か？」

石原が頷く。

『研究班が、試しに生活排水に混合してみたところ、水中の有機物を結合させて原油を生み出すそうよ。赤魔晶石一グラムで、一〇〇〇立方メートルの生活排水から一〇リットルの原油を生成することが確認されたわ。生成の所要時間は、約二時間ね』

「……凄いのか凄くないのか解《わか》らん」

『そう？　ちなみに現在の原油価格は一バレルあたり五八ドル、一〇リットルでおよそ三八七円よ。赤魔晶石をグラム一〇〇円で買い取ったら、処理施設建設などを考えても、原油価格は半値以下になると試算されてるわ』

「原油相場の暴落は間違いないな。中東諸国が発狂するだろう」

『言っておくけど、インサイダー情報だから先物なんてやったら捕まるわよ？　それはともかく、他の魔晶石も試したいって研究班から矢のような催促が来ている。彼らの仮説では、魔晶石は原子レベルでの分解、合成の能力を持っている。炭化水素ガス合成や核廃棄物の変換処理に使えるのではないか、なんて言ってるわ。もしそうなら夢の素材ね』

「試すとしたら札幌でだな。横浜はこれからクルセイダーズのキャンプで使う。いずれ世界に公表するんだろうが、今の段階で教えてやる必要はないだろう」

魔石を使った処理施設となれば、新技術が必要になる。その技術や設計などの特許を日本企業が独占すれば、日本経済は大きく飛躍するだろう。石原も同じ考えのようだ。

『討伐後のダンジョンは、奇跡のような物質を生み出す鉱床へと変わる。これが知られたら、世界中がダンジョン討伐に躍起になるでしょう。大氾濫《スタンピード》を食い止めた後は、ダンジョン冒険者の数が国力を左右する新世界になるわ』

「捕らぬ狸《たぬき》だな。まずは大氾濫《スタンピード》の阻止に全力集中しよう。明後日から、クルセイダーズのキャンプを始める。マスコミが近づかないようにしておいてくれ」

石原への連絡、報告を終えた俺は、瑞江《みずえ》の自宅に転移した後、鹿骨のダンジョン・バスターズ本社建設現場へと向かった。建物はほとんど出来上がっている。必要な備品もそろそろ揃《そろ》える必要があるだろう。木乃内《きのうち》茉莉の母親である「詩織《しおり》」が、家事面でサポートしてくれる予定だ。明日は金曜日で、茉莉の高校では卒業式が行われる。その後で、木乃内詩織と打ち合わせをする予定だ。

「完全起動まで、あと三ヶ月半……」

小春日和の中、急ピッチで最後の仕上げが進んでいる現場を見ながら、俺は小さく呟いた。そして翌日、三月六日の夕方に、予想通りダンジョン群発現象が再び発生した。情報収集衛星のおかげで、国内で発生したダンジョンは迅速に発見できるようになった。日本においては、広島県広島市紙屋町の「翔潤寺《しょうじゅんじ》」の敷地内に出現した。

【横浜ダンジョン　江副和彦】

本来、土曜日は横浜ダンジョンでブートキャンプが開催されるが、この日はクルセイダーズの貸し切りとなっている。彰は劉師父、凜子、正義、天音と共に、広島ダンジョンの調査に向かっている。寿人は俺と共にクルセイダーズのブートキャンプに合流している。子弟育成や社会人経験のある三人とは異なり、寿人は高校卒業後の経験が薄い。「人を指導する」という経験を積ませてやる必要があると考え、クルセイダーズ育成に同席させた。

「和さん。俺ってまだ一九歳なんですが、クルセイダーズの人たちより年下ですよ？」

「気にするな。企業では年上の部下を持つことなんて当たり前にある。まして一九歳だろうが二三歳だろうが、俺のような中年オヤジから見れば同じ『若者』で大して変わらん。寿人もいずれチームを率いるようになる。メンバーをどう育てるか、よく見ておけ」

クルセイダーズの六人が待つ部屋に入った。全員が自衛隊支給の装備と備品を持っている。マルコ・モンターレが早々に手を挙げた。

「あー、ちょっといいかな？　俺ッチとしては、この服装より騎士団のロゴが入った鎖帷子《くさりかたびら》にしたいんだけど？　なにせ俺、テンプル騎士団だから」

声には出さないが、皆がマルコと同じように思っていたらしく、頷いている。自分の立場がまだ理解できていないらしい。もう少し「躾け」が必要だ。

「今のお前たちに、騎士団の旗を掲げる資格があるのか？　魔物一体すら殺していないんだぞ？

だがまぁ、そこまで言うのなら……」

寿人に近づき、肩に手を置いた。

「彼はお前らとほぼ同い年、一九歳だ。この篠原寿人と一対一で戦ってみろ。もし勝てたら、すぐに騎士団の旗を掲げさせてやる。武器を使っても構わんぞ？」

「へ？　マジでそんなんでいいの？　というか俺ッチのこと知ってる？　こう見えても俺ッチ、結構強いぜ？」

「同感だ。ダンジョン・バスターズのメンバーを甘く見るつもりはないが、私は幼い頃より剣術《ソードスキル》、格闘術《マーシャルアーツ》を学んできた。日本の剣道では初段だが、強さはそれ以上だと自負している。男とはいえ年下の、しかも素手の者を傷つけることはできん」

アルベルタ・ライゲンバッハまでそう言っている。プロフィールではメンバーそれぞれが、スポーツ経験などの特徴を持っていたが、そんなモノはダンジョンではなんの役にも立たない。そのことをまず教えてやる必要があるだろう。

「寿人に勝つことができたら、すぐにでもダンジョンを討伐できるだろうさ。まぁ、第一層で試してみればいい」

俺たちは早速、横浜ダンジョン第一層へと向かった。

【横浜ダンジョン　篠原寿人】
和さんに言われた時は、少し焦った。魔物とは山のように戦ってきたけれど、対人戦闘は初めてだ。だから俺は、最初は手を抜かず慎重に戦おうと思っていた。すると和さんから言われた。

「寿人、もっと肩の力を抜け。そのままだと相手を殺しかねん。今のお前なら六人全員を同時に相手にしても、三〇秒以内に殺傷できる。それぐらい格差がある」

いや、そう言われても俺が訓練してきた相手は和さんであり彰さんであり、同じランクのメンバーたちだ。飛び抜けて自分が強いなんて思ったことはない。一応、指示を聞いたうえで、俺は身構えた。最初はイタリー人のマルコさんだ。元サッカー選手でプロを嘱望されていたけれど、女性関係のトラブルがあったらしく、今はプラプラしているらしい。

「んじゃ、いくよぉー」

マルコさんはピョンピョンとステップを踏むと、一気に殴りかかってきた。サッカー選手が目の前で本気のダッシュをする。一気に俺の懐に……入らなかった。いや、遅くね？　彰さんなんて一〇メートル離れていても、一瞬で目の前にいるよ？　まぁいいや、取り敢えずデコピンでいいかな？

ベチィィンッ
「ブヒョラャベへェェッ！」

ゆっくり迫ってきた額に軽くデコピンしたつもりなのに、マルコさんは吹っ飛んで悶絶《もんぜつ》している。

あー、そうか。和さんはこれを教えたくて俺に戦わせたわけか。

「クルセイダーズのランクはまだ不明だが、せいぜいEランクだろう。一方の寿人は種族限界を突破したCランクだ。象と蟻《あり》ほどに差がある。気をつけないと、本当に死人を出しかねん。さて、次も必要か？」

俺の強さに怖じけたのか、他のメンバーは首を横に振っている。だが一人だけ、険しい表情を浮かべたまま、棒状の袋を持って俺の目の前に進み出てきた。キツそうな目つきの金髪の女性、アルベルタさんだ。

「どうやら侮っていたのは私たちのようだ。しかし、それならばなおのこと強者を前にして背を見せるような真似《まね》はできん。武器を使っても構わないと言っていたな？　だったら遠慮なく使わせてもらうぞ」

アルベルタさんはそう言って、袋から日本刀を取り出したよ。いやいや、ダンジョンの中には持ち込めないはずだけど？　あ、安全地帯《セーフティゾーン》は大丈夫なのか。

「ただ一合のみの交わり、私の全身全霊を懸ける！」

そう言って、日本刀を腰ベルトに挿すと、足を肩幅程度に前後に開いて、右手を日本刀の柄《つか》に置いた。マンガで見たことがある。「居合抜刀術」の構えだ。なんだろう。金髪なのにアニメに出てくる大和撫子《なでしこ》な美人剣士に見える。

「和さん、どうしよう？」

「少し面白いな。寿人、真正面からいけ。心配するな。斬られても死にはしない」

俺は苦笑してしまった。まぁ確かに、斬られても死なないだろう。エクストラ・ポーションまで用意しているんだから。対武器の戦い方は学んでいる。前屈《まえかが》みになり、動かないアルベルタさんの制空圏を想像する。日本刀っていうのは相当に範囲が広い。殺すわけにもいかないので、手加減しながら日本刀を相手にしなければならない。しかも相手は女性だ。できれば怪我《けが》もさせたくない。

「フー、フーッ」

アルベルタさんが静かに呼吸している。俺もバスターズの一員だ。負けるわけにも斬られるわけにもいかない。悪いけど、ちょっと本気で行くよ？　俺は歩を進め、そして一気に加速した。ダンッと床を蹴った瞬間には、もうアルベルタさんの制空圏を破っている。

「御免ッ！」

腕と腰がブレ、日本刀が横薙《よこな》ぎで向かってくる。けれど俺の予想を超えてはいない。途中で身体を捻《ひね》り、時計回りに刀身を躱しながら、柄を握るアルベルタさんの右手首を左手で止めた。

時間にしてはまばたき程度のはずだが、一瞬で押さえ込まれたアルベルタさんは呆気《あっけ》にとられている。手を放すと慌てて後ろに飛び退《の》いた。

「クッ……」

いや、そんなこと言われるとラノベ世代の俺としては「続きの言葉」を期待しちゃうんだけど。でもアルベルタさんは何も言わず、刀を鞘《さや》に納めた。

「私の負けだ。さすがはダンジョン・バスターズ、強いな」

「あー、うん。まぁね」

本当は俺なんて最弱の部類だ。凜子さんは古武術師範代だし正義さんは元力士、天音さんは性格的に勝てそうにない。剣術のスキルを発現して、劉師父に手ほどきくらいは受けてたけれど、魔法もまだロクに使えない。いずれは「魔法剣士」になりたいなんて思っているけどね。

「さて、これからクルセイダーズの修行を始める。目標は、今の寿人と同等かそれ以上に強くなることだ。大丈夫だ。俺が必ずそこまで引き上げてやる」

和さんは笑っているけれど、俺は知っている。これから彼らは、発狂寸前まで追い詰められるってことを……

【クロエ・フォンティーヌ】

「ち……ち――……超硬戦士ガオリンガー！」

私はいま、クルセイダーズの仲間たちと「しりとり」をしているわ。日本語の勉強にもなるし、いい時間つぶしにもなる。だってつまんないんだもん。いま私たちは、一〇キロのウェイトベストを着せられて、和《カズ》と寿人《ヒサト》がウサギをペシペシ倒している中をただ歩いている。最初は可愛《かわい》らしいウサギだなぁなんて思ったけど、和が小突いたら般若《はんにゃ》みたいな顔になって襲ってきたわ。これが魔物なのね。

「ヘル・エゾエ、俺たちも戦ってみたいのだが？」

生真面目なロルフがそんなことを言っている。本当にライヒ人って勤勉よね。ファッション、グルメ、アニメ、恋愛……人生をもっと楽しまないの？

「焦りは禁物だ。まずは肉体づくりだ。言っておくが、ウェイトはどんどん増えていくぞ？　五〇キロのウェイトを身に着けながら、エビル・ラビットと戦ってもらう。戦士だろうが魔法使いだろうが、まずは基礎体力が重要だからな。それとクロエ、しりとりに『固有名詞』は反則だぞ？」

な、なによ！　日本人ならガオリンガー知ってて当然でしょ！　え、また私の番なの？　り……りー……リリカル萌たん！

「『ん』がついたぞ。クロエの負けだな」

アルベルタが苦笑いしてる。キィィッ！

【フランカ・ベッツィーニ】

皆がキャッキャと騒いでいる。けれどアタイはそれには加わっていない。正直、ダンジョンだとか大氾濫《スタンピード》だとかに興味はない。アタイの人生は高校生で終わっちまった。

「フランカ、今度は日本の食べ物クイズよ！」

「好きにやってな。アタイは興味ないよ」

クロエの誘いを無下に断っちまった。仕方ないじゃないか。アタイは欠陥品だ。高校時代にアキレス腱《けん》を断絶して、陸上選手の夢を絶たれた。それから何をしても冷めたまま、夢中になれるものなんて見つかっていない。クルセイダーズの話を引き受けたのも、魔物に殺されてもいいかな、なんて思いがあったからだ。バチカンだのカソリックだの、アタイにはどうでもいい。神様がいるんなら、アタイの足を返してくれよ。

「皆に言っておく。ダンジョン討伐者《バスターズ》となるのなら、自分の利益以外の『目標』を見つけろ。神のため、家族のため、恋人のため……なんでもいい。誰かのために戦う。誰かのために強くなる。その精神がないと、いずれ潰れてしまうぞ」

エゾエは最初に、アタイらに向かってそう言った。だったらアタイは失格だ。自分のためでさえない。ダンジョンに入ったのは、まぁ「暇だったから？」くらいだ。

「ちなみに寿人の目標は、エクストラ・ポーションを手に入れることだ。どんな難病でも欠損部位さえもたちまちに回復させてしまう。寿人はそれを集め、世界中の難病患者を救うことを目標にしている。急ぐ必要はない。お前たちも自分の中に『理由』を見つけろ」

「なん……だって……」

欠損部位を回復させる？　だったら、アタイの足も回復するのかい？　歩けはするけど陸上選手としては走れなくなったアタイが、再び駆けることができるってのかい？

（エクストラ・ポーション……）

アタイの中に、微かに光が灯《とも》ったような気がした。

【広島ダンジョン　宍戸彰】

僕たちは現在、広島県広島市紙屋町に出現したダンジョンに向かっている。広島市は中国地方最大の都市で、人口は一〇〇万人を超えている。ダンジョンは「人に引き寄せられて出現する」そうだから、政令指定都市はヒヤヒヤしているみたいだよ。

「いやぁ、広島は初めてだけど、面白いね。ホルモン天ぷらなんて初めて食べたよ」

広島名物って「お好み焼き」とか「牡蠣《かき》」だって思ってたけど、広島出身の天音ちゃんが言うには、それは観光客向けだそうで、地元民が愛するグルメがあるらしい。

西区の「アッコちゃん」とかいう店に案内されたんだけど、驚いたよ。なにしろカウンター席に「まな板と包丁」が置いてあるんだよ。セキュリティなんてまったく考えてないね。センマイとかハチノスとかのホルモン部位を天ぷらにして出てくるんだけど、そのままだと大きすぎるので客が切り分けるんだよ。左手にトングを持って押さえながら、包丁で切り分け、粉唐辛子を入れた酢《す》醤油《じょうゆ》で食べるんだけど、これがメチャ旨《うま》い。あとホルモンで出汁《だし》を取った「でんがくうどん」をシメで食べたんだけど、これも旨かった。ホルモン出汁なんて初めて食べたよ。

兄貴が一緒なら、その後は歓楽街「流川町」で遊ぶんだけど、今回は凜子ちゃんと天音ちゃんがいるからね。正義もそういう店にはあまり興味なさそうなので、西区からタクシーで平和大通りを東に進んで、弥生町の店に向かったよ。地元民が愛するグルメ「ウニクレソン」を食べるためさ。

「秋場所の時は、チャンコ食べてたッス。こんな旨いモノが、広島にはあったんスね」

「ダンジョン・バスターズに入って一番驚いたのは、食事の豪華さですね。ＯＧを交えた夏稽古最後の夜でも、こんな豪華な食事はありません」

凜子ちゃんも正義もバクバク食べてる。まぁ兄貴からは、食い物には金を惜しむなと許可をもらってるから、食べたいのを好きなだけ食べればいいよ。

「広島といったら、広島お好み焼き、牡蠣、尾道《おのみち》ラーメンが有名だけれど、それは東京でも食べられるわ。最近は『汁なし担々麺』や呉《くれ》の『海軍カレー』、宮島の『あなごめし』なんかも知られているわね。でも他にも『呉冷麺』『漬物焼きそば』、福山の『ネブト料理』、『備後《びんご》府中焼き』、庄原《しょうばら》の『一寸蕎麦《そば》』なんかもあるわ。広島で食い倒れするなら、一日や二日では無理よ」

天音ちゃんが誇らしげに言う。いっそ、全都道府県にダンジョンできないかな。そうすれば全県グルメ制覇できるのに。まぁ不謹慎だから言わないけどね。

「……ネズミ？」

広島ダンジョン第一層で出てきた魔物は、ハツカネズミにしか見えなかった。ただ出現数が多い。数十匹が群れを成して迫ってくる。劉師父が顎髭を撫でながら、嬉しそうに煽《あお》ってきた。

「フォッフォッ、小さな魔物が群れをなして、地を這《は》うように迫ってくる。一匹は弱くとも、あれだけ数が多いと厄介じゃ。さて、どうする？」

「ちょうどいいわ。試してみたいことがあるの」

前に出た天音ちゃんが、鞭を用意した。あれ、二本あるんだけど？

「ガチャしたら、もう一本出てきたの。双鞭《そうべん》ってやってみたかったのよ」

両腕をクロスさせ、振り下ろす。二本の鞭がしなり、バシーンッと床を叩く。迫ってきたネズミたちは、鞭に打たれて宙を舞った。

「「ヂュウゥッ……」」

悲しそうに鳴きながら空中で煙になっていく。天音ちゃんの鞭はヒュンヒュンと空気を切りながら、連続して床を叩いていく。一発ごとに恐ろしいほどに痛々しい音が鳴る。ネズミたちは怯《おび》えているのか、途中で止まっちゃったよ。

「ウゥッ……鳥肌が立つッス。ネズミたちが哀れに思えてきたッス」

「ホッ……双鞭術による範囲攻撃か。確かに、数が多いだけの雑魚を相手にするにはうってつけじゃのぉ」

第一層はFランク魔物だね。広島はCランクかな？ 魔石の重さを量ってみると、三グラム弱だったよ。それが大量発生することを考えると、このダンジョン、相当に稼げるんじゃない？ カードを見てみると、ポイズン・ラットって名前らしい。Fランクだけど毒を持っているみたいだね。しばらく魔石稼ぎしたら、今度は第二層に行こうか。

第二層はヌートリアみたいな大きなネズミだったよ。五〇センチくらいの大きさの茶色いネズミがドドドッて、群れで駆けてくる。天音ちゃんが同じように鞭を振ると、吹っ飛んで煙になっていくよ。

「天音さん、そろそろ私にもやらせてもらいます」

クルクルと棒を回しながら、凛子ちゃんが進み出てきた。膝を落として棒を構えると、すごい速さで突き始める。ヌートリアは次々と顔を潰され、同じように煙になっていく。

「自分も、やらせてもらうッス！」

正義は相撲の立合いのような構えを取った。左腕にはシールドを着けている。

「ドスコイッ！」

低い体勢のまま、シールドを構えて一気に群れに突っ込む。ヌートリアたちが弾け飛んでいくよ。そりゃ力士が本気で立合ったらヤバイからね。歴代横綱の立合いの破壊力は二トンを超えるらしいよ。多分、今の正義ならもっと凄いだろうね。大横綱千代富士関は、身長一八三センチ、体重一二六キロ、体脂肪率一〇％だったらしいけど、正義なんて身長一九三センチ、体重九八キロ、体脂肪率五％だもん。最近は体重を増やしたいらしく、やたら食べてるけど、簡単には増えないと思うよ？

「Eランクで五グラム……横浜ダンジョンとほぼ同じか。第三層になれば、ダンジョンのランクも確定するでしょ」

僕らはヌートリアたちを蹴散らしながら、第三層へと向かった。そして僕らは思い知った。ダンジョンはやはり甘くないいと。

「Cランク魔物、ホーン・ラットじゃ！　正義、盾を構えよ！」

頭に一本の角を生やした、まるで猪《いのしし》のような大型のネズミが凄い速度で迫ってくる。ヨッシーがシールドバッシュで弾き飛ばしたけれど、ホーン・ラットは一匹だけじゃない。弾き飛ばした後から一〇匹以上がまとめて迫ってくる。天音が鞭を振った。バシーンと命中したはずなのに、勢いが衰えない。

「ちょっ……いきなりCランクなんて反則でしょ！」

正義の横をすり抜けて、壁を蹴って迫ってくるネズミを迎撃する。正拳突き一発で消えていくけど、Cランク魔物一〇匹が同時に出てくるのはちょっとヤバイね。

「みんな、撤退するよ。どうやらここはBランクダンジョンだ」

それぞれが互いを守りながら一体ずつ倒していく。一本道で良かったよ。こんなのが四方から出てきたら、僕でも危ないかもしれない。

【横浜ダンジョン　江副和彦】

「広島ダンジョンはBランクか……」

〈第二層までなら、むしろ稼ぎ場として使えるかもしれないよ。でも第三層はちょっと危ないね。Dランカーだけなら多分、死んじゃうと思うよ〉

彰の報告を受けて、俺はダンジョンの優先順位を考えていた。三月中に一、二箇所のダンジョンは討伐しておきたい。やはり予定通り、金沢と船橋を討伐すべきだろう。

〈兄貴、天音ちゃんたちが、少し稼いでいきたいって言ってるんだけど、いいかな？〉

「いいぞ。こっちはクルセイダーズの育成であと数日は取られる。それまで思う存分に稼げばいい」

笑顔になった彰は「やったよ」なんて横を向きながら画面を切った。どうやら広島でもう少し遊びたいようだ。彰の報告をまとめて冒険者本部に提出するのは俺の仕事だ。こうした「文章作成」を彰に頼るわけにはいかない。第三層までの様子を手早くまとめ、送られてきた画像などを貼り付けて報告書として仕上げる。ダンジョンランク報告用の雛形《ひながた》を用意しているので、大して時間は掛からない。夕方までには間に合うだろう。

〈相変わらず仕事が速いわね。調査依頼を出したのは一昨日《おととい》なのに、今日中に報告書が出来上がるなんて……〉

画面に映っている石原局長が称賛してくれるが、こうしたやり取りができるのもあと僅かだ。省になれば石原と直接話す機会は激減するだろう。一通りの報告を終えた後、今後は課長に報告する旨を伝えると、石原は少し寂しそうに笑った。

〈たまに飲みに行くくらいなら付き合ってあげるわ。というより、そうした方が良いと思うの。貴方のためにも……〉

「？　どういうことだ？」

〈貴方には仲間がいる。宍戸彰、田中《たなか》睦夫、日下部凛子……でもそれは皆、バスターズのメンバーたちだわ。貴方はずっと最前線にいる。その孤独な場所に立ち続けるためには、対等な立場で悩みを相談できる第三者が必要だと思うの。どんなにランクが上がっても、人間の精神には限界があるわ。私は心配してるのよ。いつか、貴方が擦り切れてしまうのではないかって……〉

石原が珍しい表情を浮かべている。本気で俺を心配しているようだ。この九ヶ月間、ずっと駆け続けてきた。仲間を増やし、ダンジョンの討伐も始まった。だがこれからさらに一〇年、これまで以上の速さで走り続けなければならない。そう考えると確かに、少し疲れを感じてしまう。

「そうだな。励ましてほしくなった時は、電話するよ」

〈いつでも構わないわ。じゃぁ、またね〉

画面が暗くなる。深く息を吐いた。ストレスで参っているという感覚はない。だが精神の変容というものは、本人が気づかぬうちに進行する。息抜きはしているつもりだが、たまにはダンジョンもバスターズも忘れて羽を伸ばすのも、必要なのかもしれない。

「……一人でフラリと、箱根あたりに行くか」

だがその前に、クルセイダーズのメンバーを育て上げなければならない。そろそろシャワーを浴びに出てくるはずだ。寿人に任せてみたが、結果が楽しみだ。

〈いま、クルセイダーズがダンジョンから出てきました。六名とも元気そうです。ダンジョン・バスターズからは、わずか一九歳の冒険者、篠原寿人さんがクルセイダーズのトレーナーとして行動しています。代表の江副和彦さんは、クルセイダーズ全メンバーが「Dランク」になるまでは出ないとのことで、もうしばらくは篠原さんをトレーナーとした修行が続くと思われます〉

日本のみならず、海外からもテレビ局が来ている。寿人をトレーナーとしているため、俺はテレビで喋《しゃべ》るつもりはない。リポーターからの取材は「寿人に聞け」としか返答していない。

〈えっと……クルセイダーズの皆さんとは、ダンジョン時間で四〇日間を一緒に過ごしました。彼らは、全員がEランクになっており、遠からずDランクになると思います。彼らが発現したスキルについては、俺……私から言うわけにはいきません。ただ、一緒に過ごす中で彼らとは打ち解けた関係になれたと思います。所属は違いますけど、ダンジョンを討伐するという志は同じですので、今後も協力し合えたらと思います〉

テレビ画面には、戸惑いながらも返答する寿人が映っている。それを聞きながら、寿人がまとめたクルセイダーズ六名のステータス情報を見ていた。

＝＝＝

【名　前】ロルフ・シュナーベル
【称　号】なし
【ランク】Ｅ
【保有数】０／29
【スキル】カードスロット　シールドバッシュLv1　――

＝＝＝

【名　前】アルベルタ・ライゲンバッハ
【称　号】なし
【ランク】Ｅ
【保有数】０／28
【スキル】カードスロット　剣術Lv1　――

＝＝＝

【名　前】レオナール・シャルトル
【称　号】なし
【ランク】Ｅ
【保有数】０／22
【スキル】カードスロット　神聖魔法Lv1　――

＝＝

【名　前】クロエ・フォンティーヌ
【称　号】なし
【ランク】E
【保有数】0／25
【スキル】カードスロット　秘印魔法Lv1　――

＝＝

【名　前】フランカ・ベッツィーニ
【称　号】なし
【ランク】E
【保有数】0／26
【スキル】カードスロット　斥候Lv1　――

＝＝

【名　前】マルコ・モンターレ
【称　号】なし
【ランク】E
【保有数】0／28
【スキル】カードスロット　体術Lv1　――

＝＝＝＝＝＝＝＝＝＝＝＝＝＝＝＝＝＝＝＝＝＝＝＝＝＝＝＝

「驚いたな。全員がスキルを発現している。しかも神聖魔法と秘印魔法に加え『斥候』だと？　見事にバラけているし、チームとしてのバランスもいい。バチカンの長官はこれを予想していたのか？」

バチカン教国には「ＤＲＤＣ」という組織があり、その長官は日本人の枢機卿らしい。スキル発現には本人の経験が影響するということは、仮説として既に公表されている。十字軍《クルセイダーズ》として信徒たちが納得する最低限の条件を満たせば、あとは信仰心ではなく経歴や人格から、潜在的な可能性を判断して選抜したのだろう。

「さすがは、一七〇〇年間もカソリックの総本山であり続けただけのことはある。少し見直したよ。それで、彼らの士気の方はどうだ？」

「スキルが発現したことで、むしろ高くなっています。クロエさんなんかは、早く魔法を教えろと凄い勢いで迫ってきました。気になるのはフランカさんです。事情は教えてくれませんが、エクストラ・ポーションに強い興味を持っています」

寿人の話に、俺はピンときた。タブレットＰＣを取り出して、彼らの事前情報を確認する。防衛省の方で日本語に訳してもらったフランカ・ベッツィーニのプロフィールを見直して納得した。

「フランカ・ベッツィーニは、高校生までは将来を嘱望された陸上選手だった。実際、前回のオリンピック直前までは、高校生ながらイタリー国代表となる可能性すらあったらしい。だが猫を助けようとして交通事故に遭い、左足のアキレス腱を断裂して選手生命を絶たれた。その後は大学にも行かず、働きもせず、プラプラと遊んでいるらしい」

「……俺、エクストラ・ポーションを二本持っていますが、彼女に渡したほうが良いでしょうか？」

「お前はどう思う？　彼女の立場になって考えてみろ。ダンジョン冒険者として活動し、エクストラ・ポーションを手に入れれば、自分の足は完全回復するかもしれない。そうした希望を持っていた時に、ポンと渡された。彼女はどう反応するかな？」

「喜び、感謝して……クルセイダーズを辞める？」

「かも知れない。俺が言いたいのは、何が彼女のためになるのかということだ。こちらが良かれと思って掛けた情けが、かえって相手を不幸にする場合もある。十字軍《クルセイダーズ》を途中で脱退したイタリー人が、母国で陸上選手に戻れると思うか？」

寿人は真剣な表情で頷いた。ただ治せば良いというものではない。彼女が「次の道」を見出せなければ、治ったところで路頭に迷った子猫のままだろう。

「ロルフさんとマルコさんにも相談してみます。一見すると正反対の性格をした二人ですが、二人とも熱い部分を持っています。一緒に考えてくれると思います」

答えのない中で、他人のことを真剣に考える。社会人になれば誰もが直面する問題だ。こうした経験を幾度も重ねて、やがて大人になっていく。もう少し寿人に任せようと思いながら、俺は頷いた。

【船橋市MIKEA　木乃内詩織】

一七歳で茉莉を産んでから、茉莉を育てるために少ない食費をやりくりして、できるだけ自炊をしてきました。別れた夫は、暴力こそ振るいませんでしたが女癖が悪く、浮気も一度や二度ではありませんでした。茉莉のためと我慢をしていましたが、茉莉が小学校を卒業した時に、ついに耐えかねて離婚し実家に戻ったのです。本当に茉莉には苦労をさせました。アルバイトをした最初のお給料でケーキを買ってきてくれたとき、私は涙を溢してしまいました。私のような浅はかな女から、本当に良い子に育ってくれたと思います。

「バスターズのほとんどは独身です。何日間もダンジョンに潜った後は、家庭の味を恋しく思うでしょう。木乃内さんには、そうした『母の味』を作っていただきたいのです」

今月末から、私はダンジョン・バスターズに雇われて働くことになります。食事を作ったり家事をしたりするのが主な仕事内容ですが、驚くほど多くのお給料をいただきます。江副さんの期待に応えるためにも、腕によりを掛けた美味《おい》しい料理を作りたいと思います。

「お母さん、このお皿なんて可愛いよ？」

今日は船橋市にある家具量販店「MIKEA」に来ています。新社屋の「社員食堂」の見取り図や写真などが挟まったバインダーを手に、茉莉が大はしゃぎしています。調理道具からお皿、椅子やテーブルまですべてのコーディネートが私に一任されています。予算としてポンと一〇〇〇万円を渡された時、思わず身震いしてしまったのを覚えています。

「食堂ということは、ラノベでいう『ギルドに隣接した酒場』みたいなものだろ？　雰囲気を出すためにも、やはり木製の椅子とテーブルが良いと思うんだが……」

茉莉と共に、スラックスとジャケット姿の江副さんが歩いてきます。その姿に、思わず見惚《みと》れてしまいます。私の元夫なんて、三〇歳を過ぎても短パンとサンダル姿の、良く言って若々しい、悪く言えば「チンピラ」のような軽薄な男でした。本当の、大人の男性というのに私は初めて触れたのかも知れません。

「素敵なご主人ですね」

「えっ？　あ、あの……はい……」

店員に声を掛けられ、思わず赤くなってしまいました。そうです。傍目《はため》から見ると、まるで家族で買い物に来ているように見えるかもしれません。

「お母さん。こういうのって、やっぱりプロのコーディネーターに任せたほうが良いんじゃない？規模が大きすぎて想像つかないよ」

「そうよねぇ……江副さんは、どうお考えですか？」

少し赤くなりながら、江副さんに聞いてみました。すると腕時計を見て頷いています。

「そう言うと思って、ＭＩＫＥＡのファッショニング・コンサルティングサービスを予約してあります。二階のビジネスカウンターに行きましょう。ただ私としては、木乃内さんにすべてをお任せしたいと考えています。失敗しても構いません。買いなおせばいいんです。一〇〇〇万なんて端金《はしたがね》ですから……」

茉莉を間に挟んで、私たちは二階へと向かいました。本当に……夫婦みたいです。

【秋葉原　外神田一丁目の古ビル　田中睦夫】

「できたよ！　朱音氏の八分の一サイズフィギュア！」

ホワイト企業、ダンジョン・バスターズで仕事を終えた後、僕たちは秋葉原に借りた安い事務所でフィギュア作りに没頭している。今年はオリンピックがあるから、有明のスーパーコミックセールが五月に開催される。そのための準備が忙しい。今年は僕が手に入れたカードのほか、ＬＲカードのキャラたちをフィギュアにしてブースに飾るつもりだよ。もちろん、マンガも並行して描いてる。

「バスターズの給料で十分食べられるからサークル解散」

なんて誰も言わない。これは僕たちのライフワークだし、バスターズの宣伝にもなる。今年の一〇月は名古屋のエキスポにも出展するかもしれない。きっと凄い人気になるよ。

「ムッチー、エミリちゃんの写真なんだけどさ。もっとこう……ローアングルないの？　あとできれば、クルセイダーズの画像も欲しい」

「あ、それ必要。クロエちゃん、人気になり始めてるから」

「江副氏と茉莉氏にお願いしてみるよ」

カード販売は禁止されているけれど、バスターズのロゴが入った模造カードならＯＫだから、それも用意する。見た目と手触りにこだわった本物志向なカードができた。いまのところＳＲカードまでしか出ていないけど、近いうちにＵｌｔｒａ Ｒａｒｅカードもきっと手に入る。世界中から、僕らのブースに人が押し寄せるよ。楽しみだなぁ。

【横浜ダンジョン　ロルフ・シュナーベル】

「来るぞっ！　俺が二体を引き受ける。アルベルタ、マルコ、フランカは一体ずつ相手しろ。クロエは後方から魔法攻撃、レオは回復だ！」

日本語の勉強を終えてから二週間、俺たちは横浜ダンジョンの第四層でカンガルーと戦い続けている。すでにDランクに上がっているが、そこで頭打ちがきた。正確には、これまでのような成長の仕方とは違う感覚がある。変化しようとする力と、今のままで留《とど》まろうとする力がせめぎ合っているような感覚だ。一枚の扉を挟んで、相反する力が押し合いをしているような気がする。

「Cランクは人間の限界を超える必要がある。これまでのような『休み休み』では、絶対にCランクには上がらん。継続だ。気が狂うほどに魔物と戦い続けたその果てに、超人への扉が開かれる。ひたすら戦い続けるぞ。劉師父、これまで同様、魔物をおびき寄せてくれ。コイツらが死なない限り、止める必要はない」

なんなのだ。その脳髄まで筋肉で出来ているかのような考え方は？　俺は忘れていた。理性、論理、几帳面、真面目……日本人とは共有する価値観が多いと思っていたが、彼らには理解不能な精神構造があることを忘れていた。この国は小さな島国なのに、かつて全世界を相手に全面戦争した国なのだ。そう、彼らの持つカミカゼの精神を忘れていた。

だが無情にも、魔物は次々と襲い掛かってくる。俺は雄叫《おたけ》びを上げた。四の五の言っている場合ではない。戦わなければ、こちらが死ぬのだ。精神論に頼るなどライヒ人らしくないが、俺は叫んだ。

「怯《ひる》むな！　我らは十字軍《クルセイダーズ》、神の尖兵にして人類の守護騎士。今こそ旗を掲げろ！」

いつの間にか、ヘル・江副が十字軍《クルセイダーズ》の旗を手にしていた。背中に旗を背負っている。そう思うと、腹の底から力が湧き上がるのを感じた。

第二章　ダンジョン完全起動

【南米某国】

男は上機嫌な様子で、アパートメントの階段を駆け上がった。人間の限界を突破した男は、ダンジョンの最下層に到達し、超常の力を持つカードを地上で行使する力を得た。かつては人を助ける医者であった男は、ダンジョン内で戦い続けることでその意識が徐々に変質し、目的のためならば殺人すらも厭《いと》わない人間へと変わった。

狂気の世界で戦い続けているが、それでもまだ人間性が残っている。老いた母親が待っている家に帰った時、男は自分がまだ人間であることを自覚する。国は荒れ、首都の半分はスラム街と化し、マフィアが横行している。政治は腐敗し、役人も警察も汚職にまみれている。貧しく弱い人間は、ただ奪われるだけであった。

だがダンジョンの出現によって、世界が一変した。ダンジョンで得た力を使えば、歪《ゆが》みきった世界を変えることができる。まずはこの街のスラムから変えよう。警察と結託して弱者を食い物にする犯罪組織を潰し、連中が不当に蓄えた富を分配する。沈黙する人々も、やがて気づくだろう。世界が変わりつつあるのだと……

「母さん、帰ったよ」

普段なら、母親が出迎えてくれるはずなのに、今日に限って返事がない。男は首を傾《かし》げて家の中に入っていった。男の家族は、母しかいない。母親は昼夜働いて男を留学させてくれた。この国には、誠実で愛情溢《あふ》れる人々もたくさんいる。母もその一人だ。決して豊かではないが、温かな家庭が自分を自分でいさせてくれる。母の姿を求めて、男はリビングへと入った。

「戻ってきたかい？　ドクター」

だが男は忘れていた。この世界はどこまでも残酷で、当たり前のように人の悪意が存在しているのだ。リビングに入った男が目にしたのは、頭に銃を突き付けられた母親と、自分を取り囲む複数の男たちであった。

「母さん！」

「おっと、動くなよ？　テメェが妙な力を使うってのは知ってるんだ。幾つも潰してくれたようだな。テメェはやり過ぎた。大物を怒らせちまったよ」

「大物？　お前たちは誰だ！」

後頭部に銃が突き付けられる。男は手にしていた袋を床に落とし、両手を上げた。母を人質にしている男は、口端を歪めた。

「テメェがボスを殺してくれたおかげで、成り上がるチャンスが巡ってきた。ボスはテメェが思っている以上の人物と繋《つな》がっていたのさ。テメェを差し出せば、この街を支配することもできるだろうぜ」

「……まさか、大統領か」

「お袋を殺されたくなかったら、大人しくしな」

後頭部に銃が当てられる。勝利を確信したのか、マフィア共がゲラゲラと嗤《わら》う。ここで動けば、連中は母も自分も簡単に殺すだろう。そして無抵抗でいれば、結局は殺される。弱者はただ奪われ、虐げられ、殺される。それが当たり前であり、善意を期待するほうが間違っている。無抵抗ならば奪われる。嫌ならば、戦うしかない。

男は震えた。恐怖にではない。自分に迫られた選択に、戦慄したのだ。ここで人間性を選択して殺されるか。それとも世界を変えるために修羅の道を進むか。

そして、男は選択した。涙を流す母親に、決意の表情を向ける。

「母さん…… 許してくれとは言わない。俺は、人間を辞める！」

それはおよそ人間の動きではなかった。背後から銃を突き付けている男の首を一撃でへし折り、キッチンの傍《そば》に立つ男の銃を蹴り上げると、手刀で腹をぶち抜く。自分にめがけて銃が撃たれるが、男は信じ難い速度でそれを躱《かわ》し、棚にあったボールペンを投げる。男の額に突き刺さったボールペンは、半分近くが頭蓋に埋まった。

「テ、テメェ！　母親がどうなってもいいのか！」

喚《わめ》きながら母親に銃を突き付けている。男は床に落ちていた銃を手にして嗤った。

「お前は三つ、過ちを犯した。一つ、俺に時間を与えてしまった。俺が部屋に入った瞬間に銃を撃つべきだった。二つ、お前らの背後を俺に教えてしまった。これで潰すべき敵がハッキリした。そして三つ、お前は、俺の覚悟を見くびった」

パンッと乾いた音が響いた。母親は目を見張り、そして自分の身体《からだ》に視線を落とした。心臓の部分に赤いシミが広がっていた。

崩れる母親を捨てて銃を構えた男に跳びかかる。男が喚きながら引き金を引く。だが素手で弾丸を弾《はじ》き飛ばし、そのまま首を摑《つか》んで片手で持ち上げた。瞳には狂気が渦巻き、口はニパァと笑みが浮かぶ。まるで鉛筆をへし折るかのように、ガクガクと震える男の首をバキンッと握り潰した。

名も知らないならず者を放り捨て、男は自分が殺した母親を抱え上げ、ベッドルームへと向かった。既に息をしていない母を横たわらせると、男は鏡の前に座った。

「母さん、俺はやるよ……」

母親が使っていた化粧品を手にする。そして仕上げに、母の血を指に取り、口から頬に掛けて塗る。鏡には、まるで道化師のような化粧をした男が映っていた。その右目から、雫《しずく》が一粒だけ落ちた。


【元赤坂　迎賓館】

十字軍《クルセイダーズ》が狂気の訓練に入った頃、日本政府も国家の命運を懸けた会談に臨もうとしていた。大東亜《亜》人民共産国《国》、周浩然《シユウハオラン》第七代国家主席と日本国、浦部《うらべ》誠一郎《せいいちろう》第九八代内閣総理大臣による日亜首脳会談である。この会談は国外からも注目されていた。年初に、ガメリカが自国に籠もる方針を発表して以来、対ダンジョン政策のグローバル・リーダーシップは日本がを握っていた。

一方で、極東情勢は決して平穏ではなく、ミサイル実験を繰り返す大姜《だいかん》王国とウリィ共和国との接近、ガメリカと亜国との関税戦争、日内関係の悪化などダンジョン発生前からいくつもの火種が燻《くすぶ》っていた。

この状況で行われた日亜首脳会談は、今後の極東アジア情勢を左右する歴史的な合意がなされると期待されており、迎賓館のプレスルームには二〇を超える国々から報道陣が押し寄せていた。そして今まさに、日亜両国首脳が会談に臨んでいる。

「既に総理もご承知でしょうが、我が大東亜人民共産国では多数のダンジョンが出現しています。なんとか討伐しようと陸軍も頑張っていますが、遅々として進みません。このままでは、大氾濫《スタンピード》の不安によって、国内の混乱が広がるでしょう。そこで、ダンジョン対策が進んでいる日本の協力をいただきたいのです」

通常、首脳会談では国家間の大まかな方針や方向性が話し合われ、次官以下の官僚たちによって詳細が詰められる。だが今回の会談においては、二ヶ月以上前から水面下で話し合いが続いており、かなり踏み込んだ部分まで話し合われる予定だ。

「周主席、ダンジョンは人類共通の敵です。ですので我が国としても、協力することは吝《やぶさ》かではありません。ですが貴国と我が国には、歴史認識や領土問題、著作権などの知財取り扱いなどで摩擦が生まれており、我が国の中には後ろ向きの意見も少なくありません。そうした摩擦を解消しない限り、日本国政府としても全面的な協力は難しいと思います。その辺りを、貴国はどのようにお考えですか？」

来日目的や話し合いの内容などは事務方の事前打ち合わせでハッキリとしている。日本政府としては、要望は理解するが簡単には応じられないことも伝えてある。それに対する返答がこの会談であった。

「浦部総理もご承知と思いますが、我が国は建国当初から日本を敵視していたわけではない。いや、率直に言えば現在においても、感情的には日本を敵視してはいないのです。第二次大戦後の歴史の中で『国家政策』によって貴国への外交姿勢を変えてきた。貴国にとっては迷惑かもしれないが、我が国には必要な政策だったのです」

浦部は内心で驚きながらも、苦笑するしかなかった。こうもハッキリと「反日は国策」「共産党一党独裁のために必要だった」と断言されれば、喧嘩《けんか》を売っているのかと怒鳴るか、苦笑するしかない。ここで肝心なことは、国家主席がそれを口にしたということだ。

「我が国の中にも、そうだろうと思う人はいるでしょう。受け入れるわけにはいきませんが、貴国には貴国の事情があったという点は了解しています。それで、今後もその政策を続けるのですか？であれば、我が国としては協力することは極めて難しいと思います」

「国策であれば、変えることができる。私は外に敵を作り、敵愾心《てきがいしん》を煽《あお》ることで人民の不満の目を逸《そ》らせようという政策を終わらせるべきだと思っています。具体的に言えば、尖閣《せんかく》諸島の領有権主張を放棄し、南京《ナンキン》記念館などの反日プロパガンダ施設の取り潰し、反日映画の制作および放送の禁止です」

浦部は黙って二度ほど頷《うなず》いた。譲歩してくると思っていたが、ここまで大きな転換とは思っていなかった。だが同時に、日本の「直接的利益」が少ないことにも気づいていた。言い方は悪いが要するに、反日政策を変えるから協力しろ、嫌わないでいてやるから助けろ、ということだ。国民の多くは「知るか」と思うことだろう。

「貴国がこれからの日亜関係に真摯に取り組もうとされている誠意は感じます。それで、貴国が我が国に求める協力とは、具体的にはどのようなものでしょうか？」

「民間人冒険者制度および育成のノウハウ、そして水素発電技術です」

浦部は俯《うつむ》いて、フゥと小さく息を吐いた。とてもではないが割に合わない。日亜関係の改善は外交的には大きなプラスだ。六月の衆参同時選挙で勝利するためにも、ここで大きく成果を出しておきたい。だが国益を損ねてまで成果を急ぐ必要はない。ダンジョン討伐も進み、支持率も上がっている。今でも十分に、選挙には勝てるだろう。

「周主席、我が国にとってそれはあまりにも割に合いません。もう少し、話し合いが必要だと思います」

周浩然も頷いた。これで簡単に合意できたら、それこそ驚きである。だが未来に向けて互いに歩み寄ろうとしていることは共有できた。そのための具体的な話を詰めていく。ここからが外交の正念場、その場の誰もがそう思い、顔を引き締めた。

外務省アジア大洋州局では、初日の首脳会談を受けて深夜まで話し合いが続いていた。周浩然国家主席の滞在期間は五日間を予定している。その間になんとしても合意形成をしなければならない。この思いは、日亜両国ともに持っていた。

「反日政策の全面転換は歓迎するし、尖閣諸島の領土主張を取り下げるのも有り難い。公海上の漁獲量取り決めや知財関係でもかなりの譲歩をしてくれている。だがこれだけでは国民は納得しないだろう」

「大姜王国への経済制裁については後ろ向きのようだし、東亜民国の独立国認定など絶対にないだろう。人権問題についても内政干渉と言うだろうしな」

魔石を利用した水素発電技術は、世界経済の地図を大きく変えるものである。将来的には、その価値は数百兆円にもなるだろう。それを考えれば、いまやっている嫌がらせを止めるという程度ではとても割に合わない。

「だがあまり望みすぎるのもどうかと思う。万一にも、大姜王国とウリィ共和国が連邦国家になろうものなら、それこそ核武装した反日国家がすぐ隣にできるのだ。そのリスクを考えれば、大亜共産国との友好関係は必要だ」

「我が国の利益としては、たとえば今後、亜国内に建設する水素発電所を日本企業が請け負うなど、公共事業での優先権を獲得することである程度は見込めるだろう。また反射利益もある。具体的には、産業財の切り替えだ。産業材の輸入を内国から日本に切り替えるのなら、我が国にとっても利益になる」

「だがどこまで信頼できる？　たとえば高速鉄道技術も、日本の技術支援を受けた後には『我が国独自開発』とか言って輸出を始めたではないか。水素発電技術も同じになるのではないか？　周主席個人は信頼できるかもしれないが、亜国全体はまた別だ」

両者にまたがる溝は深い。四〇年に亘《わた》る反日政策によって、日本国内には亜国への不信感があった。結局のところ、外交とは信頼関係なのだ。大亜共産国は、その信頼関係を損ねてきた。そのツケを支払うときが来たのである。議論の末、誰かが呟《つぶや》いた。

「周主席に覚悟を示してもらうしかないだろう」

「覚悟とは？」

「これまでの反日政策をすべて捨て、日本との関係をやり直す。国家主席として、亜国の覚悟を示してもらうしかない」

「だがどうやって？　共同宣言や条約締結では、これまでと同じになってしまうが？」

「いや、一つだけ方法があるぞ。日本にはあるではないか。亜国が反日政策の一環として文句を言い続けている『施設』が……」

互いに顔を見合わせ、実現可能性について議論が始まった。


【千代田区九段坂】

黒塗りの自動車が、元赤坂から半蔵門を通り、千鳥ヶ淵《ちどりがふち》を右手に九段下方面に向かう。周浩然は窓の様子を見ながら、時代の変革を感じていた。帰国次第、党内の締め上げを強めなければならない。四〇年続いた反日政策の大転換を行うには、メディアを通じた過剰なプロパガンダが必要になる。蒙沢民《モウタクミン》と田村覚英《たむらかくえい》との逸話や日本のＯＤＡ支援などはこれまで意図的に報道を控えてきた。そうした「日亜友好の歴史」を全面に押し出すことで、過去を水に流し未来志向の関係を醸成する風潮を生み出すことができるだろう。そして自分は、その象徴となる姿を見せなければならない。

「周大人、本当に宜《よろ》しいのですか？　『あそこ』に行くということは……」

「日本も、抗日戦争記念館に現役の総理が二人、訪問しているではないか。私が参拝することで、はじめて対等になる。七〇年以上前の『ただ聞いただけの出来事』に縛られて、明日に向けて歩み出せないというのは愚かしいことではないか」

やがて到着し、周浩然は車を降りた。三月の陽気で少しずつ桜が芽吹き始めている。大きく息を吸って吐いた。史上初の「亜国国家主席の靖国《やすくに》神社参拝」が始まった。

「いま、人類は未曽有の脅威に晒《さら》されています。いつまでも過去に縛られるのではなく、現実の脅威に、そして未来に、立ち向かわなければなりません。周主席が靖国神社を参拝してくださったことで、日亜関係は大きく変わりました。私たち日本人の意識も、変わらなければなりません。我が国は建国以来、中華文明の影響を受けてきました。良好な関係を続けてきたのです。今日を機に、新しい信頼関係を築くべきです」

靖国神社神門の前で、日本国首相と大東亜人民共産国主席による共同宣言が発表され、同時に新・日亜平和友好条約が締結された。領土問題や歴史認識問題などを包括的に解決すると同時に、大亜共産国内に建設される水素発電所の公共事業を日本企業が一括して請け負うことなど、経済協力関係の強化も条約に盛り込まれている。また半島情勢においては日亜共同の宣言として、ダンジョン討伐に積極的に乗り出し、ＩＤＡＯへの加盟を希望する旨が発表された。

【横浜ダンジョン　江副和彦《えぞえかずひこ》】

「大東亜人民共産国は本気よ。正直、周主席がこれほどの覚悟を持っているとは思わなかったわ。今回の合意には、世論も概《おおむ》ね歓迎している。やはり靖国パワーは凄《すご》いわね」

「そのようだな。ダンジョン討伐後の世界は、アジア主導の世界になるかもな」

横浜ダンジョンの様子を見に来ていた石原《いしはら》局長と食事をしながら日亜首脳会談の結果について話し合う。個人的に驚いたのが、日本人冒険者が東亜民国のダンジョンについて討伐申請をしても、亜国は文句を言わないという点だ。

「正直、それどころではないのよ。亜国内のダンジョン数は八〇を超えているわ。最終的には一二〇近くのダンジョンを抱えることになるでしょう。そのほとんどが大都市圏なのよ。幹線道路の封鎖や工場閉鎖などの被害も出ているし、陸軍を張り付けるだけでも莫大《ばくだい》な費用が掛かるわ。さらに民間人登用にも課題アリよ？　一つのダンジョンで五〇〇人の民間人冒険者だとしても六万人。彼らが一人あたり年間で一億円分の魔石を採掘したら、六兆円になるわね。下手したらその二倍、三倍になるかもしれない。水素発電所の稼働と民間人冒険者登用制度のタイミングを合わせないと、経済破綻を起こすわ」

「その点、日本は大丈夫だな。今月中に金沢も討伐する予定だ。そうすれば札幌《さっぽろ》くらいは改造できるだろう。いずれ国内すべてのダンジョンを『最適な魔石鉱山』に変えてやる」

三〇〇グラムのステーキがあっという間に無くなり、追加の注文をする。石原は呆《あき》れながらコーヒーを啜《すす》った。そして思い出したように聞いてくる。

「そういえば、クルセイダーズの育成はどう？　成長しているかしら？」

「まだCランクには届いていない。クルセイダーズには悪いが、実験に付き合ってもらっている。Cランク……種族限界突破《スピーシズ・リミットブレイク》の方法を探っている。単純に魔物を倒した数なのか、それとも継続して戦い続けた時間なのか、あるいはウェイトなどの負荷なのか……より精緻なデータが欲しい。いずれノウハウ化し、最短でCランク冒険者を育て上げる方法を確立するつもりだ」

「できれば自衛隊にも欲しいけれど……公表はしないほうが良いわね」

「……民間人冒険者の犯罪者が出たのか？」

「日本ではまだよ。でもガメリカではDランク兵士による暴力事件が何件か発生しているし、南米ではマフィアがダンジョンを独占して悪さしているみたい。中東でもそうよ。いよいよ、きな臭くなってきたわ」

「Cランク冒険者の身体能力はDランクとは比較にならん。武器など持たずとも、テロを起こせるだろう。ランク判定の道具などがあれば良いんだが、ガチャアイテムでは見つかっていないからな」

「ダンジョン研究では、日本が最先端を走っているわ。その分、他国の諜報《ちょうほう》やテロ標的の危険がある。警察と公安が対策に乗り出しているけれど、もし相手がCランクなら対処できるのは同ランク以上の冒険者だけね」

　ダンジョン以上に危険なのが、ダンジョンで強化された人間のほうだ。強化因子については未知の部分があり、人格にも影響があると考えられている。俺も、ラットを使った実験で強化因子による凶暴化を目の当たりにしている。俺自身は変わっている気はしないが、ひょっとしたら影響が出ているのかも知れない。

（もし、俺が理性を無くしてただの凶暴な動物となったら……）

首を振った。考えても仕方のないことだ。切り分けた肉に、フォークを突き立てた。

【金沢ダンジョン　江副和彦】

三月下旬、ダンジョン・バスターズはクルセイダーズと共に、金沢ダンジョンの攻略に入った。クルセイダーズのメンバーは全員がCランクに到達している。

＝＝

【名　前】ロルフ・シュナーベル

【称　号】種族限界突破者《スピーシズ・リミットブレイカー》

【ランク】C

【保有数】0／29

【スキル】カードスロット　シールドバッシュLv7　剣術Lv6

＝＝

【名　前】アルベルタ・ライゲンバッハ

【称　号】種族限界突破者《スピーシズ・リミットブレイカー》

【ランク】C

【保有数】　0／28
【スキル】　カードスロット　剣術Lv9　身体強化Lv5
＝＝
【名　前】　レオナール・シャルトル
【称　号】　種族限界突破者《スピーシズ・リミットブレイカー》
【ランク】　C
【保有数】　0／22
【スキル】　カードスロット　神聖魔法Lv8　精神魔法Lv4
＝＝
【名　前】　クロエ・フォンティーヌ
【称　号】　種族限界突破者《スピーシズ・リミットブレイカー》
【ランク】　C
【保有数】　0／25
【スキル】　カードスロット　秘印術Lv9　召喚術Lv1
＝＝
【名　前】　フランカ・ベッツィーニ
【称　号】　種族限界突破者《スピーシズ・リミットブレイカー》
【ランク】　C

【保有数】　0／26
【スキル】　カードスロット　斥候Lv8　短剣術Lv5
＝＝＝＝＝＝＝＝＝＝＝＝＝＝＝＝＝＝＝＝＝＝＝＝＝＝＝＝＝＝＝
【名　前】　マルコ・モンターレ
【称　号】　種族限界突破者《スピーシズ・リミットブレイカー》
【ランク】　C
【保有数】　0／28
【スキル】　カードスロット　体術Lv8　身体強化Lv5
＝＝＝＝＝＝＝＝＝＝＝＝＝＝＝＝＝＝＝＝＝＝＝＝＝＝＝＝＝＝＝

この二週間と限定するならば、クルセイダーズの訓練内容はバスターズ以上だった。その背景としては俺の中での焦りもあった。バチカンからの依頼でクルセイダーズを鍛えているが、その分、バスターズの活動が制限されてしまう。要するに「さっさと終わらせたい」という気持ちが、過酷な訓練へと繋がってしまった。

「この短期間で、FランクからCランクへと駆け上がった。みんな本当によく頑張った。この金沢では、修業の最終仕上げを行う。ダンジョンの討伐を経験してもらう。もちろんダンジョン所有権を渡すわけにはいかないが、第一層から最下層まで切り拓《ひら》き。ガーディアンを倒すという経験をすれば、ヨーロッパに戻っても十分に活躍できるはずだ」

金沢市主計町《かずえ》は、浅野川に沿って広がる古い街並の区画である。地元の人はこの区画を「ながれ」と呼び、東山地区の「ひがし」、野町地区の「にし」と並んで金沢三大茶屋町の一つにあげられる。その「ながれ」の一画にある鍋専門料理店「加賀太郎」で、ダンジョン討伐前の宴席を用意した。バスターズからは、俺の他に、彰《あきら》、凜子《りんこ》、正義《まさよし》、天音《あまね》、寿人《ひさと》の計六名、クルセイダーズの六名と合わせて一二名が向かい合って座っている。座敷の間は最大三二名まで入るが、今日は貸し切りにしてもらった。

「それでは前祝いだ。クルセイダーズの成長と金沢ダンジョン討伐を祈願して、乾杯」

地上時間で二〇日、ダンジョン時間では二年近くを共に過ごしてきた。動機は違えど、討伐を目指す同志には違いない。金沢ダンジョンの討伐が終われば、彼らはバチカンに帰るのだ。感無量という心境であった。

「カズ、なにしみったれてんの？　あ、アタイらが帰っちゃうことが寂しいんだぁー」

日本酒で機嫌を良くしたフランカが絡んでくる。クルセイダーズとして戦い続けることに迷いを抱いていた彼女だが、どうやら吹っ切れたようだ。今では斥候としてクルセイダーズに欠かせないメンバーになっている。

一方、クロエはガチャで出現した服装に不満を溢《こぼ》していた。Ｒａｒｅアイテムの「魔導士の外套《がいとう》」のデザインが気に入らないらしい。

「うー……リリカル萌《もえ》たんはもっと明るい色でフリフリがついているのよ？　こんなゴワゴワのゴツイ外套なんて、魔法少女が着るものじゃないわよ！」

クロエはアニメキャラのような装備が欲しくて、無断でガチャを回しまくったらしく、それから魔物カード所持を禁止されていた。俺から言わせれば、あんなフリフリで露出の多い服装をして戦うなど自殺行為なのだが、魔法少女は外見重視らしい。

やけ酒を始めそうなクロエを、隣に座るレオナールがやんわりと止めていた。

「クロエ、これは現実だよ？　それにガチャアイテムはまだまだ未知のモノが多い。これから出てくるかもしれないじゃないか」

レオナールは元神学生ということで、クルセイダーズの中で最も信仰心が強い。ダンジョンに入る前には必ず祈りの言葉を唱えている。レオナールのポジションは「神官」といったところだろう。十字軍《クルセイダーズ》の背景を考えると、こうした存在は不可欠に思える。アングロサクソンの文化を語るうえでカソリック教は切り離せない存在だ。レオナールによって、他のメンバーたちが精神的に安定する効果も期待できる。

「お前たちはもう少し大人しくできんのか？　マルコは膝を立てるな。行儀が悪い。そもそも畳では正座して食事すべきだろうが」

金髪の女騎士であるアルベルタは、外見からは想像できないほどに日本文化に傾倒している。この一二人の中で唯一、座布団の上に正座して食事している。俺が足を崩すように促しても拒絶しているくらいだ。

「ライヒ料理にも、アイントプフというスープ料理がある。この寄せ鍋はそれに近いな。もっとも、アイントプフは庶民料理で、このように形式張った店で食べるようなものではない。日本の素晴らしいところは、鍋料理一つでも各地に多様性があり、庶民料理から料亭料理まであるところだ。ライヒ料理には、これほどの多様性はない」

男性的な口調で器用に箸を使いながら寄せ鍋を楽しんでいる。睦夫《むつお》が「写真が欲しい」と言っていた理由がなんとなくわかる。確かに、ある特定の層から人気を得そうだ。

「んで、この後はどうすんのよ？　アッキーからは『日本ならではの楽しい店がある』って聞いてるんだけど？」

マルコの性格は、彰に似ている。実際気が合うらしく、ダンジョン内では二人でジョークを飛ばし合っていたらしい。もっとも、キメるところはキメるので、度が過ぎない限りは他のメンバーも許しているようだ。こうしたムードメーカーはチームには一人必要だろう。二人は多すぎるが。

「カズヒコ。少し真面目な話をするが、前々から気になっていたことがある。ダンジョン・バスターズでは討伐を目的としながらも、ダンジョン自体は残している。これは矛盾しているのではないか？」

向かい合って座っているロルフは、日本の有名メーカーの瓶ビールを飲んで、少しだけ顔をしかめた。どうやら彼の好みには合わないらしい。やはりビールはライヒが一番だなと小さくこぼしている。

「俺は矛盾しているとは思っていない。ダンジョンの討伐とは、ダンジョン・コアに設定されている『大氾濫《スタンピード》』をオフにすることだと定義している。それに、最下層の天井に刻まれたレリーフも気になる。消す必要はないというのが、俺の結論だ」

「そうかな？　俺はそのレリーフこそ『罠《わな》』なのではないかと思っている。つまり、いかにも曰《いわ》くありげなレリーフを見せることで、ダンジョンを消滅させないようにする。大氾濫《スタンピード》の項目も見せかけだ。オフにして安心させているその裏で、カウントダウンは続いており、時が来ればオフにしたダンジョンも含めて、一斉に魔物が溢れ出す……」

「……」

その可能性は無いとはいえない。ダンジョンについては未知の部分が多すぎる。レリーフについても、朱音《あかね》たちは「重要なもの」と言っているが、具体的にどう重要なのかまではわかっていない。罠だから捉われるなという意味での重要ということも考えられる。

考えた俺の様子を見て、ロルフは言葉を続けた。

「俺は、ダンジョンは確実に潰すべきだと考えている。レリーフについては、画像を残しておけば問題ないだろう。魔石による水素発電などは確かに魅力的だが、そうしたエネルギー問題の解決を『異世界からの異物』に頼って良いものだろうか？　人類が協力し合って、人類の手で解決しなければならない問題だと、俺は思う」

「確かに、その考え方も成立する。大氾濫《スタンピード》の可能性を確実に潰すのであれば、ダンジョン自体を消滅させたほうが良いだろう。だがそのデメリットもある。魔石やガチャなどが使えなくなることだ。ロルフは、そのデメリットを差し引いても、ダンジョンを確実に潰すべきだと言いたいわけだな？」

「あくまでも、俺個人の考えだ。ダンジョン・バスターズのやり方を否定するつもりはない。だが、いま言った可能性があることは、一つのテーゼとして挙げておきたい。俺も、バチカンに戻ったと

きにはＤＲＤＣ長官と話し合うつもりだ。ダンジョンは『確実に潰すべきだ』とな」

俺は黙って頷いた。クルセイダーズがそうするのであれば、俺は否定はしない。ダンジョンについては何もわかっていないのだ。たとえ全てを消し去ったとしても、一〇年後に六六六のダンジョンが再び復活し、魔物大氾濫《モンスタースタンピード》が起きる可能性だってあるのだ。結局のところ、自分で正解を決めるしか無い。

「ここは日本だ。クルセイダーズに討伐の全てを任せるわけにはいかない。最下層のダンジョン・コアの扱いは、バスターズに委ねてもらう。だがお前が言った可能性は、冒険者運営局には伝えておく。結局のところ、何が正解なのかは誰にもわからないからな」

俺はそう言って、この話題を止めた。日本酒の瓶を手にして差し出す。ロルフが手にしているガラス製の猪口《ちょこ》に、加賀太郎オリジナルの冷酒を注いだ。


二名のＢランカー、一〇名のＣランカーというメンバーは、Ｃランクダンジョン討伐ではオーバースペック過ぎた。第四層のエルダー・オークをアッサリと倒したクルセイダーズは、もうしばらくここで訓練を積みたそうな様子だった。だが俺たちにも事情がある。バスターズの新社屋はすでに完成しており、あとは引き渡し手続きだけだ。それが終わり次第、船橋、仙台と討伐し、Ａランクダンジョン「深淵《アビス》」へと挑む。そのためにも、金沢ダンジョンは一気に終わらせたかった。

「第五層に進むぞ。過去の経験上、Ｃランク魔物が出る層が三～四層続いて最下層に着くはずだ」

第五層はゴブリン・ソルジャーが出てきた。六対六のチーム戦になる。このダンジョンでは、第四層までは個の力を高め、第五層からはチームワークを高めることができる。ダンジョン冒険者にとって非常に使い勝手が良い。

「カズヒコ、四時間ほどここで戦い続けたい。良い訓練になる」

ロルフの希望で、この第五層でキャンプを取ることにした。そして第六層では、札幌ダンジョンのガーディアンであった「ブルー・ミノタウロス」が出てくる。Bランクに近いCランク魔物だが、単体で出てくるため六人掛かりで戦えば倒すのは難しくない。

「兄貴。これってちょっとヤバくない？　僕たちって、Bランク魔物知らないよね？」

「あぁ、ここでブルー・ミノタウロスが出てくるってことは、次がおそらく最下層だ。そしてそこのガーディアンはBランク魔物の可能性が高い。だがンギーエはまだBランクに届いていない。万一のときは、劉《リユウ》師父だけでなく、朱音とエミリも出すぞ」

ブルー・ミノタウロスも良い訓練相手だった。六人がチームワークを発揮して、一体の強い魔物を倒す。クルセイダーズが終わると、今度は俺たちが前に出た。もっともBランクになった俺と彰がいれば苦戦はしない。他の四人が主体となって戦い、彰が止《とど》めを刺した。経験を積ませてやるのもリーダーの仕事だ。

そして第七層に入る。予想通り最下層だ。一本道を進むと天井にレリーフがあった。

「……議論を交わしている場面か？」

レリーフは、若い男と老人が向かい合って話し合っているような場面だった。なんの話をしているのか、この二人は誰なのか、俺と一緒に見上げていたロルフが写真を撮った。

「確かに曰くありげだが、やはり罠とも思えるな。いずれにしても、このダンジョンはバスターズのモノだ。俺たちは口を出さん」

そして俺たちは、最深部のガーディアンが待つ部屋へと入った。赤色と青色の二体の魔物が、棘《とげ》のついた金棒の柄に両手をかけ、並んで座っている。見た瞬間に、日本人なら誰でもわかるだろう。念のため、劉師父を顕現させて確認した。

「Bランク魔物『オニ』じゃな。魔法は使わず、手にした金棒のみで戦う魔物じゃ。奴《やつ》らは戦士じゃ。連携などせぬ。丁度良いのぉ。ロルフたちは青、お主らは赤を相手にしてはどうじゃ？」

「でも、僕と兄貴はBランクだけど、クルセイダーズたちはみんなCランクだよ？　手伝ったほうがいいんじゃないかな？」

「その必要はない。このダンジョンを出たら、俺たちはバチカンに帰る。いつまでもバスターズに頼るわけにはいかないだろう。丁度良い卒業試験だ。みんなもそう思うだろ？」

ロルフの檄《げき》に、他の五人も応じていた。ここで格上と死闘を繰り広げれば、クルセイダーズの自信にも繋がるだろう。彰も納得したようだ。

「では行くか。俺たちが赤、クルセイダーズは青を相手にしろ。死ぬなよ？」

こうして、金沢ダンジョンのガーディアンを相手にした死闘が始まった。

【金沢ダンジョン　ロルフ・シュナーベル】
「フンッ！」

構えた盾に「青鬼《ブラウオーガ》」の金棒が叩《たた》きつけられた。凄《すさ》まじい衝撃で吹き飛ばされそうになるが、なんとか耐える。その隙にフランカが回り込み、短剣で小刻みに傷つけていく。だがこれはあくまでも陽動だ。青鬼がフランカに気を取られているうちに、クロエが魔法を発動させて火球を立て続けに撃ち込んでいく。だが青鬼にはあまり効いていないようだ。さすがはBランクだ。第四層の敵のようにはいかないということか。

「俺っちに任せときなっ！」

マルコが青鬼の太腿《ふともも》に強烈な蹴りを入れた。Cランクとなったマルコの蹴りは、丸太を叩き折るほどの破壊力を持っている。青鬼はガクンと片膝をついた。

「好機！」

背後からアルベルタが斬り掛かる。大きなバスタードソードを軽々と振り回し、青鬼の右肩から背中までを一気に斬り裂いた。だが……

「ゴォォォアアッ！」

片膝をついたまま、腰を回して左拳の裏拳をアルベルタに叩きつけた。なんとか肩でブロックしたようだが、凄まじい威力に壁まで吹き飛ばされた。だがこの機を逃すわけにはいかない。青鬼の体勢が大きく崩れたいまならば、致命的な一撃を与えられるはずだ。

「オォォォォッ！」

ミドルソードを青鬼の喉元に突き立てようと突撃する。だが懐に入る前に、青鬼の拳が戻ってくる。裏拳がそのままフックとなって、俺の顔面を潰そうとしてくる。だがこれも読みどおりだ。B

ランク魔物が、そんなに簡単に倒せるはずがない。青鬼の腰の位置が戻ったタイミングで膝を崩して体勢を低くする。突風が頭上を掠《かす》める。そして低い状態のまま突っ込み、一気に剣を突き上げる。決定的だと思った。だが青鬼は口を開き、剣を歯で噛《か》んで止めてしまった。一瞬、絶望が襲う。だが青鬼の顔面に火球が命中し、かすかに緩む。俺はそのまま、渾身《こんしん》の力で剣を押し込んだ。ズンッという手応えとともに、俺を睨《にら》んでいた鬼の瞳から光が消えていった。

こうして俺たちは「金沢ダンジョン」で最初の討伐を成し遂げた。

【江副和彦】

クルセイダーズの育成が終わった。全員がCランクになり、討伐も経験した。この先は自分たちで鍛えることもできるだろう。防衛省内でバチカンへの最後の報告を終え、完了の確認をする。今日中には、バスターズの口座にバチカンから諸経費を含めた残金が振り込まれるはずだ。

彼らは記者会見をすることなく、成田へと向かった。ダンジョン・バスターズの協力を得ているということは知られているが、彼らのおかげで強くなった、などとは世界には言えないのだ。彼らが強くなったのは、バスターズのおかげではない。神への信仰心によって強くなったのだ。そうでなければならないのだ。

「本当に良かったの？　貴方《あなた》がその気になれば、彼らをバスターズに引き抜くこともできたんじゃない？」

石原局長が誂《からか》ってくる。確かに惜しい人材たちだった。だが将来を考えると引き抜きなどできない。ダンジョン群発現象は全世界規模の災害だ。その解決を「日本人だけ」でしてしまったら、その後の世界はどうなるだろうか。特に欧米諸国民が、自国内に発生したダンジョンは日本人のもの、などと認めるだろうか。認めるはずがない。三〇年前のバブル期に、エンパイアステートビルを日本人が買ったときも、彼ら「白色人種」は猛烈に反感を持った。それ以上の反日が起こるだろう。

「ヨーロッパとガメリカのダンジョンは、彼らに任せるつもりだ。どこぞの大統領なんかは、イエローの所有など認めないなどと言いそうだしな」

「正解ね。それまで何百年も有色人種を差別していた彼らが、二〇世紀も後半になってからふと、『人権』だの『差別はいけない』だの言っても、誰が信じるのよ。そんな綺麗事《きれいごと》は、七〇〇年ほど植民地支配を経験してから言ってほしいものだわ」

「いや、そこまで言うつもりはないぞ。ただ、将来を考えるとクルセイダーズがいたほうがいいと思っているだけだ」

俺は苦笑して過激発言を宥《なだ》めた。石原は基本的にガメリカが嫌いらしい。俺はそこまでではないが、一神教が文明の根本となっている彼らと、多神教が根本である日本とは異なる部分があるのも確かだ。

一神教は、それ以外の神を否定する。ロルフではないが、バチカンはダンジョンの存在そのものが許せないのではないか。それはカソリック教を否定することに繋がりかねないからだ。ローマ教皇は演説で多様性を口にしたが、その内心ではダンジョンの「消滅」を望んでいるのかもしれない。

「クルセイダーズとは今後も情報交換は続けるわ。ガメリカが退いている以上、ＥＵとは友好関係を続けたいし、バチカンとの繋がりはルーシアとの関係にも役立つはずよ」

「そうだな。だがそのへんは政治家や官僚たちに任せるよ。俺は討伐者《バスターズ》だ。ダンジョンの討伐が仕事だ。新社屋もできたことだし、いよいよAランクを目指すぞ」

「完全起動まであと九〇日を切ったわ。六月には総選挙もあるはずよ。そこで与党が大勝すれば、冒険者運営局はダンジョン省になり、いま以上に動きやすくなる。でももし野党が勝つようなことにでもなれば、ダンジョン政策は暗礁に乗りかねないわ。官僚として、民間人である貴方に特定の政党を応援してくれなんてお願いはできないけれど、できるだけダンジョンを討伐して頂戴」

バスターズがダンジョンを討伐すればするほど、海外における日本の評価は高まり、それは浦部内閣の支持率にもプラスに影響する。俺は右派でも保守でもないが、未《いま》だにダンジョンを保護しようなどとほざいている一部政党には、早々に退場を願いたいものだ。

「言われるまでもなく、ダンジョンはできるだけ討伐する。だがそろそろバスターズに新たにメンバーも加える必要がある。運営局はブートキャンプだけでなく、民間人ダンジョン冒険者の採用に力を入れてくれ」

防衛省の一室で、今後について話し合いを続けた。春の陽気の青空には、一筋の飛行機雲が流れていた。

東京都江戸川区鹿骨《ししぼね》町は、総武線小岩駅もしくは都営新宿線瑞江《みずえ》駅からバスで二〇分ほどかかる。鉄道空白地帯であるため、通勤するには車が必要になる。篠崎《しのざき》公園の桜も開花したこの日、鹿骨町の一角に数台の車やトラックが集まっていた。二メートルの鉄筋コンクリートの塀が、六五〇平米以上の土地をぐるりと取り囲んでいる。光触媒塗装を施しているため、見た目は真っ白だ。

「ようやく、完成したか……」

ダンジョン・バスターズの新拠点は、Aランクダンジョン「深淵《アビス》」の入り口を凹型に囲むように建てられている。ここはバスターズの拠点ではあるが、実際に住むのは俺だけだ。彰や睦夫たちは、瑞江、篠崎、小岩あたりにマンションを借りている。今日は総務部門とIT部門の引っ越しだ。俺以外にも、向井《むかい》総務部長や睦夫たちが来ている。

「早速、中を確認しましょう。既に届いているはずです」

総務部長の向井は、立川に戸建ての自宅があるため瑞江駅前のマンションに単身赴任している。完全週休二日であるため、週末だけ家に戻るという生活だ。

「向井さんにはご不便をおかけしますが、これからもよろしくお願いします」

「瑞江から立川なんて電車で一時間ちょっとですよ。私自身、独身の頃に戻ったような、気楽な気分で単身生活を楽しんでいます。気にしないでください」

「江副氏ぃ〜」

睦夫がIT部門メンバー兼同人仲間たちとやってきた。手にはこの拠点全体の設計図を持っている。メンバーの一人、眼鏡を掛けた若い男が説明を始めた。たしか「山本淳二《やまもとじゅんじ》」という名前だったか？

「全体を確認しましたが、監視カメラを複数箇所に仕掛けたほうが良いでしょう。それと屋上にはサーチライトを置くべきです」

「山本氏は警備会社でセキュリティシステムを開発してたから、この手のことは得意なんだよ。バスターズの拠点はテロの攻撃対象になり得るから、少しでも強化しておいたほうがいいよ」

「なるほど。そのへんは睦夫たちに任せる。対人間もそうだが……」

そういって俺は声を潜めた。あまり人前で言うべきことではない。

「もし、大氾濫《スタンピード》までに討伐が間に合わなかった場合は、ここも防衛線になるはずだ。そのつもりで考えてくれ」

睦夫は真面目な顔で頷いた。


正面は車五台が停《と》められる駐車場があり、中庭を囲むように右側から奥にかけてが「冒険者用宿泊施設」となっている。一部屋はバス・トイレ別の三五平米1Kだが、四畳半のロフトを付けている。この部屋は、新たに加わるバスターズのメンバーたちが「深淵《アビス》」で鍛えるために入居するため、一通りの家具も全て揃《そろ》えておいた。二階と三階それぞれに八部屋ずつ、全部で一六部屋ある。建物は鉄筋コンクリート製で全部屋に防音処理を施している。ずっと他人と一緒にいるというのはストレスになるものだ。部屋の中くらいは一人になれるようにすべきだろう。

一階はシャワールーム、食堂、そして会議室になっている。食堂の広さは一五〇平米あり、バスターズが一〇〇名を超えても、一堂に会することができるような部屋だ。調理場は、業務用キッチン施設をまるごと移設している。深淵《アビス》から戻ったときに素早く汗を流すためのシャワールームもある。会議室は最大八名が座れるテーブル、ホワイトボード、ＰＣ画面を投影するためのモニターを設置してある。

正面から見て左側の一階と二階はバスターズのスタッフ部門が占めている。討伐者《バスターズ》が増えれば、スタッフも増やさざるを得ない。それを見越して広めの空間を確保しておいた。いまは一階に全スタッフが集まっているが、ＩＴ部門用の部屋は分けてある。睦夫たちはそこにカラフルなポスターや理解不能な人形を持ち込んでいた。まぁ仕事さえしっかりやってくれるのなら、何をしようが構わない。

そして左側建物の三階は俺の居住スペースだ。だが一人暮らしの男に2ＳＬＤＫは広すぎる。組織の性質上、外部から清掃業者を呼ぶのも避けるべきだろう。そこで茉莉《まり》の母親である詩織《しおり》に、週一回の掃除をお願いしている。

特定の人間しか入れない部屋もある。この建物は全体的に入退室管理システムを導入しているが、別システムで指紋と網膜認証が必要な部屋があるのだ。「カード保管庫」だ。

魔物カードおよびカードガチャから得たアイテムをどう管理するかは、頭を悩ませた課題だ。諜報機関が本気で盗みに来たら、ホームセキュリティレベルではとても太刀打ちできない。バスターズが組織として所有しているカードは、保管庫を地下に設置し、ＲＦＩＤで在庫管理を行う。ここに住む討伐者《バスターズ》候補者が得たカードやドロップ現金（いずれ魔石になるが）は、すべてバスターズが回収し、地下の保管庫で厳重に管理する。元銀行員の向井総務部長は、金銭や在庫管理が得意らしく、頼もしく思う。

中庭の中央、鉄の扉と南京錠《なんきんじょう》で厳重に封鎖した入り口の前に立つ。「深淵《アビス》」に続く階段だ。周囲は石垣と柵で囲まれ、四本の柱で屋根も作られている。その屋根は石畳と共に中庭の奥、そしてシャワールームの扉まで続いている。一見すると、中庭の「亭《チン》」のようにも見えるだろう。

「ここが、入り口ですか?」

横から柏木玲奈《かしわぎれいな》が話しかけてきた。彼女とも数奇な縁だ。横浜ダンジョン出現時に出会ってから半年、いまはバスターズのスタッフとして働いている。総務として移動や宿泊の手配を担当してくれている。彼女を含めスタッフ全員、「深淵《アビス》」の存在は知っている。ダンジョンアイテムの契約書によって口外できないようにしているが、このダンジョンもいずれは知られる。その時は破棄しても良いだろう。

「ここから入るのは半年ぶりだな……まぁ転移を使ってちょくちょく来ていたから、久々という気はしないが……」

鍵束から南京錠の鍵を取り出して、「深淵《アビス》」の入り口を塞いでいた封印を解く。雨に打たれた南京錠は少し錆《さ》びが浮いていた。鉄の扉を片手で軽々と持ち上げると、地下に続く階段が出現した。

ダンジョン・バスターズが新社屋への移転を始めた頃、バチカン教国ではクルセイダーズのリーダー役であるロルフが、DRDC長官である枢機卿《すうききょう》に報告を終えていた。自分たちがCランクになったこと。そして今後、ヨーロッパのダンジョンを討伐するにあたり、残すのではなく消し去ってしまうことを提案する。

「確かに、貴方の懸念も理解できます。ですがダンジョンを存続させることはEU全体で決められたこと。私たちが勝手に潰すわけにはいきません。もしそのような勝手なことをしたら、クルセイダーズはヨーロッパでは活動できなくなってしまいます」

「EUで議決されたのは、各ダンジョンの所在に応じて残す残さないを各国が決定する、というもののはずです。ライヒでも、ベルリン中央駅に出現したダンジョンは潰してしまうという方針です。もし、サン・ピエトロ大聖堂の床にダンジョンが出現したら、教国はやはり潰そうと決断されるのではありませんか？」

「すると貴方は、まず潰すことが決定しているダンジョンから順番に潰していく。そう言いたいわけですね？　その点については、私に異論はありません。どのダンジョンを潰すかは貴方たちの判断に任せます」

　ロルフは一礼して長官室を後にした。頭の中にあるのは「ダンジョンを潰すことのメリット」を広めることだ。たとえばウィーンでは、シェーンブルン宮殿の中庭にダンジョンが出現した。パリではシャンゼリゼ通りのど真ん中に出現している。ローマではスペイン広場のほど近い場所だ。いずれも観光の名所であり、通行禁止となっているため地元経済にも悪影響が出ている。ダンジョンを潰すことで「日常に戻れる」というメリットに気づかせ、民衆の中に「ダンジョンなど不要」という声を広げていくのだ。

「ダンジョン群発現象は、主の御業《みわざ》ではない。現代科学では説明できない、ただの自然現象に過ぎない。社会を混乱させるダンジョンなど、早々に駆逐しなければならんのだ」

決意を固めて、教皇庁を後にした。

【大阪ダンジョン　江副和彦】

四月八日、新社屋への移転を終えた俺は、船橋ダンジョンの攻略に乗り出す前に、大阪ダンジョンへと向かった。クルセイダーズの育成などがあったため調査を後回しにしていたが、新社屋もできたことだし、本格的な討伐活動を始めるうえで、最凶ダンジョンの様子を知りたいと思っていた。連れているのは朱音とエミリ、そして新しく加わった壁役「ンギーエ」だ。彰たちはダンジョン攻略前のオフということでノンビリしている。

「……なるほど。これまでのダンジョンとは構造が違うな」

大阪駅から地下道を通って梅田方面に向かう。ダンジョンが出現した地下駐車場は封鎖され、自衛隊によって警備されている。推定Sランクのダンジョンへ降りると、そこはこれまでのような安全地帯《セーフティゾーン》ではなく、いきなり迷宮となっていた。さっそく、朱音たちを顕現させた。

「Sランクダンジョンね。名前は……」

すると頭の中に声が響いた。「ダンジョン・システム」の機械的な声だ。名前が呼ばれるのかと思ったが、その内容に驚愕《きょうがく》した。

「Sランクダンジョン『強欲《アワリティア》』に、種族限界突破者《スピーシズ・リミットブレイカー》が侵入しました。これよりダンジョン・システムの完全起動を開始します。完全起動まで、あと一自転」

「なにっ！」

完全起動は六月二四日のはずだ。だがいまの内容では、二四時間後に起動するという。となれば残りのダンジョン全てが、あと二四時間で出現するということだろうか。

「朱音、これはどういうことだ！」

「申し訳ありません。このような事態は私も存じません」

「エミリもよ！　なんなのよ！　こんなの知らないわ！」

「オデ、腹減った……」

俺の頭の中はパニック状態だった。とにかく冒険者運営局に報告しなければならない。慌てて階段へ戻ろうとする俺の肩を朱音が摑んだ。

「和彦様、まずは落ち着いてくださいませ。外に出る前に、まずは状況を整理するべきでしょう。ダンジョン内であれば、より多くの時を使うことができます」

肩で息をしていた俺は、自分の頭をコツンと叩いてその場にしゃがみ込んだ。フゥと大きく息を吐く。

「あ、魔物きた……」

「主人《マスター》、ダンジョンで考えるのなら、深淵《アビス》の一階に戻ったほうがいいわ。ここだと魔物が鬱陶しくて落ち着けない」

武器を持ってトテトテと走ってくるゴブリンに、エミリが魔法を叩き込んだ。いかにSランクダンジョンの魔物であろうとも、第一層に出てくる魔物がBランク以上であるはずがない。ゴブリンは跡形もなく消えた。そして俺の頭もようやく冷えてきた。

「取り敢《あ》えず深淵《アビス》に戻るぞ。あそこならホワイトボードもある。まずは状況整理だ」

朱音たちをカードに戻し、俺は深淵《アビス》の安全地帯《セーフティゾーン》へと転移した。

「Sランクダンジョンに種族限界突破者《スピーシズ・リミットブレイカー》、つまりCランカー以上が入った場合、ダンジョン・システムが一気に完全起動する……そういうことなのね？」

起きた出来事を整理し、今後の予想や対策を練った俺は、そのまま防衛省の守衛室前へと転移した。いきなり目の前に人間が出現したため守衛は腰を抜かしていたが、説明している時間はない。俺はすぐに石原局長に電話した。二四時間後に完全起動すると結論を伝えただけで、石原は予定をすべてキャンセルし、時間を取ってくれた。

大阪ダンジョンで起きた出来事を説明すると、石原は首を傾げながら、取り敢えず理解はしたという表情を浮かべていた。本当に完全起動するのか、疑問なのだろう。

「俺の勘違いであってくれたらいいんだがな……」

物証は何もない。ただダンジョン・システムの声を伝えただけだ。それだけで全世界に警告は出せないというのが、石原の意見だった。だが時間が惜しい。もし完全起動したらという仮定で、石原と今後の対策を詰める。するとノックが聞こえた。局員が慌てた様子で駆け込んでくる。

「局長、お打ち合わせ中に申し訳ありません。衛星が、重力変化を捉えました。どうやらダンジョンが発生したようです」

「場所はどこ？　それと数も。もし不明なら、情報収集を急いで頂戴」

石原の指示で局員が走る。石原は立ち上がり、自分の執務机から何箇所かに電話を始めた。腕時計を確認する。大阪ダンジョンに入ってから一時間一〇分ほど経過していた。

「一時間おきに出現するのか？　予定では四月一二日、五月一八日、六月二四日と、群発現象はあと三回あるはずだ。一回あたりに出現するダンジョン数は六六〜六七箇所。つまりあと二〇〇箇所ほど、ダンジョンが出現するはずだ。それが二四時間で出現するということは、一時間あたり八〜九箇所に出現するということか？」

石原の慌てた様子を見ながら、俺は爪を噛みたい衝動に襲われた。正直に言えば、俺は調子に乗っていた。順調にBランクまで成長し、仲間も増え、新社屋もできた。さらにはクルセイダーズという同志とバチカンという強力な味方までできた。あと一〇年もあれば世界中のダンジョンを討伐することは十分に可能だと思っていた。

「まさか、こんな隠し設定があったとはな……他にもあるかもしれん。たとえばSランクダンジョンを討伐したら大氾濫《スタンピード》発生までの時間が短くなるとか……」

「たられば」を言ってしまえば、いくらでも可能性は考えられる。だが今回の件で、これまでの認識を改めなければならない。ダンジョン・システムは想像以上に「悪辣」だ。

「Sランクは全部で七つと固定されている。おそらくダンジョン・システムにおいてもこの七つは特別な存在なのだろう。Sランクはギリギリまで後回しだ。まずはDランクから順番に潰していくべきなのかもしれない……」

考え事をしていると、石原が戻ってきた。向かいに座るとフゥとため息を漏らした。

「確認されたわ。ムアンタイ王国の首都クルンテープにダンジョンが発生したそうよ。大亜共産国のマガーオでも反応があったわ。ただこれまでのような群発現象と比べると反応数は少ないみたい。おそらく、一時間ごとに発生するんだわ。官邸には既に連絡してあるわ。貴方が原因だってことも……」

「参ったな。世界にどう謝罪すればいいか……」

「平気よ。官邸で話し合いが行われるでしょうけど、マスコミに貴方のことは出さないはずだわ。出しても解決するわけでもないし、意味がないもの。ダンジョンについては未知の部分が多すぎる。三箇所が討伐されたから早まったのかもしれない……そういうことにするでしょうね。今はむしろ、これを好機と捉えましょう」

石原は、このダンジョン連続出現を好機とし、鹿骨町の「深淵《アビス》」も出現したことにしてしまおうと提案してきた。

「奇跡的な偶然で、ダンジョン・バスターズの新社屋の中庭に、新たにダンジョンが出現したのよ。自衛隊は群発現象の対応に追われているため、鹿骨町のダンジョンは貴方たちバスターズに管理を任せることにするわ。貴方はこれ幸いと、出現したダンジョンを活《い》かして討伐者《バスターズ》を育成していく……」

「言い訳としては苦しくないか？　そんな偶然なんて……」

「あら、限りなく真実に近いわよ？　だって実際に『貴方の家の庭』にダンジョンが出現したじゃない。もしそれが数メートル離れた隣の家の庭だったら、ダンジョン・バスターズはこの世になく、完全起動や大氾濫《スタンピード》などの情報もなく、ダンジョンの討伐もできていないわ。国連にＩＤＡＯが設立されたのも、日本がダンジョン対策で世界を引っ張っているのも、それによって浦部内閣の支持率が上がっているのも、すべては『貴方の家の庭にダンジョンが出現した』という、本当に奇跡的な偶然があったからよ」

石原は当たり前のようにそう言うと、少し笑った。

「ダンジョンの討伐、そして大氾濫《スタンピード》の停止には、貴方は欠かせない存在なのよ。貴方はいま、人類で最も重要な人物なの。もう少し、自分の価値を認めたら？」

言われるまでもなく、自分の価値はわかっているつもりだ。だが何をしても許されるわけではない。この連続現象によって死者が出るかもしれない。法的に責任は無いかもしれないが、自分が引き起こしたことに対して心が痛まないはずがなかった。

パシンッ

悩んでいると頬を張られた。いつの間にか、石原が立ち上がって険しい表情で俺を見下ろしていた。Ｂランクの俺にはこの程度の攻撃など蚊に刺されたようなものだが、なぜか頭がシャキッとした。

「しっかりなさい。貴方はもう後戻りはできない。どれほどの犠牲を出そうともダンジョンを討伐する。そう決めたんでしょ！　なら胸を張りなさい！　今回のことは失敗じゃないわ。また一歩、ダンジョン・システムの謎に近づいたのよ」

「そうだな。そう思うことにしよう。いや、済まなかったな。ありがとう」

俺は立ち上がって礼を述べた。石原は何かを口にしようとしたが、その前に電話が鳴った。時計を見ると、また一時間が経過していた。

「またダンジョンが発生したわ。これで確定ね。ダンジョンはあと二二時間で完全起動する。ちなみに今の電話は、名古屋にダンジョンが出現したっていう報告よ」

「貴女《あなた》も忙しくなるだろう？　俺も拠点に戻って、メンバーたちと話し合う。彰たちは今日はオフなんだが、休暇取《と》り止《や》めだな」

石原は受話器を持ったまま頷いた。そして再び電話を掛け始める。俺はその背を一瞥《いちべつ》し自宅へと転移した。


【首相官邸　緊急記者会見】

四月九日一八時から首相官邸において浦部総理大臣による記者会見が開かれた。

「昨日の午前一一時過ぎから一時間ごとに続いたダンジョンの連続出現現象ですが、二四時間後の本日午前一一時八分にダンジョンが出現して以来、現象は止まっております。ですが、依然として予断は許されません。国民の皆様におかれましては、混乱することなく落ち着いた行動をお願いします。また地下に続く怪しげな階段の入り口を見つけた際は、絶対に中には入らず、警察や消防へのご連絡をお願いします」

続いて、二四時間で国内に発生したダンジョンの場所が発表される。

「……愛知県名古屋市千種《ちくさ》区今池町、東京都新宿区百人町、福岡県福岡市博多《はかた》区中洲《なかす》、東京都江戸

川区鹿骨町、宮崎県都城《みやこのじょう》市都北町の合計五箇所にダンジョンが確認されました。討伐済みのダンジョンを合わせると、日本国内には合計一二箇所にダンジョンが出現しており、全世界には確認されているだけでも、六〇〇近くのダンジョンが存在しています。無論、これは確認されたもののみです。まだ発見されていないダンジョンも多数存在すると考えられます。国際社会が一致協力して、全てのダンジョンの所在を明らかにしなければなりません」

一通りの発表を終えると、質疑応答が始まった。

「中京新聞の岡部です。総理に質問します。これまで三六日ごとに発生していたダンジョン群発現象が、ここにきて急加速し全世界に二〇〇近くのダンジョンが発生しました。この急加速の原因はなんだとお考えですか？」

「ダンジョンについては、私たち人類はほとんど何も知らないと言って良いでしょう。これまで三六日ごとだった現象が急に変わったのは確かです。ですがその原因を考えるのなら、なぜダンジョンが発生したのかという根本から考えなければなりません。証拠は何もなく、どこまでも予断と想像の域を出ないものです。私は、考えても仕方がないことは考えるべきではない、と思います」

「国民の中には、この連続現象はダンジョン・バスターズに責任があるという声もあります。彼らがダンジョンを討伐したため、ダンジョンが怒ったのではないかという意見がありますが、それについてはどうお考えですか？」

「そうした声があること自体、不勉強ながら私は存じませんでした。ただ、ダンジョン・バスターズにダンジョン討伐を依頼したのは、防衛省ダンジョン冒険者運営局であり日本政府です。もし彼らに責任があるとおっしゃるのなら、まずは依頼主である日本政府に責任を問うべきでしょう。そのうえで申し上げますが、ダンジョンを討伐したため連続現象が起きたという確たる証拠はあるのでしょうか？　無いのであれば、それはただの憶測に過ぎないということになります。ダンジョン出現という事態の中で、そのような憶測を妄《みだ》りに口にするのは、新聞記者としていかがなものかと、私は思いますよ？」

つづいて別の記者が手を挙げた。

「今年は総選挙が行われると言われていますが、今回の現象は総理の解散の判断に影響を与えるものでしょうか？」

浦部は笑って首を振った。

「ダンジョン対策は確かに、日本政府にとって大きな課題です。ですが政府はそれだけをやっていれば良いというわけではありません。経済、外交、安全保障、社会福祉、教育など様々なことを総合的に判断するものです。ただ、今回の現象によって私の胸の内にはより強い決意が固まりました。それは憲法の改正です。今回はダンジョンが連続して発生するという現象でしたが、もしこれが、ダンジョンから魔物が一斉に溢れ出てきた、という現象だったらどうなっていたでしょうか？　陸上自衛隊はどうやって戦えば良いのでしょうか？　国家の安全が脅かされている状況においては、国防のために自衛隊がきちんと働けるよう環境を整備し、日本の安全を確実に守る。これが総理大臣としての私の責任であると、決意を新たにした次第です」

この後も記者会見は続いていた。ダンジョン・バスターズ、クルセイダーズのメンバーのみならず、各国の政治リーダーや国連のＩＤＡＯ事務局長など、ダンジョン政策に関わる要人たちがこの生放送を見ていた。彼らには共通した認識があった。ダンジョン群発現象は一段落した。ここからは第二フェーズ「大氾濫抑止《スタンピード》」である。それは別の見方をすれば「ダンジョン資源の奪い合い」である。ダンジョンは無限に出現するわけではない。数は決まったのだ。ここからは「ダンジョン所有権」を巡る競争が始まる。今は日本が先行しているが、ＥＵや大亜共産国、そしてガメリカがこのまま黙っているはずがない。全世界が、ダンジョンという新たなフロンティアに挑むようになるだろう。彼らの誰もが、そう思っていた。

だがそれは「先進国の都合」に過ぎない。世界には七〇億を超える人々が暮らし、その数だけの正義と悪が存在している。自分たちの正義が、必ずしも「普遍的」ではないことをいずれ彼らは思い知ることになるのであった。

【ガメリカ合衆国】

ダンジョンの完全起動から一週間が経過した。二四時間で二〇〇〇近くのダンジョンが一斉に出現したため、世界各地で混乱が起きた。ルーシー連邦の首都モスクワでは、大規模な暴動が発生した。ガメリカではＩＤＡＯへの加盟を見送った段階でこの現象が発生したため、ロナルド・ハワード大統領の支持率が大幅に低下し、次の再選は微妙な情勢だ。三月のスーパーチューズデーには勝利したが、四月に発生したこの現象に対して、ハワード大統領はリーダーシップを発揮できなかった。日本の浦部総理が一時間おきに記者会見を行なったことと対比させ『ハワードを北京ダック《ロナルドダッグ》にしてやれ！』などの過激な言葉がSNSに溢れ、支持率は三割台前半まで堕《お》ちてしまったのである。

この状況で一気に盛り上がりを見せているのが、民主党の大統領候補たちである。特にその中でも注目を集めているのが、同性愛者であることを告白した若干三八歳の大統領候補「ピーター・ウォズニアック」である。従軍経験があり、二九歳で一〇万人都市の市長となった彼は、周囲が止めるのを聞かずに州軍と共にダンジョンに入り、魔物とも戦っている。スーパーチューズデーにおいて、彼はこう演説した。

「人類が国家を形成してから数千年、私たちは『国』という単位でまとまり、国という単位で政治を、経済を考えてきました。ですがいま、私たちは人類史の大きな転換点に立たされているのです。ダンジョンは、豊かな国も貧しい国も関係なく、地球全体に出現しています。たとえ国内すべてのダンジョンを駆逐したとしても、隣接するキャナダやメヒカノス、南米諸国のダンジョンから魔物が溢れ出たらどうなるのでしょう。人種、国籍、性別、貧富、宗教……魔物にとってそんなものは関係ありません。人類すべてを敵とみなしているのです」

「ガメリカさえ良ければいいという、自国第一主義の考え方では、ダンジョンと戦うことはできないのです。ですが残念ながら、その思考転換ができない人たちがいます。ハワード大統領であり、ベテランと呼ばれる他の大統領候補たちです。彼らは自国第一主義の考え方にどっぷりと浸《つ》かってきました。経験豊かなベテランであるがゆえに、パラダイムシフトができないのです。ダンジョン対策においては『国益』という考え方を捨てるべきです。人類全体の利益を考えるべきです」

「私は三八歳、政治経験は、僅か九年間の市長職しかありません。ですが、だからこそ私なのです。

党利党略や軍需産業との繋がりなどがない私だから、ダンジョンという未知の現象に対応することができるのです」

「人類はいつの日か、必ずダンジョンを克服するでしょう。その時、我々は新たな地平を切り拓くのです。ガメリカ人でもなく、ライヒ人でもなく、ルーシー人でもない。『人類《ヒューマニティ》』という言葉一つで足りる世界が来るでしょう。私は同性愛者です。ですが私は人類です。彼は不法移民です。ですが彼も人類です。彼女はムスラン教徒です。ですが彼女も人類なのです。人類という言葉一つで足りる新世界《フロンティア》を目指そうではありませんか！」

若さ、新鮮さを武器にピーター・ウォズニアックは徐々に支持を集め始めていた。現時点でさえ、八月の民主党大会は接戦になると予想されている。このまま支持が広がれば、合衆国史上最年少の大統領が誕生するだろう。ハワード大統領の孤立主義政策によって、ダンジョン対策からも孤立してしまった合衆国国民は、若き気鋭の政治家に希望を見出《みいだ》そうとしていた。

【合衆国国防総省　アイザック・ローライト】

二四時間続いたダンジョン連続出現現象への対応とその後の対策検討で、僕は忙殺されていた。もっとも、ほとんどの仕事は秘書官であるレベッカにまかせている。僕の仕事は情報を分析し、推論を立て、方針を出すことだ。七〇過ぎの長官にダンジョンなんて理解できないからね。

「それで、ドクター・ローライトの意見は？　突然、ダンジョンが連続して出現した原因はなんでしょうか？」

「んー？　そんなのミスター・エゾエが原因に決まってんじゃん。他の国が遅々としている中、彼らだけがぶっちぎりでダンジョン攻略進めてるんだから。単体のダンジョンではなく、ダンジョン・システムそのものに変化があったんだから、彼らが原因である可能性は極めて高いよ。というよりそれ以外に考えられない」

「ならば、日本政府に対してその点を追及すべきではありませんか？」

オッサンの言葉に僕はため息をついてしまった。もう少し考えてから発言してよ。

「追及してどうすんの？　証拠は一切、無いんだよ？　『大量破壊兵器を持っているはずだ』で戦争をはじめた二〇年前のようにはいかないよ。日本はバチカン教国と提携した。つまりEU全体が日本の味方ってことになる。さらには大亜共産国とも和解しちゃったし、ガメリカが引き籠もっている間に、日本は外交環境を激変させちゃったんだよ。ガメリカが文句言ったところで、世界の誰も相手にしてくれないよ」

僕は科学者だから政治のことには触れたくない。だが結果としては、ハワード・ドクトリンは間違いだった。ガメリカは同盟国を見捨てて自国に籠もってしまった。こちらにはこちらの言い分があったとしても、同盟国側から見れば「身勝手な国」と思われても仕方がないだろう。平時であれば「ガメリカ・ファースト」も通じたんだろうけど、ダンジョンという全世界共通の問題を前にして「俺は俺で勝手に解決するから、お前らは知らん」という姿勢では、世界から見捨てられてしまう。

「ハワード大統領は失敗したのさ。年始の演説で『ガメリカ・ファーストを捨てる』と宣言すれば良かったのに、これまでの自分の思いや考え、成功体験に引きずられてあんな演説をしてしまった……」

「ドクター、それ以上は……ここは政府機関ですから」

僕は頷いて口を閉じた。民間人である僕であっても、国防総省内で好き勝手言えるわけではない。民間軍事会社からのヘッドハントに応じようかな。ダンジョン冒険者部門を全部任せるって言ってるし、そっちの方が面白そうだよ。あ、なんか顔色変えて飛び込んできた。ダンジョンでも出現したかな?

【十字軍《クルセイダーズ》　ロルフ・シュナーベル】

およそ七五〇年ぶりに蘇《よみがえ》った「第一〇次ダンジョン十字軍《クルセイダーズ》」は、マスコミの注目を受けていた。だが俺の中に浮ついた気持ちなどない。カズヒコ率いるバスターズたちの覚悟と姿勢を目にしてしまったら、そんな気持ちなど持てるはずがない。僅か一ヶ月間ではあったが、ダンジョン内で経験した過酷にして濃密な時間によって、お調子者のマルコでさえ少し変わったように見える。

「ダンジョンが連続して出てきた事件だけど、やっぱカズッチが関係しているのかな?」

「可能性は高いだろう。だがダンジョン・バスターズが関係していようがいまいが、私たちには関係ない。今は目の前にあるコレをなんとかしよう」

後ろでマルコとアルベルタが話し合っている。そう、俺たちはいまダンジョンの入り口を目の前にしている。周囲は軍によって封鎖され、さらにその周りを多くの人が心配そうに見守っている。

安心しろ。情報ではこのダンジョンはDランクだろう。ならば俺たちで討伐できるはずだ。

「これより、第一〇次十字軍《クルセイダーズ》遠征を開始する。ヨーロッパでの最初のダンジョン討伐は、フランツェのパリ、シャンゼリゼ・ロータリーから始まる。先は長く果てしない。だが皆と共になら、必ずレコンキスタを成し遂げられると俺は確信している。行くぞ！　旗を掲げろぉ！」

　三大騎士団の旗が掲げられ、人々の熱狂的な声が聞こえた。


【江副和彦】

　東京都江戸川区鹿骨町に出現したダンジョンについては、ダンジョン・バスターズに管理と討伐を任せる。日本政府が意図的に小さく公表したため、バスターズの周囲が騒がしくなることはなかった。日本中に出現したダンジョンの取材で、記者たちも飛び回っているのだろう。

「次、来るぞっ！」

「あいあい……」

　ンギーエが張った結界によって、ゴブリンソルジャーたちの動きが遅くなる。巨軀《きょく》を活かしたシールドバッシュを叩き込むと数体が吹き飛び、煙となった。その戦いぶりを見て頼もしく思った。頭は少し弱いようだが、それを補って余りある守備力がある。壁役として十分に活躍できるだろう。

＝＝＝＝＝＝＝＝＝＝＝＝＝＝＝＝＝＝＝＝＝＝＝＝＝＝＝＝＝＝
【名　前】ンギーエ

【称　号】　戦鎚《せんつい》の巨人
【ランク】　C
【レア度】　Legend Rare
【スキル】　盾術Lv8　鎚術Lv8　守護結界Lv5
＝＝＝＝＝＝＝＝＝＝＝＝＝＝＝＝＝＝＝＝＝＝＝＝＝＝＝＝＝＝＝＝＝＝

「よし、第五層に向かうぞ。恐らくBランクが出てくるはずだ」

「よろしいのですか？　彰さんや他の方々はいませんが？」

彰たちは新メンバーの育成を兼ねて、劉師父とエミリを連れて船橋ダンジョンに入ってもらっている。今、深淵《アビス》にいるのは俺と朱音とンギーエの三人だけだ。ンギーエがCランクになったことで、次の層に進めると判断した。

「第五層の様子を見るだけだ。俺も朱音もBランクだ。ゴブリンソルジャーをどれほど倒しても、ランクアップはしない。第五層で少し戦ってみて、問題ないようならば彰たちと共にAランクを目指す。まずは情報が必要だ」

＝＝＝＝＝＝＝＝＝＝＝＝＝＝＝＝＝＝＝＝＝＝＝＝＝＝＝＝＝＝＝＝＝＝
【名　前】　江副　和彦
【称　号】　第一接触者《ファースト・コンタクター》

種族限界突破者《スピーシズ・リミットブレイカー》
第一討伐者《ファースト・バスター》
【ランク】　B
【保有数】　219／∞
【スキル】　カードガチャ㉓　回復魔法　誘導　転移　鑑定　-----
＝＝＝

ランクアップで選んだのは「鑑定」というスキルだ。このスキルの最大の特徴は、冒険者のスキルのみならず「ステータスを発現していない人間のスキル」まで鑑定できるという点だ。無論、魔物やアイテムの鑑定もできるが「冒険者候補者」を鑑定できるというのは助かる。

「Bランクカードがあれば、Ｓｕｐｅｒ Ｒａｒｅのアイテムをもっと増やせるだろう。そうすればメンバーの育成も捗《はかど》る。無理はしないが、倒せるようなら第五層を活動の場にするぞ」

そう言って、第5層に入る。見たところはこれまでと変わらない。暫《しばら》く進むとT字路の手前で朱音が止まった。そして様子を見ようとした瞬間、まるで火炎放射器のような凄まじい火柱が目の前を横切った。

「来ますわ。旧き魔術師《エンシェント・マギ》です！　ンギーエは結界を全開に！」

T字路から出現したのは魔法攻撃主体の魔物だった。骸骨がフード付きコートを着て、手に水晶玉のようなものを持ち、宙に浮いている。立て続けに五発の火弾を放ってきた。普段はボーっとしているンギーエが、歯を食いしばって盾で食い止めている。まるでエミリの魔法攻撃だ。

「シッ！」

次の攻撃が来る瞬間、朱音が横から飛び出し天井を駆け、旧き魔術師《エンシエント・マギ》に斬りかかった。だがＳＲ武器「黒霞《くろがすみ》」の斬撃が、見えない壁で阻まれる。

「クッ……物理防御結界ですわ！」

そこに火球の攻撃が迫る。俺は盾を構えて朱音の前に飛び出し、そのまま旧き魔術師《エンシエント・マギ》にぶつかった。魔術師はふわりと後ろに飛び退《の》くと、魔法攻撃を連発してきた。

「もう十分だ！　撤退するぞ」

ドンドンッという攻撃を盾に受けながら、俺たちは第五層から後退した。

第一層の安全地帯《セーフティゾーン》に戻った俺たちは、そこで休憩と食事を始めた。深淵《アビス》の管理を任されているため、ＤＩＹした安全地帯《セーフティゾーン》はそのままにしてある。魔法の革袋から材料を取り出し電気フライヤーをバッテリーに繋いで揚げ物を始めた。

「ンマッ……ンマッ」

ンギーエが厚さ三センチのトンカツを旨《うま》そうに食っている。ソースでもいいが、俺は味噌《みそ》カツが好きなので、味噌ダレをかけて丼の飯と共に食らう。朱音は薄切りを希望していたので、半分の厚さにして揚げてやった。

「Ｂランク以上は、チーム編成が必要になるな。今回のような物理偏重のチームでは第五層は突破できない。鑑定を使えば、魔法適性を判別できる。これからしばらくは、人材登用に力を入れよう」

「私が忍術を使えば、決して倒せない敵ではありませんが？」

朱音はそう言うが、それではダメなのだ。俺だけが突破できても意味がない。

「今後はクルセイダーズのような『バランスの良いパーティー』を用意する必要がある。それも複数だ。そしてAランク以下のダンジョンの討伐を優先させる。Sランクは暫く放置だ。少なくとも、Sランカーのパーティーが複数できるまでな」

ダンジョン・システムは悪辣だ。下手にSランクダンジョンを討伐したら、大氾濫《スタンピード》までの残り時間が短くなる可能性もある。仮にSランクダンジョン一つを討伐するごとに一年ずつ短くなるとしたら、七つで七年も短くなる。それくらい最悪の可能性を考えておくべきだろう。

「二年以内にSランクパーティーを複数用意する。それが当面の目標だ。もちろん、S以外のダンジョンの討伐は逐次進めるぞ。LRカードもさらに集めたいしな」

朱音は頷き、ンギーエは悶《もだ》えている。どうやらカラシを付けすぎたらしい。


【防衛省ダンジョン冒険者運営局　石原由紀恵《ゆきえ》】

その報告を受けた時、最初は信じなかった。ありえない話だった。すぐに指示を出し、大使館への確認などを急がせた。報告は、南米「ベニスエラ共和国」で政変が起きたという内容だった。あの国は共産主義に毒された左派政権の経済政策失敗によって、ハイパーインフレーションが発生し、暴動が頻発している。ただの政変だけだったら、私も驚かなかっただろう。

「あり得ないわ。魔物が、地上に溢れ出したなんて……」

問題は、その政変の様子だった。無数の魔物が街を跋扈《ばっこ》し、警察や軍隊に襲い掛かったらしい。中央政府も議会も崩壊し、マドゥーラ大統領は一族ごと殺されたらしい。

「もしこれが事実なら、魔物を操っているのは間違いなく『ダンジョン討伐者《バスターズ》』のはず。でも、江副和彦がこんなバカなことをするはずない。合理的に考えても、日本人の彼が南米の貧困国で政変を起こすなんて、意味がないもの」

この点は自信を持って断言できた。ダンジョン・バスターズは一切、関わっていないだろう。となれば、まったく知られていない別の冒険者が引き起こしたことになる。

「とにかく、情報収集が最優先よ。それと念のために、彼に確認を取らないといけないわね。転移が使えるのであれば、ベニスエラにだって簡単に行けるでしょうから……」

それは口実に過ぎない。彼は言っていた。「ダンジョンを討伐させまいとする人間のほうが危険だ」と。それが現実になったのではないか？　ダンジョンがもたらす超常的な効果と、人間の悪意が結びついてしまったのではないか？　彼と話すことで、その不安が少しは解消されるかもしれない。それが私の本心であった。

「二〇歳の時に初めて作ったパスポートだ。赤色パスポート三冊、確認してくれ。ベニスエラには一度も行ったことがない。つまり転移したくてもできないんだ」

彼は開口一番にそう断言した。こちらが知りたい情報を最優先で渡してくれる。やはりこの男とは仕事がしやすい。局員が受け取り、別室へと向かった。念のために取り寄せておいた外務省の出国履歴と見比べるためだ。もっとも、見比べる必要もないだろう。政変を起こした男が、こんなところで紅茶を啜っているはずがない。

「ごめんなさい。貴方のことは信頼しているけれど……」

「いや、構わない。それが仕事だろ？　俺はまったく気にしていないよ。ところで、このアールグレイは美味《うま》いな。ウィリアムか？」

「いいえ、これはマリアージュ。私の私物よ」

会議室内に、防衛省らしからぬ華やかな香りが漂う。同席する局員が、さっそくファイルを取り出した。無粋ね。もう少しお茶を楽しめないのかしら。それじゃモテないわよ？

「江副さん、早速ですがこの写真を見てください。ガメリカから入手した偵察衛星の写真です」

彼はティーカップを置いて、渡された写真を見ている。私は秘書官にニルギリのミルクティーを持ってくるように指示した。こういう状況だからこそ落ち着いて対処すべきだ。

「……Dランクのオーク、これはCランクのゴブリンソルジャーか？　武器を持っているゴブリンだが、少し違うような気もするな。これはヘルハウンド、Cランク魔物だ。だがこのダチョウのような奴は知らんな。全部で五種類くらいの魔物がいるようだが、見てみないと判断できん」

「解像度の問題から、これ以上に鮮明な写真はないのです。ベニスエラとの国境は完全に封鎖され、外国人記者もかなりの数が行方不明です。辛うじて隣国のコロビアンに逃げた英国人記者が、こんな写真を撮っていました」

差し出された写真に、私は胸が悪くなった。人間を喰《く》らっている魔物の様子だ。

「Ｆランク魔物、ゴブリンだ。本当に、魔物が地上に出てきたんだな」

江副はそう言って、タバコを取り出した。恐らく無意識の行為だろう。本人も気づいたらしく手を止めたが、私は携帯灰皿を取り出した。

「構わないわ。私が許可します。こんな写真、タバコなしで見てられないもの」

そう言って私も一本、取り出した。


【防衛省ダンジョン冒険者運営局　江副和彦】

ダンジョン・システムは悪辣だが、ある部分では公平《フェア》だ。一部のダンジョンだけ魔物を地上に溢れさせるようなことはしないだろう。それに大氾濫《スタンピード》という割には規模が小さい。魔物の数は不明だが、氾濫は、地平の彼方《かなた》まで魔物で埋め尽くされるような状況のはずだ。つまりこれはダンジョン・システムではなく、人間によって引き起こされたものだ。ダンジョン討伐者《バスターズ》が魔物を顕現させたという可能性が、もっとも高いだろう。

「ベニスエラは中南米の国だ。ガメリカにも近い。米軍が動く可能性もあるな」

「ＩＤＡＯでも対策が話し合われているわ。特に隣国のコロビアンとブレージルからは、国境の警戒のために国連軍を派遣してほしいと要請が出ている。さすがに、バスターズを送ってくれとは言われていないけれど……」

「必要があれば行ってもいいが、その前にもっと情報がほしい。これは間違いなくダンジョン

オーバーラップ文庫＆ノベルス NEWS

討伐者《バスターズ》の仕業だろう。だがソイツは一人なのか、複数なのか。ランクはCランクか、Bランクか。

そして、なんのために魔物を地上に顕現させたのか……」

ニルギリのミルクティーを啜り、二本目に火を付けた。局員が気を利かせて、どこからか灰皿を持ってきてくれた。なんだ、あるじゃないか。

「犯人の狙いは不明ね。というか、こんなクレイジーなことを仕出かす奴の考えなんて、理解したくもないわ。どうせロクでもない理由なんでしょうよ」

局員たちと今後の対策を話し合うが、やはり情報不足のため方針が決まらない。取り敢えずは静観するしかないというありきたりな結論で落ち着きそうだった時、会議室の扉が叩かれ、若い局員が入ってきた。

「失礼します。局長、動画サイトに犯人と思《おぼ》しき人物の犯行声明が出ています」

俺と石原は顔を見合わせ、同時に同じことを口にした。

「「すぐに見せて（頂戴）くれ！」」


【動画サイト　?・?・?・】

「ハロー。各国政府首脳の方々、そして愛《いと》しき人類諸君。私はベニスエラを崩壊させた犯人だ。もっとも、種族限界突破《スピーシズ・リミットブレイク》という称号を得たため、もう『人』ではないがね」

画面には、ピエロのような化粧を施した男が映っている。英語で挨拶しているため、石原が横で同時翻訳してくれた。

「私が犯人だという証拠をお示ししよう。これは見たことあるかね？　魔物を倒した時に得られるカードだ。通常、これは地上では顕現できない。だがダンジョンを討伐すると討伐者《バスターズ》は特別な能力を得られる。魔物を地上に顕現できるようになるのだよ。よく見ていなよ？　ジャジャーン！」

ポンッという音で、男の横にゴブリンが出現した。間違いない。ダンジョン討伐者《バスターズ》だ。

「どうですかお客様！　種も仕掛けもありません。本物の魔物ですよ？　素晴らしいでしょう？

あ、私の名だが……そうだな。ハリウッドの人気映画にあやかって『ジョーカー』と呼んでくれたまえ。魔物を使役するから『魔王ジョーカー』なんてどうかな」

ヒヒャヒャッと手を叩いてピエロ男が嗤っている。完全にイカレていると思った。ジョーカーはひとしきり嗤うと、急に真顔になった。

「さて、私がベニスエラを崩壊させたということは、これで信じてもらえたかな？　ベニスエラを崩壊させたのは、まぁ大統領が嫌いだったからだ。平等な世界を掲げておきながら、裏では賄賂を受け取り、自分ひとり贅沢《ぜいたく》しようとする。美しくない！　私のように正々堂々と、股を開く美女は殺さないでいてやると言えば良いものを！」

今度は一転して、殺された大統領を罵倒し始める。石原も翻訳するのを躊躇《ためら》うほどに、汚い言葉らしい。そんな雑言が一分ほど続き、そしてジョーカーは息を吐いた。

「あー、話が飛び飛びで申し訳ない。私が今回、このように顔を出したのは理由がある。世界の人々にお伝えしたいことがある。一部の人間のみが知る、重大な事実だ」

「コイツ……」

俺は思わず腰を浮かした。だが画面の男は口元を歪めて、その事実を口にした。

「人類諸君。魔物大氾濫《モンスタースタンピード》は、あと一〇年で発生する。一〇年後に世界は滅びる！　老いも若きも男も女も……みーんな魔物のウンコになっちゃう！　君たちの寿命は、あと一〇年だ！　ヒャァーヒャッヒャッヒャッヒャ！」

手を叩いて大笑いする画面の男に釘付《くぎづ》けになりながら拳を握りしめ、唇を噛んだ。口端から赤い雫が落ちた。

ベニスエラは国土面積九〇万平方キロメートル、人口三〇〇〇万人の中南米の国家である。地下資源が豊富で、石油、天然ガス、ボーキサイト、鉄鉱、ニッケル鉱などを産出している。一九七〇年代には、南米で最も豊かな国と呼ばれていた。だがその実態は、二大政党が密約を結んで政権運営を行う「プント・フィホ体制」と呼ばれるもので、民主主義の浄化機能を麻痺《まひ》させるものであった。その結果、汚職が横行し政治が腐敗する。莫大《ばくだい》な貿易黒字を出しながらも財政は悪化し、貧富の差は拡大した。

二〇世紀末、ベニスエラの軍人であり社会共産主義者でもあった「ウーゴ・チャパス」が大統領に就任する。南米の英雄「シモン・ボリバル」の名から「ボリバル革命」と呼ばれる急進的構造改革を行なった。貧困層への無料診療制度、大農場主から土地を収用し農民に分配する「農地改革」などを行うが、当然ながら富裕層や外国系企業がそのしわ寄せを受けることとなった。これを忌避したガメリカ合衆国がＣＩＡによる工作でベニスエラのクーデターを企図したりもするが、チャパス体制は続き、徐々に反米・反資本主義色を強めていく。マスメディアの統制を強め、憲法を無視した三選を果たし、さらには憲法を改正して無限再選を可能にするなど、独裁色を強めていく。

だが、二一世紀の革命家チャパスも病には勝てなかった。無限再選を可能とする憲法改正を行なったときには、彼は既にガンに侵されていたのである。貧困層の底上げ政策を行なったチャパスだが、それは市場主義否定、反自由主義の政策であり、格差拡大と貧困層増大、そして治安悪化という結果を招いた。

チャパス病死後に大統領の地位を就いだのが、副大統領であった「カルロス・マドゥーラ」である。彼はチャパスの「反米・反市場主義」を引き継いで社会共産主義路線を進むが、原油価格の下落や物価統制の失敗などから経済が混乱し、ついには総選挙によって野党が第一党を占めることになる。だが既存の法と秩序を重んじる保守派とは違い、新たな体制を目指す革新派は、手にした権力を簡単に手放そうとはしない。議会の三分の二の議席を失ったマドゥーラは、驚くべきことに最高裁判所を使って議会そのものを制限するようになった。ついには最高裁判所に立法権を代行させるなど、近代政治の大原則である三権分立の思想は完全に崩壊した。

ベニスエラ議会は大統領弾劾を叫び、首都カラカスでは大規模なデモが発生する。ベニスエラ議会は、国民議会委員長であった「ニコライ・クライド」を暫定大統領として承認し、G7各国もクライドを大統領として承認した。一方、ルーシー連邦や大東亜人民共産国、大姜《だいかん》王国はマドゥーラを大統領として承認しており、一国二人の大統領という異常事態が政治をさらに混乱させ、ベニスエラは急速に衰退しつつある。

【ベニスエラ共和国　首都カラカス】
そこら中に銃弾が飛び交い、人々の悲鳴がこだまする。ベニスエラ首都カラカスは、警察、軍、魔物が三つ巴《みどもえ》になって戦う地獄と化していた。その地獄の中、鼻歌を唄《うた》いながら陽気に歩く「ピエロ」と、その後ろに付き従う「青髪の少女」がいた。

「ん～　絶景、絶景……おや？」

大通りを歩くピエロは、物陰に隠れて震えている一〇歳くらいの女の子を見つけた。ヒョコヒョコとピエロダンスを踊りながら近づく。

「お嬢ちゃん、迷子かなぁ？　ここはちょっと危ない場所だよ？」

「ぁ……でも、お花……」

ピエロは首を傾《かし》げて覗《のぞ》き込む。小さなバスケットに花束が幾つか入っていた。どうやら街中で花を売っていたようだ。一瞬、ピエロの目が細くなり、そしてまた笑い始める。

「丁度良かった！　実はピエロさんは、これから人に会うんだけど、お土産が欲しいと思っていたんだよ。そのお花、ぜーんぶ買っちゃう。お幾らかな？」

「その……食べ物……」

ハイパーインフレーションのベニスエラでは、通貨など紙切れと同じである。ピエロは頷《うなず》くと、懐をゴソゴソと探った。そして……

「ジャジャーン！　手品だよぉ」

懐から一メートル近くあるバゲットとアルミに包まれたバターの塊を取り出した。花束を貰《もら》うと、空になったカゴの中にバターを入れ、バゲットを渡して少女の頭を撫《な》でた。

「さぁ、これからちょっと騒がしくなるから、早くお帰り」

「あ、ありがとう！」

少女は満面の笑みになり、急いで走り出した。その後ろ姿にピエロは手を振る。青髪の少女が無表情のまま、ボソっと呟《つぶや》いた。

「優しい？」

「笑いを届けるのがピエロの役目。殺戮《さつりく》と混沌《こんとん》の街角での小さな笑顔。文学的だろ？」

「その殺戮と混沌をもたらした本人が言うこと？」

皮肉を無視して、ピエロは大通りの中央に戻り、少女が逃げた方向と反対側に顔を向けた。顔のペイントこそ笑っているように見せているが、その瞳には狂気の光が浮かんでいる。トランプのように札を広げて両手に持ち、それを宙に舞わせる。ボンッという音とともに、大通りに魔物たちが落ちてくる。

「さぁ、ショーの始まりだよぉっ！　ミーファ、ミューズィィックッ！」

青髪の少女はどこからともなくラジカセを取り出し、ＣＤをセットした。ラテン系の陽気な曲が流れ始め、ピエロが踊り始める。同時に魔物たちが一斉に大通りを駆け始めた。目指すは首都カラカスに駐留するベニスエラ陸軍第三歩兵師団の駐屯地である。マラカスを持ったピエロは踊り続ける。

〈みんな俺を魔王と呼ぶ。そう俺は魔物の王さ。俺がマラカスを振れば、美女たちを泣かしちゃう。そう俺こそ魔王さ。俺はダンジョンじゃ人気者。俺が踊り始めれば、誰もが泣いちゃう叫んじゃう〉

銃声が大きくなり、幾つかの爆発が始まる。やがて人の悲鳴が混じり始める。だがピエロは気に

する様子もなく、陽気に踊り続けた。

【防衛省ダンジョン冒険者運営局　江副和彦《えぞえかずひこ》】

ベニスエラの混乱とその首謀者と思われるピエロ姿の男「ジョーカー」の動画を見ている。大氾濫《スタンピード》までの期限をアッサリとバラしたジョーカーは、ひとしきり嗤った後も演説を続けていた。

〈……タイムリミットは一〇年、この情報を先進国の奴《やつ》らは隠してるのさ。なぜかって？　バレたら大混乱でモノが売れなくなり、企業が倒産しちまうからさ。自分たちが金儲《かねもう》けするためには、今のままの秩序のほうがいい。それが連中の考え方なのさ〉

「拙《まず》いわね。西田《にしだ》事務次官に大至急、連絡して。それと首相官邸にも！」

石原《いしはら》の指示で、局員たちが動き始める。俺は黙って目の前のピエロを見つめていた。

〈国連ではみんなでグループセラピーやって、力を合わせてダンジョンを討伐するって決めたそうだな。そりゃ結構なことだ。一〇年後に人類が滅びちまう。なんとかしねーとってわけだ。だがよーく考えてみろ。もし一〇年後、ダンジョンを討伐し終えていたら、世界はどうなってる？　お前はどうなってる？〉

〈ようやく国家を作ったのに、ガメリカにボコられて壊滅寸前の原理主義者諸君、もともとは白人たちのせいなのに、面と向かって非難もできず、端金《はしたがね》の援助物資でなんとか食いつないでいるアフリカの人たち。そして東西冷戦のせいで右へ左へと動いた結果、明日をもしれぬ混乱に喘《あえ》いでいるベニスエラの貧民諸君。お前らに一〇年後があるか？　一〇年後の自分が見えるか？〉

〈このままいけば一〇年後は、先進国の一部の連中が世界中のダンジョンを押さえ、俺たちは「魔石鉱山夫」として働かされる世界になる。連中がダンジョン討伐に懸命なのは、今の利権を守り、さらに利権を拡大できると思っているからだ。俺たちはどうだ？　今でも貧しく、苦しい。そしてきっと一〇年後も貧しいままだろう。ダンジョン討伐は結局、連中だけの都合、連中だけの利益なんだよ。ハンバーガーの大食い競争やグルテンフリー食なんて贅沢《ぜいたく》ができる奴らのために、今日の飯にすら困ってる俺たちが、なんで協力しなきゃならねぇんだ？〉

〈俺たち人類は、進む方向を間違えちまったんだよ。どうせ先も暗いんだ。俺たちを苦しめてきた奴らに、一泡吹かせねぇか？　ダンジョンを国有化し、最下層で討伐した時に魔物大氾濫《モンスタースタンピード》をオンのままにする。それだけでいい。それだけで一〇年後、奴らを道連れにできる。このままではジリ貧なんだ。何百年もの恨みを晴らしてやろうぜ〉

動画を見終えると、石原が吐き捨てた。

「破滅主義者ね。冗談じゃないわ！」

若い局員たちが一斉に同調する。ジョーカーの言っていることはとどのつまり、人類みんなで仲良く死にましょうということだ。究極の平等、究極の博愛主義だ。

「死にたいのなら一人で勝手に死ねばいい。俺たちを巻き込むな！」

「ガメリカに働きかけて、国連軍でベニスエラを討つべきです。この国は危険です」

「それと外務省も動かして、ＩＤＡＯ加盟国の結束を強化すべきだろう。あんな演説で動くとは思えないが、大氾濫《スタンピード》のタイムリミットを隠したことで、不信感が広がりかねない」

局員たちが口々に叫ぶ。だがそれは内心にある不安を払拭するためのように感じた。魔物大氾濫《モンスタースタンピード》のリミットを暴露された以上、浦部《うらべ》内閣は危機に陥る。野党からの突き上げは無論、国際社会からも「自分たちを騙《だま》したのか」と非難されるだろう。

「とにかく、総理への連絡が先よ。頭のイカレた『NO浦部』の連中が、ジョーカーの演説に賛同しかねないわ」

石原が矢継ぎ早に指示を出す。確かに、浦部内閣は野党に責められるだろう。だが説明すれば国民の大半は納得する。一〇年後に人類が滅びるなんて公表したら、世界中が大混乱に陥る。いずれ公表するにしても、ダンジョンの位置が明確になるまでは隠すべきと判断したと正直に言えば、理解を得るのは難しくない。

「江副さん、貴方《あなた》はどう感じたかしら？　あの狂人を見て」

石原に顔を向けると、俺になにを期待しているのかは理解できた。ここで悲観的なことを言っても仕方がない。局員たちを後押しする言葉が欲しいのだろう。

「ハハハッ……　死んでひと花咲かす？　まさかベニスエラ人に、カミカゼ精神があるとは思わなかったよ」

わざと剽《ひょう》げたフリをして場を和ませ、そして顔を引き締める。

「人類を救おうとする俺たちと、人類を滅亡させようとするジョーカー……どちらが『正義』かは五才児でもわかる。石原局長、そして皆さん。これから色々と大変でしょうが、踏ん張ってください。必要なら、いくらでも国会で証言しますから」

石原は頷いて手を叩《たた》いた。局員たちは一斉に駆け出した。

「それで、実際のところ貴方はどう感じたの？」

運営局が慌ただしく動き始めた後、局長室に入った俺に石原が問いかけてきた。先ほどは局員たちを鼓舞するためにジョーカーを完全否定する強気な発言をした。だが俺の内心には得も言えぬ不安が広がっていた。それを察したのか、石原は答えを待たずに呟いた。

「力を手にした狂人による『ただの愉快犯』だったら良かったのだけれどね……」

「そうだな。狂っているように見せているが、奴は正気だ。ジョーカーという男の人生になにがあったのかは解《わか》らない。もし生まれた場所が違っていたら、きっと平穏な人生を過ごしていたんだろうな」

「なまじ正気だから厄介ね。ジョーカーは本気よ。きっと悩み考えた末に辿《たど》り着いた結論なんだわ。貴方と同じように、すべてを捨てて命懸けでダンジョンに挑み、そしてこの結論を選択した。つまり説得は不可能。ダンジョンを討伐して人類を救うことが正義と信じる私たち。大氾濫《スタンピード》を起こして人類を滅亡させることが正義だと信じるジョーカー……我々とあの男とは、決して交わらない。殺すしかないわ」

ため息をついて頷いた。ダンジョン内の魔物であれば、いくらでも殺してやる。地上に溢《あふ》れ出てきた魔物も例外ではない。だがジョーカーは俺と同じ人間だ。魔物を殺すことと人を殺すことはまるで違う。できることなら「殺人」だけは避けたい。

しかし、俺とあの男は解り合うことはできないだろう。言葉を交わすことはできる。互いの信念、主張を意見交換することもできる。だが相手を受け入れることはできない。妥協点は、一切ないのだ。

「この世には絶対正義はない。だから、戦争が無くならないのだろうな」

「数千年後も、人類は戦争しているわよ。男女で、隣近所で、企業間で、国家間で。それがヒトという生き物の業なのかもしれないわね」

「いずれジョーカーとは決着をつける時が来る。奴を殺せるのは、同等ランク以上の冒険者だけだ。あの男は、俺が殺す」

石原も忙しくなる。しばらくは会えないだろう。俺は出現した他のダンジョンの調査と船橋ダンジョン討伐に乗り出すことを伝えた後、最後に自分の決意を告げて転移した。

ジョーカーの動画は数日間で瞬く間に世界に広がった。ダンジョン・バスターズの本社にも、マスコミが大勢押しかけてくる。

「江副さん、ジョーカーを名乗る男が一〇年後に魔物大氾濫《モンスタースタンピード》が起きると言っていますが、本当ですか！」

「ダンジョンを討伐したアンタらなら知ってるだろ！　国民を騙してたのか！」

俺は、新聞記者やマスメディアの人間というのは基本的に「度し難い」と考えている。彼らに「マスメディアは社会の公器」という自覚は皆無だ。カネになりそうなネタを面白おかしく報道し、それで誰かが傷つこうがまったく構わないと考えている。そして報道姿勢を批判されると「報道の自由」だの「メディアの社会的使命」だのと言い訳する。社会の公器という言葉は、このハイエナどもが被《かぶ》っている皮に過ぎない。

「知りたいのならダンジョンに潜って確認すれば良いでしょ。なぜ、ダンジョン内を『取材』しないんですか？　ジャーナリストなら、命がけで最下層を目指すべきでしょう」

あまりの取材攻勢に、イラついてそう言ってしまった。そしてその発言がワイドショーに流れ、コメンテーターたちが俺を批判する。

〈大氾濫《スタンピード》は人類全体の問題でしょう。この人はそのことを理解しているんですかね？〉

〈お金目的なんでしょ。ジョーカーが言っていたとおり、一〇年後なんて知られたら社会が混乱する。だから黙ってる。正直、少し卑しいと思いますよ〉

ここぞとばかりにコメンテーターたちが批判してくる。アホとしか思えん。俺が「一〇年後だ」と言っても、どうやってその証拠を得るつもりだ？　一〇年ではなく一〇〇年後だと言ってやろうか。どうせ奴らに証明なんてできないんだから……

「参ったな。これじゃぁ飲みにすら行けないぞ」

「いや、兄貴はこれまで目立ちすぎたから、少し大人しくしていたほうが良いよ」

ダンジョン・バスターズの本社にある食堂で酒を飲みながら、彰《あきら》に愚痴をこぼす。これからバスターズの規模を拡大しようと思っていた矢先でこの騒ぎだ。ネット上ではバスターズへの批判と、大氾濫《スタンピード》の時期を黙っていたのは当然という擁護の意見と二分されているらしい。

「江副氏の指示だからネット工作はしていないけど、ＥＵ圏では徐々に落ち着いてきてるみたい。やっぱクルセイダーズの存在は大きいよね」

「バックが宗教だからな。ヨーロッパの、特に大陸側の人間の精神的象徴はバチカンだ。教皇や枢《すう》機卿《ききょう》が押さえに回っているんだろう」

「さすがに、陛下にお願いするってわけにもいかないよね」

日本国の皇室は、国政には口を出さない。口を出してはいけない。日本民族の精神的象徴として権威の存在であり続けてきた「歴史的な知恵」である。だが、およそ二七〇〇年の日本国史の中でも、ほんの僅かな回数だが、政治に関わったこともあった。不敬かもしれないが、それを期待できないだろうか。

「さぁ、焼き上がりました」

ダンジョン・バスターズで働き始めた木乃内詩織《きのうちしおり》が、香ばしい匂いを運んできた。マルゲリータピザである。彼女は苦しい家計を自炊でやりくりしてきたためか、かなりの料理上手だ。バスターズでは、食い物に掛けるカネには糸目をつけない。彼女にはふんだんに予算を出しているが、とても使い切れないらしい。このピザソースも彼女の手作りだ。

「江副さん、良いお知らせです。美味《おい》しそうですね」

向井《むかい》総務部長が紙を持ってきた。俺は差出人を見て、思わず眉を上げた。それは宮内庁長官からの「招待状」であった。

【ベニスエラ　エルロデオ刑務所】

チャパス前大統領をして「地獄の入口」と称したベニスエラの刑務所は、一度投獄されたら生きて出ることはほぼ不可能だ。刑務所の管理者は不在同然で、ギャングが実権を握っている。一年間で五〇〇人以上が「事故死」し、地下には大量の麻薬貯蔵庫まである。

「さて、誰が投獄されているのかすらもう解らないようだから、取り敢《あ》えず名前を呼ばれた人は中庭に出てきなさーい！　出てこないと可愛《かわい》い魔物たちが皆を食べちゃうよー！」

首都カラカス近郊にある刑務所の周囲を魔物が取り囲み、アサルトライフルを持ったゴブリンや大型の狼《おおかみ》を従えたジョーカーが、拡声器で呼びかける。殺人すら厭《いと》わないギャングたちも、魔物の出現には縮み上がっていた。ジョーカーが名前を読み上げるが中々出てこない。ジョーカーは目を細めてタバコに火を付けた。一本を吸い終わりそうな頃、騒ぎが起き始める。屈強な体軀《たいく》をした男たち数人が前に出てきた。その後ろには、ジョーカーが名前を読み上げた犯罪者らしき男たちが連行されている。

「俺はシモン・クラウディオ、ここのまとめ役をしている。コイツらは、アンタが呼んだ奴だ。一人はもう死んでいるがな。アンタ、ジョーカーって奴だろ？　テレビに顔を出していたな」

「自己紹介の手間が省けて助かる。後ろの奴を引き渡してくれるか？」

「一応、確認したいが、コイツらをどうするんだ？」

ジョーカーは嗤《わら》って、吸い終えたタバコを捨てた。

「コイツらは幼女強姦《ごうかん》魔だ。麻薬密売、強盗、誘拐、殺人……大いに結構！　だが子供に手を出す奴だけは気に入らないんでね。麻酔無しで去勢してやる」

ジョーカーは右手を振った。唸《うな》り声《ごえ》を上げて待機していた狼が、拘束された男たちの股間に一斉に襲いかかった。甲高い悲鳴が刑務所内に響く。周りの男たちは唖然《あぜん》としていた。股を血まみれにして倒れ込んだ男たちに、ゴブリンがライフルを向けた。

「さて、お前らはこれから自由だ。どうせあと一〇年しか生きられない。法律なんてものは廃止する。好きなだけ奪い、犯し、殺していいぞ。だが一五歳未満の子供には手を出すな。これは俺が決めた唯一のルールだ」

処刑を終えたジョーカーは、拡声器で呼びかける。自分たちは安全だと思ったらしく、犯罪者たちは少しずつ、ジョーカーに近づいてきた。シモン・クラウディオが低い声で尋ねた。

「俺は子供には興味ないが、なぜ一五歳未満に手を出してはいけないのか、教えてくれないか？」

「残り一〇年、みんな好きなように笑って生きればいい。だが子供は一人では、好きなように生きることができない。子供を守り、笑顔を与えるのは大人の義務だ」

「……アンタ、怖いのか優しいのか解らんな」

シモンは少し困惑した表情で呟いた。そこに周囲から声が響いた。

「ヘッ……なんでテメーの決めたルールに従わなきゃなんねぇんだよ！」

分厚いナイフを持った男が挑発するように笑っている。ジョーカーは笑みを浮かべて男に近づいた。軽い口調で返答する。男の肩をポンと叩き、周りの男たちに顔を向ける。

「威勢がいいな！　見込みのある男だ」

だが次の瞬間、ジョーカーの右手が男の胸を貫いた。引き抜くと脈打つ心臓を握っている。男は呆然《ぼうぜん》とした表情で、口から血を溢れさせた。

「だがバカだ。従いたくないんなら、挑発する前に俺を殺せ」

心臓をグシャリと握り潰す。男は白眼《しろめ》を剝《む》いてカクンと崩れ落ちた。ポケットチーフを取り出して右手を拭いながら、ジョーカーは首を傾げて震え上がる男たちを見渡した。

「なにをしているんだお前ら。警察なんてもういないぞ。外には美女たちが股を濡《ぬ》らして突っ込まれるのを待ってるんだ。好きなだけ喰《く》らえばいい。それともお前ら、ソッチ側の性癖なのか？」

犯罪者たちは顔を見合わせ、そして一斉に駆け出した。タバコを咥《くわ》えたジョーカーにシモンが火を差し出した。一瞥《いちべつ》してそれを受け取る。フゥと煙を吐くと、側《そば》に立ったまま動かない男に問い掛けた。

「お前はいいのか？　このままじゃ、いい女は喰い散らかされて、残飯しか残らんぞ？」

「俺は一度、死んだ男だ。できれば、アンタに付いていきたい。アンタの行く末を側で見ていたい。連れていってくれ」

「好きにしろ。まぁ退屈だけはしないだろうよ」

略奪と暴行の坩堝《るつぼ》と化したカラカスの街を魔王と従者はゆっくりと歩いた。

【四月某日　赤坂御苑《ぎょえん》】
日本国において国家元首は誰かという規定は、日本国憲法には存在していない。国家の形態というのは複数存在するが、近代国家と限定するならば形態は三つに絞られる。すなわち、独裁政治国家、立憲君主国家、共和制国家の三つである。これらはさらに細分化されるが、日本は一般的に、この「立憲君主国家」であると考えられている。

この点については日本国内においても様々な議論があるが、つまるところ「国家元首」という言葉の解釈の問題に帰結する。たとえば、あまり知られていないが実は英国国民は主権を持っていない。英国憲法では「議会における国王に主権がある」とされ、国民は「臣民《Subject》」と憲法に明記されている。実態はどうであれ、憲法上はそうなっているのだ。

では日本国の場合はどうか。日本国憲法には国家元首が明記されていない。日本国では「国民主権」であり、この一点で英国とはまったく異なっている。日本国憲法では、天皇は「象徴としての天皇」と位置づけられているが、日本社会では「実質的な国家元首」とみなされている。

「うぅっ……緊張してきたよぉ」

モーニングコート姿の睦夫《むつお》が、ガチガチに緊張している。俺と彰は顔を見合わせて苦笑した。つい半年前までは東京の片隅にあるアパートでフリーのプログラマーをやっていた男が、いつの間にか「著名人」となってしまい、この場に立っている。誰よりも自分自身が「場違い」だと思っているのだろう。

「兄貴に言われて燕尾服《えんびふく》とモーニング作っておいて良かったよ。まさか僕たちが園遊会に呼ばれるなんてね。テレビでしか見たことないから、どうしたらいいのかわからないよ」

「それは俺も同じだ。振る舞い方は教えてもらったが、結婚式の挨拶より緊張するな」

園遊会は春と秋に行われるが、屋外立食パーティーのようなものだ。午後一時頃に受付が始まり、二時過ぎに天皇陛下や皇室の方々が姿を見せる。来賓者は横一列に並び、その前を通る陛下が、数名に二言三言の挨拶を交わしていく。その後はテント内で焼き鳥やサンドイッチ、御用牧場で育てられた羊を使ったジンギスカンなどが振る舞われる。

「本日はお招きいただき、ありがとうございます」

並んだ俺たちの前で、今上陛下が立ち止まられた。今年で還暦を迎えられたはずだが、見た目は若々しい。睦夫はあうあうと言いながら汗まみれで頭を下げている。いくらなんでも緊張しすぎだろ。

「ご活躍のようですね。ダンジョンの問題は、解決できそうですか?」

「お任せください。必ず、解決してご覧に入れます」

「将来、ダンジョンから危険な生き物が溢れ出てくるかもしれないと聞きました。日本、そして世界を心配して、黙っていてくださったのでしょう。誰にも相談できず、さぞ辛《つら》かったでしょうね」

「いえ……」

一瞬、瞼《まぶた》が熱くなりそうだった。強く瞬きし、笑顔を見せた。両陛下は頷いて、彰と睦夫に顔を向けた。

「皆さんの働きに、世界の、人類の命運が掛かっています。ですが、どうか無理はなさらないでくださいね」

「はい」

「ふぁ、ふぁいぃっ」

彰と睦夫も直立不動で返事した。陛下が通り過ぎると、睦夫はその場にへたり込みそうになり、彰が腕を摑《つか》んだ。腰を抜かしてしまったのだろう。ほんの十数秒の会話だが、この会話をするために俺たちは招かれたのだ。今上陛下のお言葉だけで、批判の風は一気に和らぐだろう。

「ここだけの話ですが、皆さんが呼ばれたのは陛下の御希望なのです」

園遊会の食事中に、官房長官がそっと歩み寄ってきて耳打ちしてくれた。それ以上は言わないし聞きもしない。現行憲法の範囲の中で、陛下は御自身の意思を示された。先ほどの言葉はメディアを通じて日本中に流れるだろう。俺は一度だけ頷き、話題を変えた。

「園遊会に参加するのは初めてなのですが、失礼なことをしていないでしょうか？」

「中々、良いモーニングですね。銀座英国堂ですか？」

「実はこれも、初めて着たんです。つぎ着るのはいつになるか……」

「案外、すぐかもしれませんよ？」

互いに笑って、官房長官は離れていった。

【国会議事堂　予算委員会】
「ジョーカーなる男の動画では、ダンジョンから魔物が溢れ出してくるのは一〇年後ということですが、総理はこのことをご存知だったのですか？　もしそうなら、国民に対する重大な背信行為です！」

野党議員の質問に、浦部総理大臣は余裕の表情を浮かべていた。

「ベニスエラで発生した大規模な暴動に魔物と呼ばれる未知の生物が加わっていたこと、そしてそれを引き起こしたと自称するジョーカーなるピエロ姿の人物の動画は、私も観《み》ました。そのうえでお聞きしますが、皆さんは暴動を起こした犯罪者の言葉を鵜呑《うの》みにするんですか？　確かに動画の男は一〇年後と言っていましたが、その証拠はどこにあるんですか？　インターネット上で拡散したたった一人の人間の言葉を信じて、なんの証拠も確証もなくこの予算委員会で追及するというのは、いかがなものかと思いますよ？」

「私は、政府が大氾濫《スタンピード》の発生時期を知りながら隠しているのではないかと申し上げているのです。本当は知っているんじゃないですか？　ダンジョン・バスターズが持ち帰った情報の中に、魔物大氾濫《モンスタースタンピード》の発生時期があったんじゃありませんか？」

ジョーカーの動画が流れたことで、浦部内閣の支持率は一時的に下がったが、いまでは盛り返しを見せている。「知ったところで、貴方になにができるの？」と問い返されて終わりだからだ。総選挙が近いため、野党としては少しでも浦部内閣の攻撃材料が欲しいところだが、旗色が悪い。

「仮にです。仮に知っていたとしましょう。日本政府は魔物大氾濫《モンスタースタンピード》の時期を知っているとします。それを公開すると思いますか？　公開したらどうなります？　ジョーカーという犯罪者の動画一つで、ヨーロッパやガメリカ、大亜共産国では暴動や略奪が発生しています。社会的な混乱を齎《もたら》す情報である一方で、解決策の見通しも立たない。民間人冒険者に頑張ってもらうというのがせいぜいです。そんな状況でいたずらに社会を混乱させるような情報を出すことのほうが、私は無責任だと思いますよ？」

与党議員が拍手を送る。野党の一部にも変化があった。護憲、脱原発、消費税反対を唱えていた元タレント議員は、与党議員すら驚かせる質問を行なった。

「総理、我々は政治家です。政治家とは、理想を実現するために、現実の問題を一つずつ解決していかねばならないと思います。今、日本国における最大の問題はなにか。言わずもがな、ダンジョンです。総理、私は先の選挙で、日本国憲法を守るべきだ。憲法改正には反対すると、有権者の皆様に申し上げました。あの時点では、それが正しかったと信じています。ですが、状況は変わりました。目の前の問題を解決するために憲法改正が必要ならば、私はためらう必要はないと思います」

裏切り者、議員辞職しろといった野次が飛ぶ。

「護憲、立憲主義、平和憲法を叫ぶのは結構です。ですがそれで、魔物を倒せますか？　ダンジョンを潰せますか？　無理なんですよ。なぜなら奴らに言葉は通じないからです。国民を守るためには、理想的な言葉ではなく『物理的な力』が必要なんです。全世界のダンジョンが全て討伐されるまでと限定して、私は局地的核兵器の武装すら検討すべきだと思いますが、総理のお考えはいかがでしょうか」

「まずは、冒頭にあったお言葉『現実の問題を一つずつ解決して理想に近づく』というのには、私もまったく同感です。どのような理想を目指すのか、現実をどのように認識するかについて議論するのが、民主主義のあるべき姿なのだろうと思います。そのうえでご質問にお答えしますが、我が党は党是として明確に『憲法改正』をうたっています。自衛隊を憲法に位置づけ、彼らが胸を張って国防という任務に就けるようにする。これが政治家の責任だろうと考えています。そして核武装についてですが、これは議論の余地があると思います。ただ議論は感情論ではない、理性的に現実的に行うべきでしょう。世界唯一の被爆国だから、という言葉で思考停止するのではなく、子や孫を守るために本当に核兵器は必要ないのか、もし魔物が地上に溢れ出したときに、核が無くても日本を守れるのか、冷静に真剣に考えるべきだと思います」

ダンジョンの出現は、日本国内のみならず世界各国の政治パワーを変え始めていた。超常的な未知の脅威が出現したことにより、机上の空論や感情論は排除され、現実に向き合い始めたのである。

【ウリィ共和国　ソウル特別市】

ガメリカの孤立主義回帰、大東亜人民共産国と日本との歴史的な和解など、この半年間で極東アジアの情勢は激変した。一般的に、極東アジアのステークホルダーは五ヶ国に絞られる。日本国、ルーシー連邦、大東亜人民共産国、大姜王国、ウリィ共和国である。この中で、ルーシー連邦はダンジョン政策においてはほとんど極東に力を入れていない。その理由はダンジョンが出現していないからである。極東地区は連邦全体の三分の一、六二〇〇万平方キロメートルもの広さを持つが、人口は六〇〇〇万人ほどしかいない。ルーシー連邦の国民の大多数は、ウラル山脈以西に住んでいるため、ルーシー連邦はＥＵとの繋《つな》がりを強めるべく動いていた。

五ヶ国の中でも「絶対君主制国家」である大姜王国は、国際社会から経済制裁を受けており、また大亜共産国とも疎遠となっていた。日本も国交がないため、ダンジョンの出現数やその難度については、人工衛星からの情報以上にはわかっていない。陸続きである日本を除く他の三ヶ国は、大姜王国のダンジョンをどうするかで頭を痛めていた。

そして、その大姜王国への接近を試みているのが「ウリィ共和国《内国》」である。ダンジョン出現以前に、米姜首脳会談をセッティングして大姜半島の平和と南北統一を模索したが、その試みは完全に失敗し、ガメリカ、大姜王国両国の信頼を失うこととなった。さらには、日本と締結していた「軍事情報包括保護協定」が昨年末に終了してしまったことから、ダンジョン政策の情報がまったく入らなくなってしまった。駐日内国大使は、ダンジョンと軍事情報は別物という論理で情報を得ようとしたが、実態として陸上自衛隊がダンジョン封鎖や民間人冒険者育成に当たっているため、ダンジョン情報は軍事情報であると反論されてしまった。

経済においても、所得主導型経済政策の失敗から国内産業が疲弊し、サムシク電子など電子部品輸出企業の業績も悪化した。米国およびフランツの自動車メーカーが資本を引き上げたことから、国内の自動車産業も壊滅的な被害を受けている。若年層の体感失業率は三〇%を超え、パク・ジェアン大統領の支持率は下落の一途を辿っている。

「南北統一による平和経済の実現で、ウリィ共和国は日本を超える経済強国となるでしょう。経済政策も、けっして失敗はしていない。今は構造転換期なのです。日本もかつて、痛みを伴う構造改革を断行したではありませんか。何かを得るためには、何かを捨てなければならないのです」

青瓦台で行われた記者会見で、パク・ジェアン大統領は胸を張ってそう宣言した。だが一歩外に出ると、ソウル市内では大統領退陣要求のデモで溢れかえっている。一〇〇万人を超える人々がソウル市内をデモ行進し、警察との衝突も発生している。ロウソク革命と呼ばれる大統領弾劾デモから始まったパク政権は、皮肉なことに同じ弾劾デモで、終焉《しゅうえん》を迎えようとしていた。

「大統領、やはり日本に対して譲歩すべきです。このままでは我が国は北と共倒れになってしまいます」

「なにを言うか！　共倒れではない。南北統一による新たな国がスタートするのだ」

「我々の主敵は大姜王国ではなく日本だ。日本に譲歩するなどありえん！」

「日本憎しで国を滅ぼす気か！　大亜共産国でさえ対日政策を方向転換し、ダンジョン対策に本腰を入れているのだぞ。過去にばかりこだわって、未来を捨てるのか！」

「過去とはなんだ！　植民地支配の被害者は、現在進行で苦しんでいるんだ！　日本が法的に国家の責任を認め、日王が膝を屈して謝罪し、国家予算から賠償金を支払わない限り、国民は納得しない！」

青瓦台では国家方針を巡って激論が繰り広げられていた。一〇〇万人が弾劾デモを行なっても、それでも支持率が三割弱あるのは、国内の左派が支持してくれているからだ。彼らは対日強硬政策を支持している。ここで譲歩すれば、左派からの支持さえ失ってしまうのではないか。その不安が、パク大統領の決断を鈍らせていた。

「取り敢えず、例の動画で言及されていた『一〇年後のスタンピード』が本当かどうか、日本に確認してはどうですか。事実であれば日本を非難できますし、たとえ解答が得られなくても、知ろうとしたというアクションを起こすことで、青瓦台も無策ではないという姿勢を示せるでしょう」

「対日外交はそれでいいとして、問題は国内経済だ。大姜モータースやルナンサムシクが解体し、未来自動車も本社移転予定地にダンジョンが出現したことで、特別損失を出している。このままでは国内の自動車産業は完全に消滅し、一〇〇万人を超える失業者が出るぞ」

「国債の追加発行と減税をセットで行うべきでしょう。またダンジョン冒険者を育成するための予算を追加することで、失業者の冒険者転換を促してはどうでしょう。現在の失業率であれば、買取価格をグラム一〇〇ウォンにしても冒険者になろうとする者も出るはずです。得られた魔石はストックしておき、いずれ水素発電が普及した時に輸出すれば大幅な利益も見込めます。とにかく、雇用を生み出さなければなりません。そのために、あらゆる政策を打つべきです」

「それと対北政策も発表しよう。口では威勢の良いことを言っているが、ダンジョン対策で悩んでいるはずだ。まずは『合同調査隊』を結成し、ダンジョンという共通する問題に取り組むことで、融和を図るべきだろう」

補佐官や閣僚たちの話し合いを、パク大統領は目を瞑《つぶ》って聞いている。大まかな方針が固まり、意見を求められたときにようやく目を開き、並ぶ閣僚たちを見渡して咳払《せきばら》いすると、大仰に頷いて方針に合意した。

【東京都江戸川区　松江高校】
船橋ダンジョンに潜るのは、もう少し周囲が落ち着いてからにする。それまで、ダンジョン・バスターズは横浜ダンジョンで、新人育成に取り組んでいた。正義《まさよし》、凜子《りんこ》、天音《あまね》、寿人《ひさと》の四人が、それぞれ三人ずつの新メンバーを率いてダンジョンに入っている。念のため、彰と劉《リュウ》師父も同行させている。いずれさらにメンバーは増えて、それぞれがダンジョンを単独討伐できるようになるだろう。

そして俺は、ダン対関連法案が国会で通過することを見越して、高校生たちにダンジョンについて教えるため、江戸川区松江高等学校に来ていた。

「今日の『探究』の時間は、最近話題の人に来ていただきました。ダンジョン・バスターズの江副和彦さんです」

茉莉《まり》からの依頼で、松江高校二年B組の授業で登壇する。「探究」というのは昨年から高等学校に導入された科目で、生徒それぞれが研究テーマを決めて、その進捗状況などを発表する時間らしい。昨年は七月からダンジョンが出現したため間に合わなかったが、今年は四月の授業から「ダンジョン」「冒険者」を取り上げる生徒が多数いるらしい。政府が「高校生の冒険者見習い登録制度」を導入しようとしているのも、その影響だろう。

「江副和彦です。あまりこういう場には出ないようにしてきましたが、可愛い親戚に説得されて、今日は皆さんの授業で講演します。彼女には、あとで学食を奢《おご》ってもらうとしましょう」

クラスメイトたちが茉莉に視線を向ける。俺はノートPCを操作してプロジェクターで投影されているスライドを動かした。俺が高校生だった頃とは隔世の違いがある。昔は黒板とチョークが当たり前だったのに、今ではホワイトボードが主流だそうだ。

「さて。ダンジョンと聞くと、どんなイメージを持つかな？　桐山《きりやま》君」

「はい、『クイドラ』ですね」

スマートフォンのゲーム名を挙げてきた。ボケだったのだろうか他のクラスメイトが笑う。俺も笑って頷き、解答を受け止める。

「なるほど。あいにく、私はオヤジなのでゲームはしないんだが、魔物を倒すという意味ではそうかもしれないね。他の人はどうかな？　安住《あずみ》さん」

最初は、全員の認識を確認するところから始める。ダンジョンについての情報はネット上に溢れているため、ほとんどの生徒が正確な情報を得ていた。

「全員がほぼ、正しい情報を得ているようだね。ダンジョンはレベル制ではない。試合に出るために練習するように、ダンジョンで活躍するには自分を鍛えなければならない。レベルが上がって強くなるのではなく、鍛錬に鍛錬を重ねて、ある水準を突破した時に『ランク』と呼ばれるものが上がる。当然、ステータスなんてものはない。ヒットポイントもマジックポイントも攻撃力もクリティカルもない。テレビゲームや異世界ファンタジーアニメと決定的に違う点がそれだ」

スライドを切り替える。ゴブリンと戦っている彰の写真が投影された。

「このように、ダンジョン内では魔物と呼ばれる存在が出現する。私は基本的に、魔物はロボットだと考えているが、見た目は生物に見えるね。このため、魔物を殺すことをためらう人も出てくる」

横浜ダンジョンの「エビルラビット」に切り替わる。女子生徒たちが可愛いと騒ぐが、次の瞬間、小さな悲鳴が上がる。アニメーションが動いて、愛くるしいウサギの顔が夜叉《やしゃ》になったからだ。

「冒険者を続けるうえで必要なことは、魔物に対する感情を捨てることだ。可愛いとか可哀想《かわいそう》とか考えていたら、痛い思いをする。指先を怪我《けが》する程度ではない。生きたまま食い殺されてしまう。まぁ簡単には割り切れないだろう。どうしても感情を捨てられないときは、別の魔物と戦うことをオススメするね。たとえば、船橋ダンジョンの魔物はコレだ」

ゲジが画面に映ると、うぇっという声が複数漏れた。

「少し気持ち悪いかもしれないけれど、害虫駆除と考えればいい。少なくとも愛くるしいウサギよりも、戦いやすいんじゃないかな。このように、ダンジョンには多様な魔物が出現する。魔物はそれぞれの強さがあり、特徴がある。全ての魔物と一人で戦うことは不可能だ。だから冒険者たちはパーティーを組む」

講話はやがて、見習い冒険者登録制度の内容となった。法案作成においては俺も意見を出したので、詳しい内容まで覚えている。簡単に言えば、Dランクで安定して魔石を確保している冒険者パーティーに、パーティー人数の半分までの「一六歳以上の子女」の同行を認めるというものだ。ただし、親の許諾を得なければならないし、細かく規定された誓約書へのサインも必要になる。また、学業を疎《おろそ》かにしないため、土日祝日のみ、ダンジョンに入ることが認められる。

「ブートキャンプが行われているため、横浜ダンジョンでは実質的には日曜日と祝日だけだね。他の冒険者もいるから、地上時間で最大一時間までになる。それでも、ダンジョンでは六日間を過ごすことになる。かなりキツイと思うよ?」

「質問してもいいですか？」

その時、男子生徒の一人が手を挙げた。俺は頷き、座席表で名前を確認する。

「山岡《やまおか》君だね。どうぞ」

その生徒は立ち上がって、俺をまっすぐ見つめて質問してきた。

「木乃内さんのように、ダンジョン・バスターズの見習いになるには、どうすれば良いのでしょう？」

「へぇ……」

俺は思わず、感嘆詞を口にしてしまった。


【松江高校　山岡慎吾《しんご》】

一年の時から、俺は木乃内さんに憧れていた。彼女の姿をずっと見ていた。だから俺は確信している。彼女は既に、冒険者見習いとしてダンジョンに入っている。それも随分前からだ。彼女は去年の夏休みが終わってから、急に明るくなった。以前から美人だったけれど、そこに華やかさと存在感が加わった。クラスメイトの話では、芸能プロダクションからスカウトされたこともあるらしい。当然だろう。正直、同じ高校生とは思えないほどに、木乃内茉莉は美しすぎる。

「ダンジョン・バスターズでは、ダンジョンに入る『動機』を重視している。それは見習いでも同じだ。単純に面白そうだからとか、お金が欲しいからという理由では、ダンジョン・バスターズに入ることはできない。自分以外の誰かのため、あるいは何かのためという『利他』の志がなければ、ダンジョンで戦い続けることは難しいからだ」

江副さんは、俺の質問に答える形で、他の生徒たちに向けて説明した。そして俺に視線を向ける。

「どうしてもバスターズに入りたいのなら、あとで時間を取ろう。君の動機を聞こうじゃないか」

それで話は終わりだという感じで、江副さんは別の生徒の質問を受け付けた。着席すると、ふと視線が気になった。木乃内さんが俺を見ていた。トクンッと心臓が高鳴った。


【江副和彦】

「俺は、木乃内さんを守れるくらいに強くなりたい。それが理由です」

昼休みの時間、学校の一室を借りた俺は、先ほど質問してきた山岡慎吾君の話を聞いていた。予想通りの理由だった。彼は茉莉に惚《ほ》れている。茉莉は見た目こそ高校生だが、たしかに同世代の中では突出して美人だ。授業中、壇上からクラスを見渡しても茉莉の存在感は際立っていた。彼のみならず、茉莉に憧れている男子生徒は多いだろう。

「茉莉に惚れているのか。で、告白したのか？」

「そ、それは……」

「ただ離れたところから見ていただけ……それでは落とせないぞ。真正面からぶつからないとな」

「でも、俺なんかが……」

若いな。そう思って肩を竦《すく》めた。フラレたらどうしようなどと行動を起こす前から不安になり、結果何もせずに時が経過し、やがて離れてしまう。女にモテないヤツの典型だ。モテるための第一条件は、行動を起こすことだ。「お前が好きだ、付き合ってくれ」という言葉を吐けない奴は、一生涯モテない。

「勘違いしているようだから、それなりに女と付き合ってきた『先輩』として助言しておく。お前は、相手が自分のことを好きになってくれてから告白して付き合う……そう思ってないか？　それは男の思考だ。男はイイ女を見たら一発で惚れる。だから女もそうだと思い込む。違うぞ。女は、好きになって付き合うんじゃない。付き合っているうちに好きになるんだ」

「でも、木乃内さんは何度も告白されているのに、全部断っているって聞きました。俺が告白しても、どうせ……」

「だろうな。茉莉は外見で男を評価しない。考えてもみろ。茉莉の周りには誰がいる？　俺もそうだが、世界最強格闘家の宍戸《しし ど》彰や、他にも様々な男たちがいる。そのいずれも、親のスネを齧《かじ》っている高校生じゃない。死にものぐるいでダンジョンに立ち向かい、命がけで魔物と戦い続けている勇者たちだぞ。安全な場所でノホホンと生きている男に魅力を感じないのも当然だろう」

「じゃぁ、どうしたらいいんですか。江副さんが俺の立場なら、どうするんですか？」

俺は苦笑した。四〇過ぎの男に「恋バナ」を持ってこられても困る。遊びで女を抱くことはあっても、本気の恋愛なんてもう一〇年以上もご無沙汰だ。だからバスターズのリーダーという立場で、条件を伝える。

「まず茉莉に告白しろ。軽い調子じゃないぞ。本気で、正面から『君が好きだ』とぶつかって、そして玉砕してこい。別に死ぬわけじゃないんだ。それすらできない弱虫が、ダンジョンで魔物と戦えるとは思えん」

俺は立ち上がって、未熟なチェリーボーイを見下ろした。困ったような、泣きそうな表情を浮かべている。そんなに難しいことか？

「きちんと告白したらバスターズの見習いにしてやる。ダンジョンで徹底的に自分を鍛えろ。茉莉を守れる男になるんだろ？　努力する姿を見れば、茉莉の心境も変わるだろう」

少年は迷い、そして頷いた。ほんの少しだけ、男の顔に近づいたような気がした。

【千葉県船橋市】

千葉県の県庁所在地は千葉市だが、商業の中心地はどこかと問われれば、船橋市と県民は回答する。地方自治法に定められた「中核市」の中では最大である六三万人の人口を抱えており、農畜漁業が行われている一方で、軽重工業の工場が複数並び、北欧の家具メーカーの巨大商業施設もある。一次産業から三次産業まで全て揃《そろ》い、東京駅まで三〇分以内という立地から、定住目的のファミリー層には人気の街だ。

都市の数だけ名物があるのが日本だ。関東圏屈指の商業都市であれば、当然ながら「名物ラーメン」が存在している。

「……兄貴、これって焼きそばだよね？」

「いいや、ラーメンだ。船橋のB級グルメ『ウスターソース・ラーメン』だ」

半世紀以上前、船橋市の雀荘《じゃんそう》が「焼きそばとスープの二皿を出すのが面倒だから一緒にしちまえ」と考えて生み出したらしいが、食べてみると間違いなくソース独特のスパイシーさを感じるスープで、チャーシュー代わりにトッピングされている「ハムカツ」ともよく合う。

「いや、だって炒《いた》め野菜に青海苔《あおのり》と刻み紅生姜《べにしょうが》まで載ってるよ？　スープ焼きそばって名前のほうがしっくりくるよ」

「いいから食え。ラーメンなんて明確な決まりはない。店主がラーメンと言ってるんだから、ラーメンなんだ」

ソース特有の味がするスープとキャベツ、紅生姜にハムカツ。Ｂ級グルメ特有のジャンク感があり、たまに食べたくなる。彰も最初は味に戸惑っていたが、やがてズルズルと食べ始めた。当然ながら一杯では足りない。腹を満たすために別の店に向かう。

「よし、つぎは『すずきめし』を食いにいくぞ」

千葉県は、魚の「スズキ」の漁獲量日本一だ。その中でも四月末から水揚げが本格化する「瞬〆スズキ」は船橋市の名産であり、このスズキの出汁《だし》で米を炊き、それをライスコロッケにしたのが「すずきめし」だ。船橋市で三〇店舗以上が、このライスコロッケを使ったアレンジ料理を出している。

「人間というのは足元を見落としがちだ。東京都民は北海道や北陸、九州の名物は必死に追いかけるのに、足元の関東圏、しかも都心から三〇分で着く千葉県の名産が知られていない。たとえば『梨』もそうだ。長野県と思う人もいるだろうが、千葉県こそが梨の収穫量日本一ということはあまり知られていない。その中でも船橋の梨は最高品質のブランドを持っている。簡単に手に入るのに、なぜか食べたことがない人が多い」

居酒屋で「すずきめしの香草焼き」、「ホンビノス貝の酒蒸し」、「なめろう」、「ベータキャロットの野菜スティック」「小松菜ハイボール」を注文する。いずれも船橋市の名物だ。菜っ葉がドロドロになったようなハイボールに彰はひいていたが、一口飲んで驚いている。ビリジアン色からは想像できないほどに飲み口が軽い。

「ところで、新しく高校生が入るんでしょ？　慎吾君だっけ？　茉莉ちゃんに告白してフラレて、それでも入るって、根性あるね」

「惚れた女を守るために強くなる。戦う理由としては十分だ。それに茉莉も高校二年生、今年で一七歳になる。健全な高校生として、恋愛の一つも経験すべきだろう」

「兄貴、父親の顔になってるよ？　こうやって茉莉ちゃんは大人になっていくんだね。そして兄貴はオッサンに……」

「うるせぇよ。俺はまだ四〇歳だ。誕生日まで三ヶ月ある」

緑色の液体が入ったグラスで乾杯した。

【ガメリカ合衆国　国防総省　アイザック・ローライト】
参謀長という仕事に見切りをつけて民間のダンジョン研究機関に転職しようかと思っていた僕が、未《いま》だにその椅子に座っている理由は一つだ。中南米の失敗した国「ベニスエラ共和国」に出現した自称魔王への対策に追われたからだ。

「ＦＢＩの分析では、ジョーカーは白人男性で年齢は三〇歳から四〇歳。大学もしくは大学院でかなりの高等教育を受けているだろうとのことです。貧困層問題を取り上げていることからボランティア活動に関わっていたか、あるいは医師としてベニスエラで活動していたのではないかと考えられます」

「そんな人物が『ダンジョン討伐者《バスターズ》』になり、さらにはクーデターまで起こしたというのか？　訳がわからん。それで、大統領はなんと？」

「当分は様子見だそうだ。米軍撤退による国際社会からの非難、さらには日本とバチカンによるダンジョン討伐。スタンピードの時期を把握できずにいたことへの不満と、一〇年後の不安で暴動まで起きている……これ以上失策を重ねたら、大統領選挙どころか八月の共和党大会で指名すら受けられない。合衆国史上初の、党大会で落選した現職大統領になるかもな」

「情報を隠していた張本人の日本が、ガメリカより先に沈静化してしまったからな。それどころかデモすら起きていないとは……」

「日本国民は『災害』に慣れている。騒いでも仕方がないことは受け入れる民族だ。それにダンジョン・バスターズの存在も大きい。既に三つのダンジョンを討伐し、四つ目に取り掛かっているそうだ。民間人冒険者の登用も順調で、魔石採掘者だけでも二〇〇名を超えている。浦部総理も、任期中に国内全てのダンジョンを討伐すると宣言しているしな」

「その結果、浦部内閣の支持率は六割まで回復、一方のハワード大統領は二割ちょっと。僅か四ヶ月で、大きく差が開いてしまったわね」

部下たちがため息をついた。会議室に重苦しい空気が漂う。もっとも、僕の興味は浦部内閣でもハワード大統領でもない。ジョーカーのほうが遥《はる》かに面白そうだ。だから話題を戻す。

「政治の話はいいよ。僕らの仕事はガメリカの裏庭である南米に出現したテロリストへの対策を考えることだ。もう一度、ジョーカーの動画を見せて」

秘書がパソコンを操作し、ジョーカーの動画が投影される。両手を後ろに組んで動画を観る。やはり疑問が湧き上がる。この動画は、どうやって撮影したんだ？

「おかしいよね。この動画を観る限り、ジョーカーって男はかなりイカレているように見える。そんな男が、ビデオカメラとマイクをセッティングし、演説したデータをエンコードして、動画サイトに載せるなんて作業をするかな」

「つまり、ジョーカー以外の協力者がいると？」

「それも複数ね。今回の政変は、ジョーカーの単独犯じゃない。おそらく、ジョーカーが指揮しているか、あるいはジョーカーを支持している組織があるんだと思う。ベニスエラは混乱していたけれど、それでも人口は三〇〇〇万人以上いたんだ。貧困層の中に、ジョーカーに心酔する者が出てきても不思議じゃない」

僕は前のめりになり、机の上で手を組んだ。左右の部下たちを見回す。

「思い出してほしい。世界で初めてダンジョンを討伐したメンバーは三人だった。ダンジョン・バスターズでさえ、単独《ソロ》攻略は不可能だった。つまり、ジョーカーはダンジョン討伐者《バスターズ》になって狂ったんじゃない。その前からジョーカーと一緒にダンジョンに潜っていた仲間がいる。経済破綻しているベニスエラでは、魔石を得たところでカネにはならない。では彼らは、なんのためにダンジョンに入ったんだ？」

僕は疑問を提示しながら沈思した。ジョーカーの立場になって想像してみる。ただの好奇心でダンジョンに入ったという可能性は少ないだろう。衣食住が足りた後に出てくるのが好奇心だ。ベニスエラではそれが決定的に欠けている。スラムが広がり、その日の食事にも困っている人々が、魔石のような食べられもしないものを得るためにダンジョンに入るなど考えにくい。少なくともジョーカーは、必要に迫られてダンジョンに入った。だが何故《なぜ》だ？　彼はダンジョンでなにを得たかったんだ？

（魔石以外の収穫物。魔物カード、ポーション、武器や魔法の道具……）

いまいちピンとこない。ジョーカーが医者なら、医薬品を求めてダンジョンに入ったという可能性はある。だがそれは医者だから必要だというだけだ。他の仲間たちの共感は得られないだろう。ジョーカーを含めて全員が求めるもの……

「ひょっとして……」

僕は一つの可能性に行き着いた。ダンジョンは魔石しか生み出さないという前提そのものが間違っているのではないか。

「……ベニスエラには、魔石以外が出現するダンジョンがあるのか？」

【ベニスエラ　首都カラカス】

首都カラカスはベニスエラ最大の都市ではあるが、その治安状況は世界最悪といわれている。特に「ラ・チャルネカ」と呼ばれる貧民窟は、強盗や殺人が毎日のように発生し、一切れのパンを求めて人々が争い合う地獄の様相を呈していた。

「ボス、今日の収穫物です」

貧民窟のビルの一角、雑然とした部屋の中に顎髭《あごひげ》を生やした男が入ってきた。その後ろでは、プラスチック製のボウルに白い粉や果物などが盛られている。だが、ボスと呼ばれたピエロ姿の男ジョーカーはボウルの中身ではなく、男が差し出したカードの束のほうに興味があった。運ばれてきたボウルは一瞥しただけで、

「全部配布しろ。特に、子供がいる家庭にはな。それと陸軍の装備が手に入った。収穫者をもっと増やせ」

「ですがボス、今日はなにも食べていないじゃないですか。せめてこれだけでも……」

差し出されたリンゴを受け取り、ジョーカーは齧った。カラカスの貧民窟に出現したダンジョンは、魔石ではなく「食料」を生み出している。そのダンジョンの討伐者《バスターズ》であるジョーカーは、ダンジョンの管理と採掘は貧民窟の住人たちに任せ、そこから得られた「カード」を受け取っていた。人の数に比して得られる食料は決して多くない。だがそれでも、僅かでも腹を満たすことはできる。貧民窟には、肉やバターの味を知らない子供までいるのだ。

リンゴを齧るジョーカーの姿に、顎髭の男は感銘を覚えていた。確かに、目の前の男は恐ろしい。素手で簡単に人をくびり殺せる。だが同時に、強烈な信念を持っている。その信念に生きている。

ヒトは生まれながらに不平等だ。何百万トンもの食料を平気で捨てる国がある一方で、飢餓に苦しむ国がある。栄養失調で赤子に飲ませる乳すら出ない母親がいる。「神の前ではヒトは平等」など、誰が信じるか。

「俺たちは、神様にババ《ジョーカー》を摑まされたのさ。金持ちが金持ちであるために貧乏人は存在している。奴らが笑って暮らすために必要な道化師、それが俺たちだ。だからジョーカーとしてこの世界を浄化しよう。そのときには自分たちは死んでいるだろう。だが、ただ無為に死ぬのではない。この歪《いびつ》な世界の終わりを見ながら、嗤って死のうじゃないか……」

生きる意味を見出《みいだ》したと思った。それまでは理由もなく、怒りの感情のまま他者を傷つけ、そして自分を傷つけて生きてきた。自分が生きている意味なんてない。存在してもしなくても、世界にはなんの影響もない。苦しめて苦しみ、奪って奪われて、そしてつまらない一生を終えるだろうと思っていた。

だがいまの自分は違う。この男の「狂おしき夢」に乗った。彼と共に踊り狂おう。なんの価値もない自分の命が尽きるか、この世界が滅びるまで……

【鹿骨《ししぼね》ダンジョン　山岡慎吾】

ダンジョン・バスターズの見習い冒険者となった僕は、真実を知った。鹿骨には世界初のダンジョンが存在し、江副さんは去年の六月からそれに潜っている。そして木乃内さんも、夏休み中から手伝うようになったそうだ。木乃内さんの変化は「強化因子」によるものだったのか……

「ハァッ……ハァッ……」

汗が滴り落ちる。両手足にウェイトを着けて歩くというのが、これほどキツイとは思わなかった。木乃内さんも、最初はコレから始まったらしい。

「早くしなさい。茉莉が退屈してるわ」

「エミリちゃん。慎吾くんは初めてなんだし、可哀想よ」

ダンジョンに入ってもう一つ驚いたことがある。木乃内さんが顕現させた「エミリ」という同い年くらいの女子だ。外見は少し気が強そうだが、木乃内さんと同じくらいの美人で可愛い。地上で二人が並んで歩いたら、声を掛ける男は無数にいるだろう。けれど、この二人に対して共通して思ったことは……

（クソッ……女の子に置いていかれるなんて、情けねぇっ）

僕はフラフラになりながら歩いているのに、二人は平然としている。基礎体力がまるで違う。腹の底から悔しさが湧き上がる。なにが木乃内さんを守るだ。守られてるのは自分の方だった。

「茉莉、こういう時は同情しちゃダメよ。同情すればかえって、相手を惨めにするんだから……とっとと立ちなさい。男なんでしょ？　それともゴブリンに食われたいの？」

歯を食いしばって、太腿《ふともも》に力を入れる。ゆっくりと、それでも着実に前に進む。一歩ごとに、自分が強くなっていく。そう信じて進むしか無い。僕は歯を食いしばって、引きずるように足を出した。

「はい、お疲れ様」

「あ、ありがとう……」

木乃内さんからポーションを受け取る。血のように赤い色なのに、無味無臭の液体だ。それを飲むだけで、バラバラになりそうだった全身の痛みがひいていく。だが精神的な疲労までは回復してくれないらしい。寝台に倒れ込んだ僕は、そのまま眠ってしまった。

「ねぇ、茉莉……それで、どうなの？」

「どうって？」

「とぼけないの。慎吾から告白されたんでしょ？」

「う……今はまだ、誰とも付き合うつもりはないって断ったのに、まさかバスターズに入ってくるなんて……きっと、和さんがなにか企《たくら》んだんだわ」

「ふーん？　今は、ね？　じゃあ見込みはあるかしら？　結構、可愛い顔してるし？」

「んもうっ！」

こんな会話がされていたとも知らず、僕はグッスリと眠ってしまった。


【船橋ダンジョン】

「忍法、焰薙《ほむらなぎ》」

朱音《あかね》が忍術を発動すると、ダンジョンの床を這《は》うように炎が広がった。第一層のゲジが次々と消えていく。単体への攻撃力は弱いが、範囲魔法の代替になる。Dランクあたりまでならこれで十分のようだ。

「姉御もいよいよ、ゲームキャラっぽくなってきたね。第二層は僕が行くよ」

船橋ダンジョン第一層のゲジは簡単に消滅した。まるで害虫駆除である。第二層に入った俺たちを待っていたのは六〇センチほどの大きさの「蠅《はえ》」だった。やはり女性陣を連れてこなくて正解だった。茉莉がいたら卒倒していたかもしれない。

「モンスター・フライですわ。弱毒と溶解液を持つ大型の蠅ですが、それなりに高速で飛んできます」

朱音も少し嫌そうな表情を浮かべている。まぁ虫型魔物が出るダンジョンなら、ああいう「巨大な複眼生物」とかも出るだろう。某映画の「腐海の蟲《むし》」のような奴まで出るかもしれない。

「んじゃ、僕がいくね」

彰は、新たに手に入れたSRランクの武器を構えた。ヌンチャクである。


＝＝＝＝＝＝＝＝＝＝＝＝＝＝＝＝＝＝＝＝＝＝＝＝＝＝＝＝

【名　称】双節棍《そうせつこん》LEE
【レア度】Super Rare
【説　明】格闘家専用のヌンチャク。所有者自身は重さを感じないが、攻撃を受けた側は一〇〇キロの鉄球で殴られたようなダメージを受ける。二つの棍を繋ぐ鎖は神鋼鉄《アダマンタイト》でできており、破壊することはほぼ不可能。

＝＝＝＝＝＝＝＝＝＝＝＝＝＝＝＝＝＝＝＝＝＝＝＝＝＝＝＝

「ホァァァッ！」

五〇年前に一大ブームになったカンフー映画のように、ヒュンヒュンと高速でヌンチャクを振り回す。そして「ホァチャァァッ！」とか叫びながらブゥゥンと飛んでくる蠅を叩き落とした。ヌンチャクの動きはさらに加速し、彰の両腕も見えなくなる。そして半径二メートル以内に入った蠅は次々と煙になっていった。戦いぶりを見ていると「ドラゴンな音楽」がバックグラウンドに流れているような気がしてくる。

そして第三層で、ついにDランク魔物が出現した。「蚊」だ。

「エビル・モスキート。Dランク魔物ですわ」

「俺がやる」

両手を前に出し、自分の制空圏を確認する。そしてその中に入った巨大な蚊を次々と叩き落とす。目で追うことも判断することもない。感じたままに掌底を突き出していく。

「『考えるな。感じろ』……たしか有名なカンフー俳優の言葉だったな」

「『鉄則を学び、実践し、やがて忘れる。形を捨てた時、全ての形を手に入れる』……僕はこっちのほうが好きだね」

大きめの蚊が四匹近づいてきた。それを同時に叩き落とし、俺たちは先へと進んだ。第五層を越えて第六層の安全地帯《セーフティゾーン》に入ろうとした時、朱音と彰が飛び出した。そして俺はようやく気がついた。安全地帯《セーフティゾーン》に、黒髪の女性がいた。年齢は二〇代半ばだろうか。

「こんにちは！　私、ダンジョンを渡り歩く行商人《ペドラー》、リタと申します。よろしくお見知りおきのほど～ ニヒッ」

ダンジョン・システムについては、まだまだ未知の部分が多いようだ。

【船橋ダンジョン　第六層】

「ダンジョンを渡り歩く行商人《ペドラー》？」

第六層の安全地帯《セーフティゾーン》で腰を下ろしていた黒髪の女性は「行商人《ペドラー》リタ」と名乗った。顔は和洋折衷というか、日本人にも見えるし外国人にも見える。いずれにしても、こんなところに俺たち以外のダンジョン冒険者がいるとは思えない。説明を求めるため、俺は朱音に視線を向けた。

「ダンジョン・システムが完全起動したことで、いずれ遭遇するとは思っていましたわ。これまで和彦様が手に入れられた数多くの魔物カード、それらを交換するために行商人《ペドラー》が存在します。もっとも、和彦様たちはカードガチャというスキルをお持ちでしたので、必要ないかもしれませんが……」

「いやいやぁ～　カードガチャ？　私も驚きました！　これまで魔物カードの交換は行商人《ペドラー》の独占商売だったのに、カードガチャなんてスキルのせいで商売上がったりですよぉ～」

行商人《ペドラー》リタが笑いながら自虐する。もっとも、困っている様子は微塵《みじん》もない。

「それで、行商人《ペドラー》のリタだったか？　確かに、俺たちは膨大な数のカードを保有している。だがカードガチャによってそれらを消費し、武器やアイテムを入手できる。カードを交換するというのなら、あまり商売にならないのではないか？」

「ニヒッ！　そこは商売のやり方ですよぉ。たとえばー」

リタがカードを取り出した。ＬｅｇｅｎｄＲａｒｅのカードである。思わず目が釘付《くぎづ》けになった。リタはカードをヒラヒラと揺らして、ケラケラ笑った。

「ニシシッ！　やっぱりねぇ。ガチャっていうスキルは、どうやらカードを選ぶことはできないみたいだね。それに、その様子だと未だにＬＲカードはガチャでは出てなさそうですね。これで決まりかな？」

「聞こうか。俺たちを相手に、どんな商売をするんだ？」

黒髪の行商人《ペドラー》は、胸こそまな板だが顔はそれなりに可愛らしい。渋谷や原宿を歩けば、それなりに男たちの目を惹《ひ》くだろう。だが口に手を当ててヒヒヒと笑うその様子は、どこからどう見ても悪徳商人だ。ダンジョン・システムも、もう少しマトモなキャラを用意できなかったのか？

「私の商売は高級路線！　ＳＲ、ＵＲ、ＬＲのカードしか扱いません。そして最大の特徴は、カードを選べるということです！　Ｒカード一〇〇枚で、ＳＲカード一枚、ＳＲカード一〇〇枚でＵＲカード一枚というように、一つ下のランクのカード一〇〇枚で、お好きなカード一枚と交換できます！」

「……なるほど、中々商売上手だな。一〇〇枚のカードだと、ガチャは一一回できる。だが必ずしも、自分が望むカードが手に入るとは限らん。自分が欲しいカードを指定して交換できるのなら、取引する価値はある。だが一〇〇枚というのは、少々ボリ過ぎのような気もするが？」

「ニヒヒッ商売ってのはそういうモンですよぉ～　もちろん取引する価値があるように、厳選したカードをご用意します。たとえば、そこの格闘家の方には、こんなカードはどうでしょう？」

＝＝＝＝＝＝＝＝＝＝＝＝＝＝＝＝＝＝＝＝＝＝＝＝＝＝＝＝＝＝＝＝＝＝＝＝
【名　称】　神衣「カイオウ」
【レア度】　Super Rare
【説　明】　妖精たちが呪術を付与して編み込んだ格闘着。高い防御力の他に、装着者は瞬間的に、自分の力を一〇倍にまで高めることができる特殊権利「カイオウ権」を持つことができる。
＝＝＝＝＝＝＝＝＝＝＝＝＝＝＝＝＝＝＝＝＝＝＝＝＝＝＝＝＝＝＝＝＝＝＝＝

「へぇ、あのマンガは僕の憧れでもあるんだよ。欲しいね」

「でしょう？　このように、お客様と会話をしながらオススメのカードをご提示するのが行商人《ペドラー》の仕事です。何が手に入るかわからないガチャとは違う価値があるでしょう？」

「そうだな。だがそれだけでは足りない。他にも取り扱ってほしいものがある」

俺は目を細めて床に座ってカードを並べる女商人を見下ろした。するとリタはいきなり身体《からだ》を捩《よじ》り、身を守るような仕草をした。

「な、なんですか。ダメですよ。私はそんな安い女ではありません。い、いえ商売ですからどうしてもというなら、URカード一〇〇枚で一回くらいなら……」

「……なにか勘違いしているようだが、お前のカラダなどＣｏｍｍｏｎカード一枚の価値もない。俺が希望しているのは別の取引だ」

「酷《ひど》いっ！　乙女に向かって吐いていい言葉じゃないですよソレは！」

キャンキャンと喚《わめ》くのを無視して、俺は女商人の前に屈《かが》んだ。この女は言った。「ダンジョンを渡り歩く」と。ならば他のダンジョンについても知っているはずだ。そして、他の冒険者たちについても……

「俺が欲しいのは情報だ。お前、俺たち以外に取引した相手はいなかったか？　もっと言えば、ジョーカーという男と接触したことはないか？」

女商人は表情を変えず、俺を見つめた。その瞳に俺は思わず背筋が寒くなった。気軽に話しているが、目の前の女は人間ではない。直感がそう囁《ささや》いていた。


【ベニスエラ　ニコライ・クライド暫定大統領】

私が政治活動に身を投じたのは、学生時代の頃だ。カラカスの大学を卒業後、米国の大学院で修士号を取得した私は、祖国ベニスエラを極左全体主義から救うために政治的な師と仰ぐレオナルド・メンドゥーサと共に政党を立ち上げ、議会制民主主義の復活を目指して戦ってきた。戦いの中で、党首であったレオナルドは政治犯として投獄され、私も幾度も命を狙われた。

先の大統領選挙は酷いものだった。マドゥーラは、自分に投票しない者には食料配給を止めるなど、民主国家の政治家としてあるまじき行為で、大統領に再選した。なにが貧富の差を無くすだ。なにが独占資本の打倒だ。とどのつまり自分が権力を握り富裕層であり続けるための方便ではないか。これが極左の実態だ。私は仲間たちとともに、大統領選挙の無効を国際社会に訴えた。そして米国や日本は、私をベニスエラ暫定大統領として承認してくれた。本当ならば、党首であるレオナルドがその地位に就くべきだが、政治犯として軟禁されている以上、私がリーダーシップを発揮するしかない。マドゥーラ政権打倒後は速やかに政治犯を釈放し、レオナルドを神輿《みこし》にして大統領選挙を行おうと考えていた。三七歳の私が大統領になったところで、この国を立て直すことはできない。

だが、そうした希望は全て打ち砕かれた。突然、魔物が出現し街を跋扈《ばっこ》し、マドゥーラを始めとする政府高官たちを皆殺しにしてしまったのである。それどころかカラカスの陸軍や刑務所を襲い、多数の犯罪者を解き放ってしまった。もはや、私の愛したベニスエラは「亡《ほろ》んだ」と言っても過言ではない。

「私をどうする気だ？」

私と家族は、首都カラカスの北部にあるバルガス州の生家に逃れていたが、この街にも魔物の手が伸びてきた。支持者たちは私を逃がそうとしたが、クーデターの首謀者がテレビ放送で私に会いたいと呼びかけてきた。そしていま、私の目の前にはピエロ姿の男「ジョーカー」がいる。隣には妻と娘がいる。娘は怯《おび》えて、私の腕にしがみついている。

「どうもこうもしないよ。アンタは口先だけのマドゥーラとは違う。アンタには信念がある。この国をなんとかしたいって想《おも》いに嘘《うそ》はないんだろう？」

「当然だ。だがお前が、この国を滅茶苦茶《めちゃくちゃ》にしてしまった。政治は機能せず、犯罪者が跋扈し、人々は怯えて暮らしている。お前の望みはなんだ？　ベニスエラを滅ぼして、なにをしたいんだ！」

「ウヒャァーヒャヒャヒャッ！」

ジョーカーが金切り声をあげて笑い出した。娘がヒィッと叫んで私に抱きついてくる。するとジョーカーはいきなり真顔になり、申し訳無さそうに言ってくる。

「いや、お嬢ちゃんを怖がらせるつもりはなかったんだ。悪かった。手品みる？」

懐からコーラの空き瓶を取り出して机に置く。そして赤いハンカチで瓶の前を隠し、サッと取り除くと、空き瓶にはコーラが満たされていた。栓もしっかりはまっている。指先でピンと弾《はじ》くと栓が抜けた。

「コレあげるから、お母さんと隣の部屋にいってな。おじちゃんはお父さんと大事な話があるんだ」

ウィンクして瓶を娘に差し出す。娘の代わりに妻が受け取り、そして娘を連れて隣の部屋に向かった。私は目の前の男が理解できなかった。マドゥーラは生きたまま犬に喰い殺されたという。たとえ独裁者であろうとも、法の裁きもなく私刑に処して良いはずがない。目の前の男は悪逆非道な魔王だ。だが同時に、どこか人間臭さがある。この男はなにを考えているのだ？

ジョーカーはもう一本、コーラ瓶を取り出すとグビグビと飲み始めた。一気に飲み干すと盛大にゲップし、足を組んでタバコに火を付けた。

「なんの話だったっけ？　あぁ、俺の目的か。いや、大したことじゃない。ちょっと人類に絶滅してもらうだけだ」

「……なにを……言ってる？」

私はその言葉が理解できなかった。この男が狂っていることはわかっている。だが狂気の度合いが桁外れで、私の理解がついていかない。ジョーカーは煙を吐きながら、私に言って聞かせるように喋《しゃべ》り始めた。

「人間という生き物は、自分に直接降りかからないことに対しては、トコトン他人事《ひとごと》なんだ。他人が失業しようが餓死しようが関係ない。そうした問題を取り上げてる活動家は、それでカネを得ているか、あるいは活動している自分に陶酔しているかのどちらかだ。アンタだってそうだろ。ベニスエラの政治家になった理由は、自分のためだ」

「違う！　私は愛する祖国がこれ以上崩壊するのを見ていられなかった！　巧言令色を吐く独裁者が好き勝手に国を壊している光景に、我慢ならなかった！　そこに私心はない！」

「あるじゃないか。見ていられなかった。我慢できなかった。だから行動した。それはつまり、自分の感情処理のための行動だろ？　私心以外の何物でもない。勘違いしてほしくないが、俺は別に非難しているわけじゃない。人間ってのは例外なく、私心で行動するんだ。マドゥーラは自己保身と贅沢な暮らしをしたいために行動し、アンタは我慢できないっていう怒りで行動した。マドゥーラは欲望で、アンタは信念で動いた。善悪じゃない。強いて言えば好みの問題だな」

なんなのだこの男は？　狂人だと思っていたが、その言葉は流暢《りゅうちょう》で高い知性を感じる。だが、それはもっと恐ろしいことのように感じた。

「ダンジョンというのは、人類共通の『自分事』だ。だが弱い。自分事の問題なら、地球温暖化とか環境破壊とか、それまでもあっただろ？　だが大衆の想像力は乏しいんだ。具体的な形にならないかぎり、自分事と認識しない。つまり俺は、ダンジョンという自分事を人類全体がリアルに感じるようにしたいのさ。つまり全人類に、特に先進国の国民たちに『逃れられない死』を認識させたいのさ」

「なんのために？　なんのためにそんなことをする？」

するとジョーカーは二本目を取り出した。天井に向けてプフーと吐き出す。

「アンタと同じだよ。俺はこれ以上、偽善がまかり通る世界に我慢できないんだ。ガメリカの大富豪たちは、二酸化炭素削減を訴える講演会に高級車で乗り付ける。講演が終わったら一本三〇〇〇ドルのシャンパンで乾杯し、大亜共産国や東南アジアに工場を建設するとかの儲《もう》け話に夢中になる。連中は知っているのさ。富を得続ける方法は、貧乏人を貧乏のままにすることだ。地球という限られた資源《パイ》を奪い合う以上、自分が多く得るには誰かの取り分を少なくしなきゃならない。年収二万ドル（二〇〇万円）はガメリカでは貧困層だ。だが世界では、上位五％以内なんだぜ？　年収一五〇〇ドルでようやく中間なんだ。わかるかい？　わずか五％の人間のために、九五％が貧困なんだよ。おかしいと感じないか？　こんな世界になんの価値がある！」

ジョーカーは怒りの表情から再び穏やかな笑顔になった。いや、化粧をしているので笑顔に見えただけかもしれない。

「五〇年前、そう考えた奴らが平等な世界を目指して革命を起こした。だが失敗した。なぜかわかるか？　ソイツらも最初は信念で動いてたのかもしれない。だが権力と富を得た瞬間、それに執着するようになった。信念から欲望に変わったのさ。人間だから仕方がないだろう。だから欲望を持ちようがない世界を俺が実現する。真の平等、真に公平な分配の世界。つまり『人類全てがいなくなった世界』をな」

「自分も、死ぬつもりなのか？」

「当然。言ったろ？　俺は欲望じゃ動いていない。そして欲望に変わる前に死ぬ。人類が誰もいなくなった世界を実現する。その時は、地上には草木一本、残っていないかもしれないがな。なぁに、二〇億年もすれば新しい生命も生まれてるだろ」

私は呆然としてソファーに寄りかかった。思考も感情も、この男は狂ってはいない。だが「結論」が狂っている。誰がどんな言葉を吐こうとも、この男を説得することは不可能だ。止めるには、殺すしかないだろう。

「……それで、私になにをさせたいんだ？　言っておくが協力はできないぞ。そんな破滅思想になど、私は絶対に与《くみ》しない！」

「なぁに、アンタがどう思おうが関係ない。ちゃんと協力してくれるさ」

ジョーカーはカードを一枚取り出した。犬の首輪のようなものが描かれていた。


【船橋ダンジョン】

「申し訳ありませんが、他のお客様の情報は一切、お話しできません。また、他のダンジョンについての情報も、開示することはできません。私はあくまでも行商人《ペドラー》です。情報屋《インフォーマー》ではありません」

立ち上がったリタはニコニコしながら一礼して拒絶した。俺は二人を下がらせると、リタの眼前に立った。相手は人間ではない。ならばこちらも遠慮する必要はない。

「無理やり口を割らせる……というやり方もあるんだぞ？」

「和彦様ッ！」

朱音が止めようとする。目の前の女商人は、イヤーとか言いながら頭を掻《か》いていたが、いきなり凄《すさ》まじい衝撃が左から襲ってきて壁に叩きつけられた。ゴキッという音がいくつか聞こえた。視界に火花が飛び散る。頭を振って顔を上げると、朱音が飛びかかろうとしているのを彰が止めていた。リタは表情を変えずに、右足をゆっくり下ろしている。ただ蹴り飛ばされただけだろうか。壁に寄りかかると、意識が飛びそうになる。腕だけではなく、背骨や他の骨までやられているだろう。コツコツと足音が近づいてきた。

「ニヒヒッ！　舐《な》めてもらっちゃ困りますよぉー　私、これでもSランクなんですよ？　ダンジョンを渡り歩く行商人《ペドラー》ですから、それなりに鍛えてます。殺してもよかったんですけど、これからお得意様になりそうですし、思いっきり手加減してあげました。ではまた、どこかでお会いしましょー」

（クソッ……　ミスった……）

そのまま意識が途切れた。

「ペドラーは私たちと同じく、ダンジョン・システムの機能の一部です。その強さは桁違いで、Aランク魔物を容易《たやす》く屠《ほふ》ることができます。殺されなかっただけでも幸運ですわ」

エクストラ・ポーションを飲まされた俺は、ようやく意識を取り戻した。そして朱音に説教を受けている。暴力を振るうつもりはなかったが、まさかあの程度でいきなり攻撃されるとは思わなかった。

「迂闊《うかつ》だぜ、兄貴。強さはともかく、普通の存在じゃないことくらいは判《わか》ったでしょ。いつも冷静な兄貴らしくない行動だよ」

「そうだな、俺らしくない。悪かった。で、あの行商人《ペドラー》はどこに行った？」

「消えちゃったよ。用がある時は地面に膝をついて天を見上げて『リタ様カムバーック』と祈れば出現してくれるらしいよ？」

「……いや、それ嘘だろ。普通に呼べば来ると思うぞ？」

「行商人《ペドラー》はダンジョン・システムですので、どこにでも存在しています。今この時も、世界中のダンジョンに同時に存在していても不思議ではありません。どこにでもいるし、どこにもいないのが行商人《ペドラー》です」

朱音に言われて、彰は「そうなの？」と驚いている。まさか本気で試すつもりだったのか？　それにしても、俺はこんなに暴力的な人間だったか？　ダンジョンに出会う前は、アラフォーの中年コンサルタントとして、頭と口先で仕事をしていた。暴力を振るったことも、それを示唆したこともない。それが今では、暴力も交渉材料の一つにし、必要であれば躊躇《ためら》わずに使う人間になっている。ダンジョンの強化因子で強くなったとはいえ、ここまで変化するだろうか。

（俺は……変わったのか？）

誰かに相談したいと思った。石原でも良いが、できれば以前の俺を知る奴がいい。丁度良いことに、ここは船橋だ。久々に、幼馴染《おさななじみ》の友人と酒でも飲もうか。気分が楽になり、立ち上がった。

京成船橋駅近くにある大衆料理居酒屋「三日月」で幼馴染と酒を酌み交わす。パチンコチェーン店のオーナーで元在日内国人だった岩本《いわもと》とは小学校一年生からの付き合いだ。岩本は仕事柄、在日内国人との関係も深い。だが日内関係がどうなろうが、三〇年以上の友人というのは、人生の宝物だ。ダンジョンのことならともかく、俺自身について相談をするなら、コイツ以外に有り得ない。

「岩ちゃん、俺……変わったかな？」

「ん？　カズちゃんが一気に痩せたのは、たしか去年の夏頃だったよね？　そこから変わったかってこと？」

俺は頷き、船橋ダンジョンでのリタとのやり取りを語った。それ以外にも、クルセイダーズのメンバーの首をいきなり絞めたりしたことなどを語る。ダンジョンができる前の四〇年間、俺は暴力を振るったことなど一度としてなかった。それがこの一年弱で、暴力的行為を幾度か犯している。それが不安だった。

「んー　カズちゃんとは、仕事以外ではこうしてたまに酒を飲む程度だから判断できないけど、ダンジョンの冒険者って魔物と戦い続けるんだろ？　カズちゃん、どれくらいダンジョンで過ごした？」

「とても計算する気になれないな。もう年単位になってるはずだよ」

　ダンジョン内は地上の一四四倍の速さで時が流れる。地上の一ヶ月が、ダンジョンでは一二年に相当する。そう考えれば、もう一〇年近くはダンジョンで戦っているだろう。

「だったら変わるのもしょうがないよ」

　岩本はあっけらかんと言って笑った。鉄板に豚バラ肉を置いて、脂身を焼き始める。

「考えてもみなよ。一〇年間もダンジョンの中で魔物と戦い続けたら、そりゃどんな人間だって変わるよ。戦うってことは、魔物を殺すってことでしょ？　食肉解体業の人たちも、やがて慣れるそうだし、カズちゃんも力を振るうことに慣れたんじゃない？」

「それが良いことだとは思えないんだよ。いや、ダンジョン内で戦うのはいい。だけどその力を人に向けるのは良くない。自分の思い通りにいかないからといって、それを力で解決しようとする。俺はそういう行為や人間を忌避してきたはずなんだがな……」

　焼けた豚肉をサンチュで包み、キムチを載せて齧る。日内関係の悪化から「嫌内」という風潮が国内にあるが、ナショナリズムを食事に持ち込むなどナンセンスだと思う。旨《うま》いモノに国境など関係ない。

「カズちゃんは確かに、暴力とは無縁だったよ。けれど俺の知るカズちゃんは結構、強情だよ。こうと決めたら譲らないところがある。五年生のときだったよね。カズちゃん、丸山《まるやま》先生と口論したの覚えてる？」

「あったか？　いや、思い出してきた。歴史の授業だったよな？」

「墾田永年私財法の『墾』は、小学校で習う漢字じゃない。国語のテストに出てこないのに、社会のテストで『漢字で書け』というのはおかしいって、カズちゃんゴネまくってたんだよ」

「……今から思うとバカだな」

二人して笑う。笑いながら岩本が言葉を続ける。

「カズちゃんは昔からそういうところがあるんだよ。自分が正しいって思ったら、それを堂々と主張する。誰彼かまわずね。主張が認められない場合は、色々な理屈を並べる。やがて中学くらいから、発言を遠慮したり、主張を取り下げたりするようにもなったけどね。でも根っこのところは変わってないと思うよ」

「主張の仕方に『暴力』という選択肢が加わったのか」

「いや、昔から選択肢はあったんだよ。ただカズちゃんはその選択をしてこなかった。大抵の人は、その選択は忌避するんだよ。理由は簡単、慣れてないからだよ。暴力で主張する。暴力で解決する。この方法に慣れてないから、普段慣れてる方法を選ぶんだよ」

「いや、罪悪感もあるだろ」

「そうだね。ただ罪悪感ってのは『不慣れ』の一つだと思うよ。暴力に慣れた人は、そのことに罪悪感が無いんだよ。麻痺してるって言い換えてもいいかもね。カズちゃんは、ダンジョン内で暴力を振るい続けてきた。その結果、暴力という選択肢が取れるようになった……ってことじゃないかな？」

俺は思わず舌打ちした。悪感情のまま暴言を吐いたり、肩が触れたというだけで暴力を振るったりする輩《やから》が世の中にはいる。俺は密《ひそ》かに、そうした連中を軽蔑していた。だがいつの間にか、自分自身がそれに近づいていた。自分に対する嫌悪感が湧き上がる。岩本がマッコリを注いでくれた。

「決定的な違いは、カズちゃんはそうした自分に気づいているってことだよ。暴力的な人間は大抵の場合、選択肢がそれしかないんだ。そして、それしか選択できない自分を省みることがない。『心に聞く』と書いて『恥』と読む。反省しない人間を「恥知らず」っていうんだよ。でもカズちゃんは違う。こうして反省して、俺のところに相談に来てるじゃないか」

「……あまり慰めになってないぞ」

「慰めてほしいんなら、俺のところじゃなくてキャバクラ行ったほうがいいよ。カズちゃんは相談に来たのであって、慰めてもらいに来たわけじゃないだろ？　なんならこの後、ウチの系列のクラブに行く？」

「キャバクラ経営、始めたのか？」

「船橋にダンジョンが出現したんだ。いずれお金を持った若い男性たちが集まってくるでしょ。駅前のビルに先月オープンした。ダンバス御用達《ごようたし》にしてくれると嬉《うれ》しいね」

「まずは、下見が必要だな」

少し気分が良くなり、マッコリで乾杯した。

【江戸川区鹿骨町　ダンジョン・バスターズ本社屋】

ダンジョン・バスターズは複数のパーティーが登録するクランである。正規メンバーたちは江戸川区を中心にそれぞれが住居を借りて、時間を合わせて横浜および鹿骨のダンジョンで稼いでいる。冒険者は通常「個人事業主」として登録されるが、ダンジョン・バスターズでは「合同会社」を推奨している。合同会社は株式会社と比べて設立が簡単で、組織設計を柔軟に行うことができ、利益分配も自分たちで自由に決められる。株式会社と比べて社会的信用性は低く見られがちだが、冒険者パーティーに社会的信用性など必要ないし、ダンジョン・バスターズの一員というだけで一目置かれる。

合同会社は法人税が適用されるため、所得税と比べて累進課税が緩やかであり、所得が多い民間人冒険者は合同会社にしたほうが、手取りが増える。保険などの諸費用を組み込むことができるし、何より「相続税」が掛からないということが大きい。皆、誰かしら守るべき者や遺《のこ》すべき相手がいる。合同会社であれば、遺族年金なども出すことが可能だ。

だがそうした税制的な部分を除いても、彼らはバスターズ本社に集まる傾向がある。その理由は「食事」にあった。

「今日は牛筋カレーにしました。たくさん作りましたので、いっぱい食べてくださいね」

おっとりとした雰囲気の女性が声をかけると、男たちが協力して寸胴《ずんどう》を運ぶ。ネット販売専用の業務用食材卸から、キロ単位で肉や野菜を買い付けている。ランクが上がると、それだけ基礎代謝が大きくなる。バスターズの「賄い担当」として雇用されている木乃内詩織は、知り合いの主婦たちにも声を掛けて、数人で調理場を切り盛りしていた。子供が高校生にもなれば、母親たちもパートなどに出る。だが鹿骨町は「陸の孤島」であり、パートで働くなら小岩駅、篠崎《しのざき》駅、瑞江《みずえ》駅に出るしかない。そのど真ん中に「主婦業の延長」で働ける職場ができれば、地域経済にも役に立つ。

一杯あたり牛筋一〇〇グラム、さらに野菜も大量に入っている。サラダやスープもお代わり自由だ。ただしアルコールは出していない。ビアサーバーもあるが、これは冒険者たちでパーティーをするときに使われる。

「あれ、和さんは？」

「彰さんと一緒に、船橋ダンジョンに入ってるわ。慎吾くんに伝言、戻ってくるまでにEランクに上がっていたら、SR武器を一つやる、だって」

大人たちに混じって二人の高校生が向かい合って座り、食事をしている。茉莉は目の前のクラスメイトを改めて観察した。ダンジョン内で一緒に過ごすうちに、少しずつ性格が見えてきた。一本気で誠実なところがある。最初に「付き合ってくれ」と告白されたときは断ったが、別に嫌いだからというわけではない。ダンジョンのことで頭がいっぱいだというのも、ただの言い訳だ。実際のところは、茉莉は無意識で、男性に不信感を抱いていた。母親は高校生で自分を産んだ。周囲の目は厳しかったと思う。それなのに父親は浮気を繰り返して、結局は離婚した。あまりにも無責任だ。一〇代の男性など性欲の塊、父もただ、母と性交したかっただけなのだと、無意識で軽蔑していた。

だからこそ、断ったにもかかわらずダンジョン・バスターズに入ってきた慎吾に、茉莉は戸惑い、そして鬱陶しく感じた。そこまでして自分を抱きたいのか。そんなに性交したいのかと呆《あき》れたくらいである。だがダンジョン内で数日過ごすうちに、徐々にそれが変わっていった。やましい気持ちを持ったまま耐えられるほど、ダンジョン・バスターズのブートキャンプは甘くない。慎吾はゴブリンに何箇所も噛《か》まれながら、それでも歯を食いしばって歩き続けた。同じ冒険者見習いとして、今では認めている。

「絶対にEランクになってやるぜ！　食べ終わったら、またダンジョンに入ろう！」

本当はこの後は中間テストに向けて勉強をしたかったのだが、放っておいたら一人で入るかもしれない。茉莉は仕方なく、付き合うことにした。

【船橋ダンジョン　第七層】

船橋ダンジョンの第七層はCランク魔物「魔蟲《マムー》」であった。体長は五メートル、体高は二メートル以上ある巨大な「ダンゴムシ」である。それが見た目とは裏腹にすごい速度で向かってくる。かなりの運動エネルギーだろう。

「魔蟲《マムー》は外殻が硬く、打撃攻撃はほとんど通用しません。炎に弱いため、遠距離から魔法攻撃をするのが有効なのですが、和彦様たちならば問題ないかと」

壁を蹴って一瞬で魔蟲《マムー》の頭上に出ると、空中で斬鉄剣を一閃《いっせん》した。巨大な虫は前後に綺麗《きれい》に分かれる。だが頭のほうがまだ動いている。彰が槍《やり》を構え、真正面から突き入れた。そしてそのまま槍を持ち上げる。Bランクならではの身体能力で、魔蟲《マムー》の突進を止めた。

「さすがは虫だね。これは前後じゃなくて左右に真っ二つにしたほうがいいね」

「だな。次で試してみよう」

強化因子となって消えていく魔蟲《マムー》の中で、俺たちは次の戦い方を話し合う。一戦ごとに検証し改善点を探る。この魔蟲《マムー》との戦い方も、俺たちがBランクだから余裕に見えるが、Cランク冒険者なら単独で戦うのは厳しいだろう。

「タンクが突撃を食い止めて、横からアタッカーが切り込むか串刺しにするか？」

「あるいは魔法で遠距離から脚を焼いてしまって、突撃できなくするとか？」

「身の軽い者なら、躱《かわ》して上から斬りつけるという方法もありますわね。ただ、最低でもRランクの武器が必要かと思います」

今後、バスターズは全世界のダンジョンを討伐していく。戦いの経験値を共有し、パーティーごとにシミュレーションを重ねさせ、訓練によって連携の練度を上げる。地道で時間が掛かるが、これが一番確実な方法だろう。

「恐らくあと二、三層で最下層と思われます。ガーディアンは恐らくBランクでしょう」

朱音に斥候を任せながら、俺たちはさらに進んだ。そして第九層で最深部に到達する。天井の壁画を録画し、幾枚も写真を撮った。武器を持った魔物が集団で走っている様子が横向きに描かれている。

「相変わらず、意味不明だね。これは大氾濫《スタンピード》の様子かな？」

「その割には魔物の数が少なくないか？　見たところ一〇体くらいしかいないぞ？　それに、この魔物はどこを目指して走ってるんだ？」

第九層のガーディアンは「キラー・ビー」であった。巨大な蜂が集団で襲ってくる。奥にひときわ大きな蜂がいる。恐らく女王蜂だろう。

「Dランクの兵隊蜂を操る女王か。朱音、忍術で雑魚だけ一掃できるか？」

「お任せを……」

すると朱音は包帯くらいの長さの漆黒の布を取り出した。それをシュルシュルと回転させる。すると黒い煙が立ち込めていった。

「毒霧です。女王には通じないでしょうが、雑魚ならこれで十分ですわ」

「OK、じゃぁ僕が決着つけるよ」

彰が息を止めて黒煙の中に飛び込んだ。兵隊蜂がボトボト落ちていく。朱音が手を止めると、やがて黒煙が消えていった。そして女王の姿も消えている。煙の中、彰がヌンチャクで肩をトントンと叩いていた。

「いまの僕なら二〇分間は無呼吸運動できるよ。完全に人間辞めちゃったかな？」

「今さらだろ。ランクアップとは、人外の階段を一段ずつ登るってことだ。全てを討伐し終えたら、俺は二度と、ダンジョンには入らないつもりだ」

全てのダンジョンを討伐し終えた後、俺たち人外の存在は危険視されるだろう。南の島でも買って、ゆっくり余生を過ごしたいものだ。

「和彦様……」

朱音に促され、俺は出現したダンジョン・コアに歩み寄った。

『ニュースです。防衛省の発表によりますと、千葉県船橋市に出現したダンジョンが、ダンジョン・バスターズの手によって、本日討伐されたとのことです。これで国内に出現した一二箇所のダンジョンのうち、四箇所が討伐されました』

『防衛省ダンジョン冒険者運営局は、次の討伐対象として、東京都新宿区のダンジョンを討伐してほしいとダンジョン・バスターズに依頼したとのことです。これは七月二四日から始まる東京オリンピックを見越してのことであり……』

テレビのボリュームが小さくなる。そして全員がグラスを持った。

「では、船橋ダンジョン討伐を祝して、乾杯！」

グラスが高々と掲げられ、バスターズの冒険者メンバー、本社スタッフおよび見習い冒険者の総勢四七人が一斉に乾杯した。朱音、エミリ、劉峰光《フォングアン》、ンギーエといったＬＲキャラクターも顕現させている。今夜くらいは問題ないだろう。

「ンマッ！　ンマッ！」

Ｌサイズ以上の大きさがあるピザをンギーエが独占して食っている。もっとも厨房《ちゅうぼう》の窯で焼いているので、このあと幾らでも出てくるから問題ない。メンバーそれぞれに声を掛けていく。

「カズさん、おめでとうございます！」

「おめでとうございます」

茉莉と慎吾が挨拶にきた。二人一緒に行動しているということは、少しは進展したらしい。だが、まだ手を繋ぐところまでは行っていないようだ。ティーンエージャーの恋愛が微笑《ほほえ》ましく思えるのは、俺が年をとったからだろうか。

「で、強くなったか？」

からかいついでに聞いてみると、慎吾はニヤリと笑っていきなり殴りかかってきた。右手の指二本で拳を止める。俺なら大丈夫と信頼しての行動だろう。

「へぇ、力もついたし体幹もしっかりしている。世界大会に出ても上位にいけるかも？」

唐揚げを食べながら、彰がそう評価を下した。俺は相手の力量判断などできないが、これまでの人生経験から、顔と眼《め》を見ればソイツがなんとなくわかる。ウジウジしていた頃よりはずっとマシな顔つきだ。

「慎吾くん！」

茉莉がたしなめるが、慎吾は拳を引っ込めると胸を張った。

「Eランクになりました。すぐにDランク、Cランクへと上がってみせます」

「やる気になるのはいいが、勉強もちゃんとしろよ？　中間テストの成績が悪かったら、ダンジョン内で勉強だからな」

ウゲッという慎吾の肩を叩いて、他のメンバーのところに行く。初めて話すメンバーもいる。気質重視で採用しているから大丈夫だとは思うが、いずれ問題を起こすメンバーも出てくるかもしれない。近いうちに冒険者業にかまけてばかりもいられなくなるだろう。

宴会の最中、携帯電話が鳴った。石原局長からだ。中庭に出て着信を受ける。

『船橋ダンジョンの討伐、おめでとう。そして、ご苦労さま』

「ありがとう。報告書は既にまとめてあるから、明日の朝イチで送る。それで、この時間に電話してくるなんて、何かあったのか？」

わざわざこの時間に電話してくるということは、なにか伝えたいことがあるからだ。

『あら、用がなければ電話しちゃダメかしら？　ただ貴方の声を聞きたいと思っただけなんだけど？』

「おい、お互いいい年してんだ。そんなロマンスを信じろってのか？」

『つれないわね。用件は二つよ。クルセイダーズが、ベネツィアのダンジョンを討伐したわ。パリに続いて二つ目。貴方たち以上のペースよ。もっとも、二つともDランクダンジョンらしいけれど……』

「そうか。ヨーロッパとガメリカはクルセイダーズに任せたい。その調子でガンガン討伐してくれとメールを入れとくよ。で、二つ目は？」

目標は一〇年間で六六六箇所のダンジョンを討伐することだ。全てをバスターズでやる必要はない。クルセイダーズが三分の一でも引き受けてくれるのなら、こちらとしてもだいぶ楽になる。これは協力ゲームであって、競争ゲームではないのだ。

『二つ目は、例のジョーカーの件よ。ベニスエラの政変が落ち着き始めたわ。野党代表のクライド暫定大統領が正式に大統領に就任して、国内の混乱を収めるみたい。ただ問題があるわ。ベニスエラが、ＩＤＡＯどころか国連からも脱退するようなのよ』

「は？」

『私も、知り合いの記者から聞いた未確認情報なの。ベニスエラ時間で一八時、日本時間では明日の七時に記者会見があるそうよ。クライド大統領は親米派で、中道路線の政策を掲げる良識的な政治家と思われていたのに、いったいどうなっているのかしら？』

「……恐らく、ジョーカーの仕業だ。アイテムカードの中には、相手を強制的に隷属させるといった危険な効果のヤツもあった。それを使った可能性が高いな」

『日本政府としては、ジョーカーに与するような国とは国交は結べないわ。少なくとも浦部総理はそう考えるはず。問題は、追従する国が出てこないかどうかかね。アフリカや中東には、反米反資本主義国家が多いわ。ダンジョン討伐を盾に、先進国から援助金を引き出そうとするかもしれない』

「そんなことをすれば、世界は二分されるぞ。あるいはそれが、ジョーカーの狙いか？」

『まだ可能性よ。日本政府も対応の検討はこれからだわ。いずれにしても、情勢は急速に悪化している。そのことを貴方に伝えておきたかったの』

電話を切ると、思わず壁を殴り壊したい衝動に駆られた。皆の手前、そんな行動は取れないが、焦りと苛立《いらだ》ちで歯噛《はが》みする。

ジョーカーは「自分は魔王だ」と言った。なるほど、確かに魔王だ。ファンタジーのような「絶対悪の魔王」だったらどれだけ戦いやすいだろうか。実在する本物の魔王とは、魔王なりの正義があり、それを巧みに宣伝して自分の味方を増やそうとする。「正義と悪の戦い」ではない。「正義ともう一つの正義の対立」が、勇者と魔王の戦いなのだろう。

「和彦様？」

後ろから朱音に声を掛けられた。息を深く吐いて、笑顔を作った。

【ベニスエラ　大統領府】

ジョーカーによる政変で混乱の極みにあったベニスエラ共和国だが、新大統領としてニコライ・クライドが就任すると、街中を闊歩《かっぽ》していた魔物たちは姿を消した。だが刑務所から解放された犯罪者たちが暴動を起こすなど、魔物がいなくなったことで、カラカスの治安はさらに悪化した。警察自体が完全に腐敗しているため、それを取り締まる者も不在なのである。

「ベニスエラ国民の皆さん。現在、我が国は崩壊しています。その原因はなにか？　魔物でしょうか？　ですがいま、カラカスの街に魔物はいません。にもかかわらず略奪や暴行が頻発し、本来ならそれを取り締まるべき警察までも、暴動に加わっている状態です。私たちは知っています。ナイフで刺されたら命を落とします。自分の店から品物を略奪されたら生きていけません。暴行された婦女は心身ともに傷つきます。そうした行為はいけないことだと、私たちは知っています。にもかかわらず、カラカスを始めベニスエラ全土にそうした行為を平然と行う者たちが溢《あふ》れています。私は国民の皆さんに、そして全世界の人々に問い掛けたい。彼らは人間でしょうか。それとも魔物でしょうか？」

クライド大統領の演説は世界中に同時配信されているが、記者たちは少ない。ベニスエラの政変で、外国人ジャーナリストの大半が国外脱出してしまったからだ。数少ないジャーナリストたちがカラカスに留《とど》まり、この記者会見に参加している。

「ベニスエラの未来を考えることが私の仕事です。ですが遠い未来よりも、目の前の危機を脱しなければなりません。国連は、そして豊かな国々は私たちにこう言います。一〇年後の魔物大氾濫《モンスタースタンピード》を食い止めるために、ダンジョン討伐に協力せよ……ですがベニスエラは一〇年後どころか、一年後には無くなっているかもしれません。私たちに必要なのは、一〇年後を生きる権利ではなく、今日を生きる糧なのです。ダンジョン討伐に協力せよと言うのならば、今後一〇年間を生きる糧を、私たちに与えていただきたい。あるいは、いまを生きることが困難な貧しき人々を、貴方《あなた》たちの国で受け入れてもらいたい。『我々に協力せよ、ただしこちらは協力しない』では、あまりにも理不尽ではありませんか」

演説原稿のページをめくる。本人の意志に反して、真剣な表情と力強い言葉で、貧しき者の主張を行う。

「それが受け入れられないのであれば、我が国は国連を脱退します。私たちと同様に、今日を生きるために苦労している国々と手を取り合い、独自のダンジョン政策を行います。魔物大氾濫《モンスタースタンピード》が発生して困るのは、持てる国々だけです。私たちは困りません。一〇年後に生きているかもわからないからです。ベニスエラが提唱するダンジョン政策は、富の分配です。先進二〇ヶ国は、それぞれ年間GDPの二〇%を、他の一八〇ヶ国に分配していただきたい。それが魔物大氾濫《モンスタースタンピード》をオフにする条件です」

記者たちがどよめく。これは脅迫である。いまや最貧国となったベニスエラが、ガメリカや日本、

ＥＵにナイフを突き付けた。そしてそれを食い止めるには、誰とも知れないダンジョン討伐者《バスターズ》を殺すしかない。つまりベニスエラ三〇〇〇万人を皆殺しにする以外、止められないのだ。

「我が国には、すでにダンジョン討伐者《バスターズ》が存在します。そして時間が経《た》つとともに、その数はどんどん増していきます。豊かな国の人たちは、よく考えていただきたい。自分の年収の二〇％で、一〇年後を買えるのです。一〇年後に死にたいか、それとも一〇年後も生きたいか。卑怯《ひきょう》と言われようとも構いません。私たちは失うものなど無い。これが『持たざる者』の強さです」

フラッシュが一斉に焚《た》かれた。

【ガメリカ合衆国　ホワイトハウス】

「ファーックッ！」

今年で七四歳になる大統領は、激昂《げきこう》して執務机を殴りつけた。ベニスエラ大統領の記者会見は、ガメリカの威信を傷つけるのに十分であった。「ガメリカファースト」を標榜《ひょうぼう》するハワード大統領にとって、この脅迫は宣戦布告に近いものであった。

「望み通りにしてやろうじゃないか。ベニスエラを空爆して更地にしてやれ！」

「大統領、落ち着いてください。空爆したところでダンジョン討伐者《バスターズ》が生存していれば意味がありません。私であれば、この記者会見後にはカラカスにはいないでしょう」

興奮する大統領を補佐官が止める。ハワードは肩で息をしてドカッと椅子に座った。ダイエットコーラを一気に飲み干す。

「気になるのは南米、アフリカ、中東の貧困国です。特にアフリカは、確認されているだけで一〇〇以上のダンジョンを抱えています。ジンバブエ、スーダン、ウガンダ、ソマリア。さらに中東諸国まで加われば厄介なことになります」

「南米で同調しそうな国は？」

「最大人口国であるブレージルとコロビアンは問題ないでしょう。最南端のアルジャンテンも、G20に入っていることを考えると、同調する可能性は低いと思います」

「とすると、ベニスエラは少なくとも南米では孤立無援というわけだな？　ならば軍事行動を起こしても問題はないだろう」

「大統領、繰り返しになりますが軍事行動を起こしても意味がありません。今回のターゲットは国ではなく個人なのです。しかも相手はダンジョン討伐者《バスターズ》です。ベニスエラ全土を空爆しても、確実に殺せるとは断言できません」

ハワードは不機嫌な表情を浮かべ、机のボタンを押した。ダイエットコーラの追加が運ばれてきた。


【東京都　首相官邸】

ベニスエラの情勢については、日本国政府も情報を摑《つか》んでいた。クライド新大統領の宣戦布告とも取れる記者会見後、対応策を検討するために閣僚たちが集まる。

「無視してもいいんじゃねぇか？　完全にイカレてるだろ。ありゃ……」

相馬《そうま》財務大臣が苦笑する。ここにいる誰もが、内心では同じ気持ちであった。だがなんらかのリアクションをする必要がある。対ベニスエラというよりは、国民に対してという意味で。浦部《うらべ》総理大臣が顔を引き締めて方針を打ち出した。

「政府としては、このような馬鹿げた要求を飲むことはできません。ダンジョンを討伐してほしければ金をよこせ。テロリストの要求そのものです。ベニスエラに対して断固として抗議し、一週間以内に改善されない場合は国交を断絶しても良いと考えます」

五月下旬の通常国会閉会に合わせて、衆参両院の解散が行われる。参議院は本来であれば八月選挙だが、東京オリンピックを考えると早めたほうが良いということで、公職選挙法の特例条項を適用することが与野党で合意されている。五月二九日解散、六月二八日投票ということで、党内調整はすでに終わっていた。

「情報では、ダンジョンアイテムの中には相手を洗脳してしまうような道具もあるとのことです。例のジョーカーが、それを使った可能性は高いでしょう」

「まず間違いないでしょう。ですが証拠がありません。ベニスエラが政府の公式発表として、あの会見を行なった以上、我が国も毅然《きぜん》とした態度を取るしか無いでしょう。ですが問題は、他に同調する国が出ないかです。最も気になるのが、大姜《だいかん》王国です」

反米の貧困国といえば、東アジアでは一ヶ国しか無い。そしてその国がベニスエラに同調するということは、日本の安全保障に重大な影響を与えることになる。

「その時はルーシー連邦、大亜共国、ウリィ共国と連携して封じ込めるしかありません。この会議後にペドロフ大統領、周《シュウ》主席と電話会談を行います。両国ともマドゥーラ前大統領を支持していましたが、さすがにこのような要求は認めないでしょう」

「総理。ルーシー連邦、大亜共国以上に気になるのが、ウリィ共和国です。パク大統領は反米親北の左派大統領です。もし大姜王国がベニスエラに同調するようなことがあれば、彼らは決断を迫られます。世界を救うのか、それとも滅ぼすのか」

それに対して、浦部総理は明確な回答ができなかった。本音を言えば、これまでのわだかまりを一時的に無視してでも、パク大統領と電話会談し協調体制を整えたいと考えていた。だが国内の嫌内感情を考えると、うかつな行動は取れない。対応を誤れば、選挙にも大きな影響が及ぶ。

「まずは大姜王国の出方を見極めましょう。彼らとて破滅は望まないはずです。ベニスエラに同調しないという可能性も十分にあるのですから……」

そう答える浦部総理自身も、その可能性が低いことは解《わか》っていた。何十万人もの餓死者を出しながらも、ガメリカに膝を屈することを拒否し続けた国である。

（ガメリカを道連れにできるのならば本望……）

彼らならそう考えてもおかしくはない。「持たざる者」の怖さをここにいる誰もが感じていた。


【ダンジョン・バスターズ】

二〇二〇年五月のゴールデン・ウィークは、昭和の日から二日空けての五連休、二日平日で土日となる。人によっては四日間の有給休暇を取得して、一二連休にするそうだが、俺たちダンジョン・バスターズは平常運転だ。札幌《さっぽろ》、船橋、横浜、金沢のダンジョンは、ブートキャンプや魔石採掘の予約で埋まっている。そのため、鹿骨《ししぼね》本社にはバスターズのメンバーが勢揃《せいぞろ》いしていた。全員で時間を決めて、Aランクダンジョン「深淵《アビス》」に入り、ランクアップを目指す。

「Dランク以下のメンバーは、第二層、第三層を使ってランクアップを目指してくれ。凜子《りんこ》、正義《まさよし》、天音《あまね》、寿人《ひさと》は第四層でBランクを、俺と彰《あきら》は第五層以上でAランクを目指す」

「兄貴、パーティーごとの連携訓練はどうするの？」

「それはランクアップ以降だ。特にCランクになれば、Dランクとは隔絶した動きが可能になる。現在の連携の仕方を見直したり、あるいはバリエーションを増やしたりすることもできるはずだ」

壁一面に貼られた世界地図を見る。赤いピンが数百本刺されている。その中で青いピンが二本、白いピンが二本あった。そして黒いピンを摘《つま》み、ベニスエラの場所に刺した。

「これまでは、この赤いピンを青か白にすればよかった。だがここに黒いピンが現れた。コイツは討伐しておきながら、大氾濫《スタンピード》をオフにしないというイカレ野郎の仕業だ。ジョーカー。俺たちバスターズとは対極の思想を持つ奴《やつ》だ。連中は、大氾濫《スタンピード》を起こして人類を滅亡させるべきだと考えている。コイツらとは競争だ。黒ピンが一つ増えるたびに、人類は滅亡に近づく」

全員を見渡す。真剣に受け止めているようだ。バスターズへの加盟条件は「自分以外の何かのために、戦う理由があること」だ。そうでなければ、暗いダンジョンの中で危険な魔物を相手に、何年も何十年も戦い続けることは難しい。魔石採掘者の多くが「そこそこ稼ぐレベル」で留まっているのは、ダンジョンで戦うこと自体に、精神的負荷が大きいためだ。利己的な理由だけでは耐えられない。

「向井《むかい》さん、これから全員がダンジョンに出入りします。各メンバーのスケジュールと獲得した魔物カードやドロップアイテムの管理をお願いします」

「お任せください。既に記録表も揃《そろ》っています」

「睦夫《むつお》たちは五日まで休みをとっていますが、六日からミッチリ働かせてください。今後を考えると、セキュリティをさらに強くしておくべきだと思いますから」

「あれはあれで良い宣伝になっています。もっとも本人たちは『趣味』らしいですけどね」

睦夫たちは現在、有明にいる。ゴールデン・ウィーク中に開催される「スーパーコミックセール」の準備のためだ。今年の展示は昨年を大幅に超える規模にするらしい。朱音《あかね》のフィギュアやエミリのポスターを見たときは、さすがに止めようかと思ったが……

気を取り直して、茉莉《まり》の母親に顔を向ける。茉莉と慎吾《しんご》が手伝って深淵《アビス》でブートキャンプをしたようだ。二〇代半ばくらいにまで若返っている。娘と一緒に歩いていたら、大抵の人は「姉」と勘違いするだろう。

「詩織《しおり》さんは、食事と洗濯をお願いします。主要メンバーは『異空間の革袋』を持っていますが、ダンジョン内では炊事がかなり制限されます。一日四食と大変だと思いますが、食事は、ランクアップに大きな影響を与える重要な仕事です」

「主婦一〇人で回しますから大丈夫です。お肉を多めにしておきますね」

ふんわりと笑顔を見せる。全員がそれぞれ試行錯誤して装備を整え、ポーション類も大量に用意している。準備は万端だ。

「よし、では始めるぞ。パワーレベリング開始だ！」

おぉっ！　という雄叫《おたけ》びをあげ、全員がAランクダンジョン「深淵《アビス》」に入った。

【バチカン教国　クルセイダーズ】

「申し訳ないが、お断りする」

　クルセイダーズのリーダーであるロルフは、提案を無下に断った。ライヒ騎士団の幹部から「自分の息子もクルセイダーズに入れてくれ」という依頼があったのだ。聖ヨハネ騎士団、テンプル騎士団からも同様の依頼が来ている。これらの依頼は、バチカン教国のDRDC《Dicastery for Reconquista of Dungeon Crusaders》長官である坂口《さかぐち》・ステファノ・宏《ひろし》を通じてのものであったが、ロルフにとってはそれも小賢《こざか》しいと感じていた。

「我々クルセイダーズは、金銭欲や名誉欲のために戦ってはいない。ダンジョンを討伐し黙示録を回避する。そのためだけに戦っている。同じ志を持つならば、なにもクルセイダーズに入る必要はない。各騎士団で似たような組織を作ればいい」

「同感だね。大方、本人ではなく親の考えだろ。クルセイダーズが有名になったから、自分の子供を参加させようっていう腹づもりじゃん？　俺たちは設立メンバーだから仕方ないとしても、後から続く奴は自分で手を挙げてほしいよね」

「既にEU圏内では民間人冒険者制度が始まっている。各国それぞれ数百人の希望者が殺到しているそうではないか。私たちと共に戦いたいというのなら、まずは姿勢を見せてほしいものだな。活躍すれば、私たちから声を掛けよう」

マルコとアルベルタも、ロルフの意見に首肯した。坂口もこの反応を予想していたらしく、推薦状を机の上に放り投げて苦笑した。このような欲の見え透いた提案は論外であるが、現実問題としてクルセイダーズの規模はもう少し大きくしたい。手本としているダンジョン・バスターズは既に三〇人以上の民間人冒険者が加わり、さらにはハイスクールの生徒まで見習いとして参加しているのだ。六人のクルセイダーズだけなら、EU圏内のダンジョンを討伐している間に一〇年が経過してしまうだろう。

かと言って、有望なら誰でもというわけにもいかない。騎士団の子女という点は譲ったとしても「十字軍《クルセイダーズ》」である以上、その構成メンバーは教会から洗礼を受けたカソリック教徒でなければならない。つまり最初から、母数が限られているのだ。その点をロルフたちに相談すると、妥協案が出された。

「まずは各国の民間人冒険者であること。そしてダンジョン・クルセイダーズに加盟する手土産として、魔物カード一〇〇枚を持参すること。これならば受けても良いと思う」

「名案ね。魔物カード一〇〇枚ってことは、Fランク魔物を最低三〇〇〇体以上倒す必要があるわ。親に言われただけの人に、そんな実績は作れない」

「一応、各国の運営局に実績確認もしたほうがいいんじゃない？　昔のアタイなら、男たちに戦わせてカードだけ集めさせる、なんてことも考えるだろうし」

「フランカ、そのようなことを考えるのは不道徳です」

レオナールに窘《たしな》められて、フランカは肩を竦《すく》めた。品性方正なレオナールと、ローマの下町を徘《はい》徊《かい》する非行少女のようなフランカだが、意外にも仲は悪くない。六人を見ていて坂口はバスターズ代表江《え》副和彦《ぞえかずひこ》からの報告書を思い出した。

（クルセイダーズの六人は、完成されたチームになっている。今後、人員を増やす場合は別途で六人を用意したほうが良い。下手にバラバラにすると、クルセイダーズそのものが瓦解する可能性が高い）

「皆さんのご意見はわかりました。ロルフからの提案を受けましょう。この推薦状には、魔物カード一〇〇枚を持参せよと返します。おそらく半分以上が取り下げるでしょう」

「半分も残れば上等ではないか。もし本気で冒険者になり共に戦いたいのなら、私は拒否するつもりはない。喜んで、剣の稽古をつけよう」

こうした話し合いの結果、新たな冒険者たちがクルセイダーズに加わることになるのだが、それは少し先のこととなる。

【ベニスエラ　マラカイボ】

首都カラカスから西へ六〇〇キロ、ベニスエラ第二の都市であるマラカイボは、南米最大の湖「マラカイボ湖」の湖畔にある。サンタ・リタの街から長さ八キロ以上に及ぶラファエル・ウルダネタ橋を渡ると、石油で栄えた商業都市が見えてくる。

マラカイボ湖は、落雷で有名な湖だ。「カタトゥンボの雷」と呼ばれる自然現象で、一時間に二〇〇以上、雷の閃光《せんこう》が走り、それが一晩中、一〇時間に亘《わた》って続き、そんな夜が年間で一五〇日あるのだ。大航海時代には「マラカイボの灯台」と呼ばれ、四〇〇年以上に亘って続いている。

そんな落雷多発地帯を横断する大橋を二台のバスと一台のトラックが走っていた。三台はそのままマラカイボの旧市街地へと入る。やがて大通りの一角で止まった。

「通りを全て封鎖しろ！　他の車を入れるな。それと食い物の調達だ。肉とパンを確保してこい！　略奪はするなよ？　ちゃんと米ドルで支払ってやれ」

屈強な男たちがバスから降り、指示に従ってあたり一面を封鎖していく。全員が武装しているため、通りを歩いている人はすぐに逃げ出した。

「結構結構。どうせマドゥーラが不当に貯《た》めたカネだ。ジャンジャン使って、国民に返してやれ」

バスの中からピョンと飛び出してきた痩せた男が、ヒャヒャヒャと笑う。ピエロのような化粧をし、原色系の派手な服を着ている。咥《くわ》えていたタバコをポイと投げ捨てた。

「ボス、ありました。ダンジョンの入り口です」

ジョーカーはスキップをしながら、カラボボ通りに出現したダンジョンに向かう。部下がビデオカメラを構えている。ジョーカーはそれを摑んで、画面に向けて言葉を吐いた。

「見ろよ。これがベニスエラに出たダンジョンだ。俺たちはこれからコイツを討伐する。もちろん、大氾濫《スタンピード》はオンのままさ。はやくしねぇと、俺も誰がどこを討伐したか忘れちまうよ～　マネーだよ、マネー。死にたくねぇんなら、お前らが蓄えてるカネを吐き出せ。さもないと……ヒヒヒッ……ホントに死ぬぞお前ら……ヒヒャハハハッ！」

画面を切ると、ジョーカーは真顔に戻った。一〇人以上の男たちが整列している。やがて数枚の袋を提げた男たちが走ってきた。

「ボス、食料を買ってきました」

「よし、お前らはここで交通整理してろ。一人一〇〇〇ドルずつ渡しておく。これで好きなの食いな。解ってると思うが、俺たちは新世界創造を目標とする魔王軍《レギオン》だ。皮剝がされたくなかったら、略奪も暴行もするんじゃねぇぞ？」

男たちは震え上がった。以前、ジョーカーの命令を無視して略奪した男は、生きたまま皮を剝がれて殺された。だが命令をちゃんと守れば、カネや食い物をくれる。一〇〇〇ドルあれば女だって買える。裏切る部下は皆無に近い。皆がこの男に魅せられていた。

「よし、行くぞ」

男数人を地上に残し、ジョーカーは地下へと続く階段を降り始めた。

【ベニスエラ　大統領官邸】
ベニスエラの新大統領ニコライ・クライドは、大統領就任挨拶で世界を驚愕《きょうがく》させる発表をしたが、国内においては迅速な活動を始めていた。ジョーカーによって議会が完全停止してしまっていたため、大統領権限で半年間という期限付きで戒厳令を発令し、各主要都市に自警団を設置、警察および官僚の汚職一掃を始めた。同時に外貨獲得活動として、ジョーカーから委託された「カード」の販売を開始した。

「このエクストラ・ポーションは、若返ることこそできませんが、現在の肉体を健康な状態にすることができます。七〇歳を過ぎれば、身体《からだ》の各所に色々と問題を抱えているものです。これがあれば、長生きできますよ?」

青い液体が入った瓶が机の上に置かれる。中南米の国、メヒカノスの大富豪リカルド・オルティスは、思わずネクタイを緩めた。総資産七〇〇億ドル、今年で八〇歳になるリカルドは南米最大の通信会社を一代で築き上げた。既に老齢に達しているが、まだまだビジネスを拡大したいと思っている。だがダンジョンの出現と一〇年後に世界が滅亡するという噂《うわさ》が、リカルドを惑わせていた。そこに、ベニスエラがポーションの横流しを始めていると聞いて、密《ひそ》かに接触を持ったのである。

「ＩＤＡＯでは、寿命を延ばしたり欠損部位を修復させたりする薬品については、各国による厳正な管理を求めています。民間人冒険者が徐々に増え始めているので、いずれはエクストラ・ポーションなどの薬品が手に入るかもしれません。ですが出回る数は非常に少ないでしょう。ましてその上の……」

金色に輝く瓶が置かれた。これはＩＤＡＯやダンジョン・バスターズのカード情報サイトにも掲載されていないものである。

「ＳＲアイテム、エリクサーです。肉体を自在に変化させられるそうです。この薬であれば、二〇歳だった頃の肉体に戻ることも可能ですよ?」

リカルドにとっては悪魔の囁《ささや》きである。一代で巨万の富を築き上げた老人。他人から見れば、もう十分に生きただろうと思うかもしれない。だがそれは違う。本人にとっては富を掴んだからこそ、もっともっと生きたいのだ。大富豪の「寿命」に対する欲求は、常人より遥《はる》かに強い。

「だが、貴国はジョーカーなる狂人を支持し、世界を滅ぼそうとしているではないか。たとえ若返っても、世界が滅んでしまっては意味がない」

リカルドの抵抗に、魔王の下僕は蠱惑《こわく》の囁きで返した。

「ドン・オルティス……まさか我々が本気で世界を滅ぼそうとしていると思っていたのですか？我が国の経済危機を乗り切るには、諸外国からより多くの支援を受けるしかない。ああ言えば、自国民を説得しやすいでしょう？　あれは脅しであり方便ですよ。その証拠に……」

写真が表示される。ダンジョン・コアのステータス画像だ。スタンピードの項目がオフになっており、カウントダウンの数字も表示されている。無論これだけでは判断できない。この写真を撮った後に、再びオンにしているかもしれない。信じるか、信じないかの問題であった。いや、この場合は「信じたい」かどうかであろう。

「現在八〇歳の貴方は、あと一〇年も生きられないかもしれません。ですが若々しい肉体を取り戻せば、一〇年を面白おかしく……ひょっとしたらそれ以降、何十年も生きられるかもしれません。恐らく、このエリクサーはダンジョン・バスターズでさえ手に入れていないでしょう。どうです？お買いになりませんか？」

「い、幾らだ？」

「総資産の約三〇％……二一〇億ドルでお譲りしましょう」

老人は、諦めたようにため息をついた。

【大東亜人民共産国　周浩然《シュウハオラン》】

大東亜人民共産国は、九六〇万平方キロメートルの国土面積と一四億の人口を抱える世界一の人口大国だ。その九〇％を占めるのが「漢族」と呼ばれる民族だが、実はこの漢族には明確な定義が存在しない。紀元前にこの地を統一した「漢王朝」の支配を受けていた民族の総称が「漢族」であるため、漢族内でも言語が異なっている。五〇〇〇年の歴史を持つ「中華文明」は、様々な思想や習慣を生み出してきた。漢族とは「中華文明圏に属することを受け入れた人たち」の総称というのが、もっともわかりやすい説明だろう。

北京《ペキン》市西城区にある「中南海」では、人民共産党の指導部たちが集まり、今後の国家方針について話し合いが続いていた。大亜共国は一二七のダンジョンを抱えており、その大多数が都心部であった。裏路地に出現したのならまだ良いが、基幹道路や重要施設の中庭などにも出現しており、一二七箇所すべてを残すというわけにはいかない。

特に最悪なのは、人民大会堂がある「安天門広場」に出現したダンジョンである。ここだけはなんとしても潰さなければならないが、調査では第一層に「安全地帯《セーフティゾーン》」が存在していない。日本の大阪にもそうしたダンジョンが存在しており、最高難度「Sランク」のダンジョンとされている。

「周大人《ダーレン》。ここはやはり、一歩一歩《ステップ・バイ・ステップ》で攻略を進めるしかないでしょう。幸いなことに、確認されたダンジョンの20％がDランクです。まずはここの攻略から進めてはどうでしょうか」

「ダンジョン・バスターズが公開した『Cランク冒険者の育て方』を参考にしたところ、二〇名がCランク冒険者になりました。ただ、うち半数が精神的に不安定な状態……端的に言えば発狂しています」

全員の表情が暗い。ダンジョン・バスターズはBランク冒険者二名、Cランク冒険者四名を抱える世界最強の冒険者組織だが、それを支えるのが「冒険者育成技術」だ。公開された育成マニュアルの冒頭には「自発的かつ公的な動機の重要性」が指摘されている。誰かに命令された、あるいは私利私欲だけでダンジョン冒険者になれば、いずれ成長が行き詰まるというのだ。

「Cランク冒険者になるには、三〇キロのウェイトを身につけた状態で、一五万体以上のDランク魔物を一分間に一体のペースで、食事と睡眠時間を除いて間断なく戦い続けること……ダンジョン時間でおよそ一八〇日間に及びます。最初に読んだときは冗談かと思いました」

「結果としては半数が事実上の脱落したが成果はあった。少なくとも一〇名がマトモなCランク冒険者になった。一方で危険でもある。銃弾すら躱《かわ》すCランカーの力は、ファンタジーそのものだ。軍事的な脅威とも言える」

大東亜人民共産国では、ダンジョン冒険者制度の導入を意図的に遅らせている。その理由は治安維持にあった。年間数一〇万件もの暴動が発生しているため、共産党員以外の一般人民が下手に「物理的戦闘力」を持てば、易姓革命の危機を招きかねない。その一方で日本やEUが先行していることを不安視する声が日増しに高まっている。どこかのタイミングで、民間開放をせざるを得なかった。

「どうでしょう。まずは北京、上海《シャンハイ》など一〇箇所程度のダンジョンを開放し、民間人冒険者制度を試験的に運用してみては？　人民解放軍内にCランク冒険者が十分に揃うまで、民間人は『採掘者《マイナーズ》』として、Dランクまでに留めるのです。それで一年間を運用し、改めて制度を見直してみては？」

「確かに。誰でも彼でもダンジョンに入れるのではなく、たとえば高中（高等学校）卒業生のみに許可するなど制限を設けるべきだ。それなら犯罪のリスクを抑えられるだろう」

「だが現実問題として省外出身者など被差別民からの声が強い。また香港《ホンコン》をどうするかという問題もある。水素発電が稼働し始めたとしても、格差を縮めるのは容易ではないぞ」

大東亜人民共産国は、一九八九年の安天門事件以降、経済発展に邁進《まいしん》しており、三〇年間でGDPを三〇倍以上に伸ばした。この驚異的な成長は、当然ながら様々な歪《ゆが》みを生み出している。環境問題、地域間格差、各種経済犯罪などのモラルハザード、公務員の汚職など抱えている課題は大きい。宋朝《そうちょう》や明朝《みんちょう》など中華の歴史に存在した王朝も、爛熟《らんじゅく》期を迎えた後に崩壊している。周浩然は、自分たちもまさに今、爛熟期を迎えていると認識していた。ここで舵取《かじと》りを誤れば、数十年で大東亜人民共産国は崩壊する。こうした危機感が強権政治へと繫《つな》がっていた。

指導部内の議論が一定の方向を向き始めたところで、国家主席は結論を下した。

「魔石確保と水素発電所建設は同時並行する必要がある。試験的な制度導入を進める一方で、冒険者による犯罪や新たな利権を求めての汚職には、厳正な態度で臨む必要があるだろう。まずは比較的統制が取りやすい北京近郊のダンジョン三箇所から始めよう。また香港については、北京での試験運用の成果を踏まえて香港政府に検討させよう。香港では、若年層の失業問題からデモが発生している。民間人冒険者が雇用の受け皿になる。対策を立てている姿勢を示せば、デモも少しは落ち着くだろう」

冒険者制度はEU圏内でようやく導入されたが、ガメリカ合衆国を含め他の国々では、未導入もしくは未《いま》だに試験段階であった。国民に物理的実力を持たせたくないと考えるのは、為政者に共通することである。ガメリカや大亜共産国が普通であり、制度が普及しながらも目立った混乱がない日本のほうがおかしいのだ。

【Aランクダンジョン「深淵《アビス》」 江副和彦】

鹿骨にあるAランクダンジョンの第五層は、Bランク魔物「旧き魔術師《エンシェント・マギ》」が出る。以前は俺と朱音、ンギーエで戦い、撤退した。だが今回はBランクの彰に、凜子や天音などCランク四名が加わっている。ンギーエもBランクに上がっていた。十分に戦えると思っていた。だが……

「ヨッシー！　左側の防御お願い！」

「ウスッ！」

三体出現した旧き魔術師《エンシェント・マギ》を相手に、四人のCランカーが戦いを挑む。正義が盾を構えて火炎魔法を防ぐ。その間に凜子と寿人が同時に攻撃を加える。旧き魔術師《エンシェント・マギ》は物理防御結界を使うが、二方向同時展開はできないらしく、凜子の攻撃を防がれたときには、寿人の剣が深々と斬り裂いた。旧き魔術師《エンシェント・マギ》が呻《うめ》きながら退くと、身体が光る。

「させないわ！」

天音の双鞭《そうべん》が飛ぶ。片方を結界で防いでも、もう片方の鞭《むち》で打つはずであった。だが両方とも結界によって防がれる。その間に、寿人が与えたダメージは完全に回復してしまった。そして入れ替えるように、後方で回復役をしていた魔術師が前に出てくる。正義の盾に魔法攻撃を加えていた魔術師も退いた。四対三の態勢に戻る。その様子を観《み》ていた俺は思わず下唇を嚙《か》んだ。

「これがBランク魔物か。ゴブリンソルジャー以上の連携に加え二手、三手先を読む戦術まで駆使する。こりゃもう『狩り』じゃないな。オンライン・ゲームでいうところのPVPってやつか」

「魔物はランクが上がるごとに知性を増していきます。Aランク以上になれば、人語すら操る魔物も出るでしょう。思考しますし、研究もしますし、発明もします」

「でもここで足踏みするわけにはいかないよね。まだ第五層なんだから……」

凜子たちを下がらせ、俺たちが前に出る。ンギーエが巨大な盾を構えて突進する。それを飛び越えるように、ンギーエの頭上から朱音が「焔薙《ほむらなぎ》」で範囲攻撃を加えた。ダメージは低いだろうが、これは注意を惹《ひ》くためのものだ。ンギーエがそのまま突っ込むと物理防御結界にぶち当たる。その瞬間に、俺と彰が横から飛び出す。

「ホァチャァァァッ！」

双節棍《そうせつこん》の一撃で旧き魔術師《エンシエント・マギ》の頭部が吹き飛んだ。俺の斬鉄剣もほぼ同時に首を刎《は》ねる。最後の一体は朱音が倒した。旧き魔術師《エンシエント・マギ》は防御力そのものは低いらしく、首を刎ねれば簡単に倒せる。どうやって魔法を防ぎつつ、攻撃を加えるかが問題だ。

「詰将棋と同じ要領だな。ただランクを上げて身体能力で『俺ｔｓｕｅｅ』する次元は終わりだ。Ｂランク以上は頭脳プレーだ。いい勉強になる」

「条件は、逃がすことなく確実に倒すってことだね。逃せば僕らの情報が共有され、対策してくるだろうからね。こんなのが地上に出てきたらと思うと、ゾッとするね」

彰が肩を竦める。だが笑いごとではない。恐らくこの旧き魔術師《エンシェント・マギ》三体だけで、一都市を滅ぼせるだろう。遠距離からの魔法攻撃と、単発とはいえ近距離の物理攻撃を防ぐ結界を持ち、しかも回復魔法まで駆使するのだ。だがそれ以上に恐ろしいのは知性だ。これまで俺は、一戦ごとに戦い方を検証し、工夫し、そして勝利してきた。ＰＤＣＡを回すことでリスクを抑えつつ、ランクアップを目指してきた。だがこれからは、魔物もＰＤＣＡを回してくる。ゲームとは違い、魔物もまた成長するのだ。

「この情報は脅威だ。旧き魔術師《エンシェント・マギ》の情報をできるだけ集めて、全世界に発表しよう。ランクアップするのは俺たちだけじゃないと知らせるべきだ」

凜子たちが深刻な表情で頷《うなず》いた。朱音が忍刀を構える。遠くから魔術師が四体現れた。どうやら早速、手を打ってきたらしい。だがここで戦い続ければ、いずれＡランクに至るだろう。自分でも気づかぬうちに、俺は笑みを浮かべていた。

【Ａランクダンジョン「深淵《アビス》」　山岡《やまおか》慎吾】

【名　前】山岡 慎吾
【称　号】なし
【ランク】E
【保有数】13／30
【スキル】カードガチャ　斥候Lv1
-----　-----

「へぇ、スキル枠が四つもあるなんて珍しいわね。普通は三つなのに」

「あ……うん」

自分のステータス画面を見ていると、横からエミリが覗《のぞ》き込んできた。少し気の強い女の子だけれど、木乃内《きのうち》さん……ではなく茉莉と同じくらいに美人で可愛《かわい》い。クラスにいたら、茉莉と人気を二分しそうだ。それにしても、この二週間で僕は変わった気がする。これまでは、女の子とはなかなか会話ができなかった。学校のアイドルである木乃内茉莉とファーストネームで呼び合うなんて、夢のことだった。なのに……

「慎吾くん、鼻の下伸びてる」

茉莉が横目で睨《にら》んでくる。思わず鼻の下をこすった。二人の美少女が同時に笑う。僕もつられて笑った。こんな様子を友人たちが見たら、きっと首を絞められるだろう。

「ん……来たよ」

スキル「斥候」は気配察知に近い。なんとなく魔物が近づいているというカンが働く。レベルが上がると、フロア全体が俯瞰《ふかん》できるようになるらしく、クルセイダーズの斥候はそのレベルに達しているそうだ。和さんからも、非常に希少なスキルだからぜひ伸ばしてくれと言われている。

やがて二メートルを超える魔物「オーク」が現れた。僕は支給されているミドルソードを手にした。ダンジョン・バスターズの環境は最高だ。他の民間人冒険者は自分で武器を調達するのに、ここでは様々な武器が揃っていて、最初から使うことができる。何種類も試して、自分に合った武器を見つけることも可能だ。実際、Bランク冒険者の宍戸《ししど》彰さんは、籠手《こて》、槍《やり》、ヌンチャクの三種類を使い分けている。

「はやくDランクになりなさい。いつまでも茉莉は待ってくれないわよ?」

「エミリちゃん、待ってるって……」

「ミュミュッ!」

茉莉が少し慌てているけど、ウサギのミューちゃんが頷いている。そう。僕の目標は、一日でも早くDランクになることだ。高校を卒業次第、僕はダンジョン冒険者になる。そして世界中のダンジョンを討伐して回る。Cランク、Bランクと上がっていき、茉莉を守れる男になるんだ!

【ガメリカ合衆国　国防総省】
『求む!　世界を救う勇者たち!　終わりの見えない戦いに身を置く覚悟はあるか?　一日十数時

間、毎日毎日戦い続ける気力はあるか？　世界のため、愛する者のために命を捧《ささ》げる勇気はあるか？　この呼びかけにYESと応えられる者、ダンジョン・コマンドーに集まれ！』

秘書官のレベッカは、パンフレットを読んでため息をついた。Cランク冒険者を育てるためには、残業も有給も労働者の権利も無視しなければならない。ダンジョン・バスターズが公表したCランク冒険者育成マニュアルの内容は、ワーク・ライフ・バランスなど微塵《みじん》も考えていないものであった。一八〇日間にもおよぶ過酷な戦闘のその先に、ひょっとしたらCランクへの扉が開かれるかもしれない、というものである。読んだときはあまりに荒唐無稽過ぎて、日本の陰謀かと思ったくらいだ。

「ベトナムやイラクでの戦争が、幼児の遊びに見えるほどですね。それで、こんな案内で参加する人なんているのでしょうか？」

立派な革張り椅子の上であぐらをかいてクルクルと回っている男に視線を向ける。参謀長として合衆国のダンジョン政策を任されているアイザック・ローライトは、手に持ったパンフレットをヒラヒラさせながら自嘲ぎみに嗤《わら》った。

「クレイジーな要求なのは理解しているよ。でも、そもそも人間の限界を超えようとすること自体がクレイジーなんだ。こんな内容を命令するわけにはいかない。だから志願者を募るしかない。ミスター・エゾエが指摘しているとおり、心の拠り所《よどころ》を持たない者がこんなことをすれば、PTSDになるだろうね。だから参加者と面接して『動機《モチベーション》』を確認してるんだよ」

日本、EU、そして大東亜人民共産国にまでCランク冒険者が誕生している以上、ガメリカもダンジョン討伐のために本気で乗り出す必要がある。政府からは「一つでもいいから、なんとしてもダンジョンを討伐しろ」と厳命が下っていた。

「カネも名誉もいらない。家族を守るためにダンジョンに立ち向かう。そういう人が欲しいね。国のためめってのはダメ。そんな抽象的なものじゃなくて、目に見える誰か、あるいは何かのために戦うんだ。そうでないと、たぶん耐えられない」

「NCLUをはじめとした人権擁護団体から文句を言われそうですね」

「言わせとけばいいんだよ。人類滅亡の危機だってのに、人権もへったくれもないよ。やらなきゃみんな死ぬんだよ。もっとも、ああいう連中はゴブリンに食い千切られて死ぬ瞬間まで、自分が間違っていたとは認めないだろうけどね」

「……それと連動しているかもしれませんが、例のジョーカーの件です。国内の過激な宗教団体や極左アンティファ集団、悪魔崇拝団体などの一部が、ジョーカーの支持を表明しています」

「……バカは死ななきゃ直らないね」

ため息をつくアイザックに、レベッカも表情を暗くした。ガメリカは自由の国だ。ダンジョンを討伐せず、人類みな死ぬべきだと主張することも自由だ。だがインターネットが普及した結果、一人ひとりが自分の意見を主張しやすくなった。これは為政者からすると望ましいことではない。メディアを利用して世論を操作するのは、二〇世紀から今日まで続いている統治手段だ。二一世紀に入り、それが通じなくなりつつある。一点主義の極端な意見や、聞こえのいい言葉だけが支持される傾向が強まった。その結果、先進各国でポピュリズムが横行している。

「大多数は支持していません。ですが大氾濫《スタンピード》を食い止めるために、ベニスエラを支援すべきだという声は、少しずつ強まってきています。ジョーカー基金というものまで登場しています。GDPの二〇%とは言いませんが、全世界の年収二万ドル以上の人口三億人が、平均して一人一〇〇ドルずつ出したとしても三〇〇億ドル。ベニスエラ経済を十分に救えます。その程度で死なずにすむのならカネを出そうという声が出てくるのも、やむを得ないでしょう」

「アレは国家に対するテロではなく、人類に対するテロだからね。敏感な人間は、カネを出そうとするかもしれない。でも、一度それを行えば際限なく続くよ。ジョーカーの言っていることは正しい。ガメリカ国民が分厚いステーキやハンバーガーを食うためには、今日一日を麦粥《むぎがゆ》で生きなければならない人たちが必要なんだ。自分が幸福になるために他人を不幸にする。極論すれば、それが資本主義なんだよ。人類滅亡という『平等』は、不幸を押し付けられた者たちにとって最高のチャンスに見えるのかもね」

「……世界は、どうなるのでしょうか?」

顔を青褪《あおざ》めさせる秘書官の問いかけに、アイザックは無言のままだった。

【ダンジョン・バスターズ　本社】
俺の名は岡島隆史《おかじまたかし》、二五歳だ。大学を卒業して地元の長野県で働いていた。実家はあまり裕福ではない。そのため大学には奨学金を借りて入った。卒業後は二〇年掛けて、毎月返済しなければならない。だが社会人三年目で問題が発生した。彼女が妊娠したのだ。月の手取りは一五万円、そこから学費返済で毎月二万六〇〇〇円も支払わなければならないのに、さらに子供ができるとなれば、経済的に厳しい。彼女は堕《お》ろすとまで言ってくれたが、カネが無いから子供を諦めるなんて冗談じゃなかった。そんなことをすれば、俺は男として終わりだ。一生涯、後ろ向きな人生になってしまう。これから生まれる子供のためにも、なんとしてもカネが必要だ。だから俺は「ダンジョン冒険者」の道を選んだ。

「ハイ、岡島さんの今日の報酬、五〇万円です」

ピン札で分厚い封筒が渡される。思わず手が震えた。ダンジョン討伐を目的とする世界最大の冒険者クラン「ダンジョン・バスターズ」に加盟したのはつい先日だ。ダンジョンブートキャンプ後に冒険者資格を取得し、そのままバスターズの担当者と面接した。面接では隠し立てせず、すべてを打ち明けた。これから生まれてくる子供のために、どうしてもカネが必要なのだと本気で伝えた。

一次面接が終わってから一五分後には、代表である江副和彦氏との最終面接だった。江副氏が聞いてきた。カネだけならば普通に魔石採掘してもそれなりに得られる。なぜ、ダンジョン・バスターズなのかと。「子供を守りたいからだ」と答えると江副氏は数瞬、俺の顔を見つめて笑顔になった。

そしていま俺は、バスターズ本社の「寮」にいる。

寮に戻ると、妊娠六ヶ月の理恵が笑顔で出迎えてくれた。俺はすでにEランクになっているが、

「理恵、戻ったぞ」

ゴールデン・ウィーク中にDランクに上がりたい。そしてCランク、Bランクと上がっていき、ダ

ンジョン・バスターズの一員として世界を救う。いつか子供に、父さんが世界を救ったのだと自慢したい。

「体調はどうだ？」

「大丈夫よ。周りには気遣ってくれる人たちが多いし、先輩たちもいるわ。これから気をつけなきゃいけないことを色々と教えてくれるの」

バスターズは、近隣在住の主婦を雇用して食堂を運営している。量、味、栄養にこだわった食事が無料で食べられる。ずっとここで暮らしたいところだが、そうもいかない。子供が生まれた後になるだろうが、結婚式と同時にここを離れなければならない。Dランクになったら、霧原《きりはら》チームに入る予定だ。討伐者《バスターズ》としてダンジョンに入って戦うより、いずれ出現するであろう「犯罪冒険者」への対策チームの一員になる。新婚の俺には、そのほうが良いだろうというのが江副和彦氏の提案だった。

「バスターズが、近隣の土地を買っているそうだ。そこに2LDKくらいのマンションを建てるらしい。完成したら、そこに引っ越そう」

「そうね。でも無理はしないで。危ないと思ったら、逃げてね」

「ああ……」

ダンジョン冒険者の仕事は命がけだ。バスターズは安全管理を徹底しているが、それでも怪我《けが》することもしょっちゅうだ。もっとも、使い切れないほどにポーションのストックがあるから切り傷や打撲程度ならなんの問題もない。明日はゴールデン・ウィークの中日で、一日の休みを取っている。妊婦にも適度な運動が必要らしいから、篠崎《しのざき》公園まで散歩に行ってみようか。

【Aランクダンジョン「深淵《アビス》」　江副和彦】

ダンジョン時間で、すでに三〇〇日が経過した。倒した「旧き魔術師《エンシェント・マギ》」の数は二五万を超えている。だが一向にランクアップしない。第五層の探索こそ終わっているが、貼り付いたようにそこから先に進めていない。第五層の安全地帯《セーフティゾーン》でキャンプを取っていると、焦燥感と苛立《いらだ》ちが募ってくる。

「なぜだ。なぜランクアップしない……」

「兄貴、地上に戻ろう。一旦立ち止まって、冷静になったほうがいい」

「私も同意見です。僭越《せんえつ》ですが少し落ち着かれるべきです。過剰負荷と連続戦闘というこれまでの方法では、ランクアップしない可能性もあります。どうかお戻りくださいませ」

チタン製のコップをグシャリと握り潰すと二人が口を閉じた。フウとため息をついて、笑顔になる。

「スマン。思い通りにいかずに、少し苛立っていた。彰、朱音の言う通りだ。一度、戻ろう。それに魔物カードも相当な枚数が溜《た》まった。Bランクカードでガチャをやれば、SRカードも相当に出るだろう」

「劉《リュウ》師父にも聞いてみようよ。ひょっとしたら、Bランク魔物を相手にしていたらAランクにならないのかもしれない。Bランカー五人くらいでAランク魔物と戦うってほうが、効率的なのかも」

「そうだな。可能性は幾つもある。少し視野を広げて、中長期の視点で考えてみるか」

こうして俺たちは地上へと戻った。薄暗いダンジョンから地上に戻ると、夕暮れ時であった。食堂から美味《うま》そうな匂いが漂ってきている。久々に深酒して朱音を抱いて寝るか。

バスターズ本社屋の三階は俺の自宅になっている。深夜、寝室を出て仕事部屋に入った俺は、これまでの記録を見ていた。FランクからEランクへの負荷と比べて、CランクからBランクへの負荷は幾何級数的に大きくなっている。Aランクはさらに増えるだろうと予測していたが、まさかここまで伸びないとは思っていなかった。Cランクのときは、僅かずつではあっても強化している実感があったが、Bランクではそれすらない。同じ魔物と同じように、ただひたすらに戦い続けたことで、俺自身も精神がすり減っていたようだ。朱音には申し訳ないが、今夜はそれをぶつけてしまった。彼女はいま、寝室でグッタリしている。

「立ち止まって考えてみよう。これまでのランクアップは、自分と同ランクの魔物と戦い続ける中で、少しずつウェイトを増やしていった。このやり方が通用しないのならば、別の方法を考えてみるべきだ」

ダンジョンについては不明な点が多い。健康診断では、人間の常識を遥かに超えた筋密度、骨密度になっていると言われた。細胞分裂速度、皮膚の再生力、心肺機能も人外に到達している。医学界では「ハイ・ヒューマン」という単語まで登場したそうだ。

「高負荷環境という方法が間違いだと決めつけるのは早計だ。むしろ『肉体の変化が追いついていない』という原因は考えられないだろうか。高負荷、強化因子、大量の栄養素によって肉体が作り変えられていく。だがゲームとは違い、一瞬では強くならない。だが時間を掛ければ精神的にも負担が大きすぎる。最短の方法は……」

肉体変化速度が鈍化しているとするならば、条件を変えれば良い。これ以上の高負荷は科学技術的に難しい。となれば吸収する強化因子を増やすしかない。

「リスクはあるが、Aランク魔物と戦ってみるか……」

その前に彰たちとも相談する必要があるだろう。また劉峰《フォン》光《グァン》の意見も聞いておきたい。少し考えて、凜子たちがBランクに上がるまで待つことにした。


【ベニスエラ　ジョーカー】

青白く輝く光が収まると、新しい魔物が誕生した。Cランク魔物「ゴブリン・ソルジャー」だ。ギギギと呻きながら挨拶してくる。俺は紫煙を吐きながら鷹揚《おうよう》に頷いた。コイツも鍛えて、Bランクまで上げよう。まもなく魔王軍《レギオン》が完成する。これでまた一歩、理想に近づくだろう。

〈魔物合成〉

Ｌｅｇｅｎｄ Ｒａｒｅカードのミーファが持つ能力だ。ダンジョン・バスターズやクルセイダーズなどは自分たちでダンジョンを討伐しようと頑張っているが、頭の悪い奴らだ。別に人間が頑張る必要はない。魔物にやらせればいいのだ。もっとも、魔物合成のスキルが必須になるが。

「大亜共産国やガメリカでも、Ｃランカーが誕生したそうだ。ミーファ、本当に成長限界があるんだな？」

「間違いない。現状ではＡランク以上には絶対になれない。ダンジョン・システムで制限されてる。

Bランクまでは誰でも成長できる。でもAランクになれるのは、Bランクのダンジョンの討伐者《バスターズ》だけ。Sランクも同じ……」

「お前が知っているということは、他のLegend Rareたちも知っているということじゃないか？」

「それはわからない。でも、一〇八柱のLegend Rareたちは、それぞれ持っている記憶が違うし、得手不得手がある。戦闘スキルだけでも多種多様。私は戦えないけど、その分だけ知識がある」

その話を聞いて、俺は頷いた。ダンジョン・バスターズとクルセイダーズは、ご丁寧に討伐したダンジョンの情報をオープンにしてくれている。連中が討伐したのはDランクとCランクダンジョンだ。大亜共産国はわからないが、バスターズより進んでいるということはないだろう。連中はしばらく足踏み状態だ。その間に抜き去ればいい。連中はすべてのダンジョンを討伐する必要があるが、俺たちは違う。状況はこちらが圧倒的に有利だ。

「ボス。アーノルドとジョセフがCランクになりました」

「よし、じゃあ続きをゆっくり始めようか。このSランクダンジョン『暴食《グラ》』で、Bランクを目指すぞー」

「「イエス、ボス！」」

さて、Bランク魔物を二〇体も作れば、一国の軍隊など簡単に壊滅できるだろ。自分たちの都合で勝手に正義を決めている奴らに思い知らせてやる。「俺様が正義だ」とな！

【深淵《アビス》　第六層　江副和彦】

ゴールデン・ウィークの最終日に深淵《アビス》の第六層へと進んだ。凛子、正義、天音、寿人の四人は既にBランクになっている。だが朱音たちＬｅｇｅｎｄ Ｒａｒｅを含め、そこで頭打ちになった。育成担当である劉峰光でさえ首を傾《かし》げている。

「スマンの。儂《わし》にも原因がわからぬ。通常ならば儂ら一〇八柱はとうにAランクに上がっていてもおかしくはないのじゃが……」

Bランク魔物と戦い続ける限りAランクにはなれない。そう考えた俺は、危険を承知でAランク魔物と戦うべく先へ進んだ。深淵《アビス》第六層は、Bランク魔物「トロールケイブ」が出た。一つ目の巨人で頭は良さそうに見えなかったが、実際は巨人ならではの破壊力と想定外の素早さを持ち、しかも戦い方を工夫する頭脳まで持っていた。複数で出てこなかったのが幸いだった。

「兄貴、ダンジョンの造りが変わってるよ」

第六層を移動中に彰が指摘する。言われるまでもなく気づいている。道幅が広く、天井も高い。見晴らしが良いため不意打ちの危険は減るが、トロールケイブのような巨人にとって、有利な環境であった。

「Bランク以下のダンジョンとは明らかに違うな。Aランクは伊達《だて》じゃないか……」

呟《つぶや》きながら、微《かす》かな引っ掛かりを覚える。Aランク以上には二つ名がつけられている。それだけ、SランクとAランクは特別ということだ。ダンジョン内の構造が変わっていてもおかしくはない。

だが何か違和感を覚えた。重大な何かを見落としている気がする。

「来ますわ！」

再び、トロールケイブが襲ってきた。俺は思考を止めて、目の前の戦いに集中した。確かに危険な魔物だが、こちらにBランカーが九名もいるのだ。負ける要素は無い。

「そろそろ、下へ続く階段が見つかっても良い頃じゃのぉ」

「ありましたわ。和彦様、進みますか？　恐らくAランク魔物が出ると思われますが」

「オデ、腹減った」

第七層に続く階段を見つけた。急ぐ必要はない。第六層で休憩を取り、装備などをすべて見直す。食事は牛モツ鍋だ。料理好きの主婦たちが、わざわざ鶏《とり》ガラ出汁《だし》を取って作った逸品に思わず唸《うな》る。これだけの料理を食いきれないほどに用意し、しかも一日五食も取っているのだ。栄養素が足りないためランクアップしないというのは考えられない。

「ところで和さん。さっきなにか考え事をしていたようだけれど？」

「ん？　そうだったか？」

寿人に言われて思い出そうとするが、何か違和感を覚えたくらいしか思い出せない。あれはいったい、何を考えようとしていたのだろうか。

「思い出せないな。何かを見落としているような気がしたんだが……」

「和彦様、やはりAランク魔物と戦われるのは、お止《や》めになられたほうが宜《よろ》しいかと思います。Bランク九名でも勝てるかどうか……」

「危険じゃの。BランクとAランクでは強さの次元が違う。もし少しでも不安があるのなら、撤退すべきじゃぞ？　下手したら一撃で死にかねん」

「そうなんだろうがな。だがBランク魔物と戦い続けても、Aランクには上がらん。Aランクになるには、Aランクの魔物を倒すしかないのではないか、というのが俺の考えだ」

朱音も劉師父も止めてくる。確かに安全を考えるならそうだろう。だが現状ではAランクになる見通しが立たない。状況打開のためには危険を冒す必要もあるのではないか？　俺自身の中にも迷いはある。だがバスターズのリーダーとして、迷っている姿を見せるわけにはいかない。

「それにしてもさすがはAランクダンジョン『深淵《アビス》』だよね。二つ名を持つだけあるよ。一戦ごとにヒリヒリした戦いで、僕としては次の魔物にワクワクするね」

彰は気を利かせたのだろう。自分は次が楽しみだとバトルジャンキーぶりを見せた。だが、凛子や天音が苦笑する中で俺は思わず箸を落とした。

「彰、いまなんて言った？」

「え？　いやワクワクするって……」

「その前だ。Aランクダンジョン『深淵《アビス》』、二つ名を持つだけある。そう言ったよな？」

「え？　そうだったかな？　うん。そう言ったと思う」

「和彦様？」

朱音が心配して声を掛けてきたが、俺は手を振って黙らせた。立ち上がり、頭を掻《か》きながら歩く。

「なぜ、気づかなかったんだ。よく考えてみれば判《わか》ることじゃないか！　朱音！　劉師父！　二人に聞きたい。なぜ、Aランクダンジョン以上には二つ名がある？」

二人が顔を見合わせる。他のメンバーも同じだ。そんなことは考えたこともないのだろう。俺自身もそうだった。ほとんど叫びながら、自分の考えを整理するように言葉を続けた。

「彰の言うとおりだ。Aランクダンジョン以上には二つ名がある。大阪のSランクは『強欲《アワリティア》』だったな。あの時に気づくべきだったんだ。種族限界突破者《スピーシズ・リミットブレイカー》がSランクダンジョンに入った瞬間、ダンジョン・システムが完全起動した。つまり、俺たち一人ひとりのランクとダンジョンには関係がある。ダンジョン・システムは、個々人のランクや討伐実績、そして現在入っているダンジョンの難度を監視している。俺たちがAランクに上がらないのは、上がるための条件が欠けているからだ」

「兄貴、条件ってなんだい？」

「それはわからない。だが単純に『負荷や強化因子が足りないから』と決めつけるべきじゃない。もっと視点を広くすべきだ。戻るぞ。これまでの実績をもう一度見直す」

全員が頷いた。

「ウフッ……　和彦様らしくなりましたわ」

朱音が小さく呟いて口元に笑みを浮かべた。


【ダンジョン・バスターズ本社　江副和彦】

ダンジョンから戻った俺は睦夫たちを交えて会議を開いた。朱音たちは取り敢《あ》えずカードに戻しているが、必要なら呼び出しても良い。議論したいのはどれほど戦い続けても、Aランクに上がら

ない理由だ。

「当初は、Bランク魔物の強化因子ではAランクにならないのではないかと考えた。だが冷静に考えてみると、それ以外の可能性も多数ある。Aランク以上のダンジョンには二つ名がある。つまりAランク以上は『特別な存在』ということだ。だからランクアップに特殊な条件が存在している可能性も十分にある。それを踏まえて、皆の意見を聞きたい。どんな条件が考えられるだろうか？」

俺の前置きに最初に口を開いたのが睦夫だった。システムエンジニアとして優秀だが、一方でライトノベルやアニメなどのサブカルチャーにも詳しく、最近では現代ファンタジーモノやダンジョンモノなどを読み漁《あさ》っているらしい。

「江副氏の予想通りだと思うよ。たぶん、隠し設定があるんだと思う。江副氏はBランクの状態で、大阪のSランクダンジョンに入って、隠し設定を起動させちゃったんだよね？　その話を聞いた時に思ったんだよ。ではどうしたら起動しないで済んだのかって……」

睦夫は立ち上がって、ホワイトボードに日付を書き始めた。

「去年の七月末に、大阪ダンジョンが出現したよね？　そして江副氏が大阪ダンジョンに入ったのが四月八日。その間に、発見者であった佐藤恒治《さとうこうじ》氏をはじめ、自衛隊員も何人か入っている。だけど完全起動が早まることはなかった。人間の限界を突破したという『称号』を持った冒険者が入らなかったからだよね？」

全員が頷いた。「罠《わな》起動の条件　種族限界突破者《スピーシズ・リミットブレイカー》の称号を持つ冒険者が入ること」とホワイトボードに書くと、睦夫が全員に問い掛けた。

「この罠は、朱音氏もエミリ氏も知らなかった。つまりダンジョンには、Ｌｅｇｅｎｄ Ｒａｒｅですら知らない隠し設定がある。でも考えてみてほしいんだけど、なにか変じゃない？　回避できずに問答無用で起動しちゃう罠なんて、理不尽すぎるよ」

「いやムッチー、それが現実だから。ダンジョン・システムがそれだけ凶悪ってことじゃないの？」

「確かにそうかもね。でも……」

彰の意見を認めつつも、睦夫は反論した。

「江副氏も実感があると思うんだけど、分析すればするほど、ダンジョン・システムってフェアなんだよ。きちんとした法則があって、ちゃんと攻略できるようにシステムが組まれていると思うんだ。江副氏の話を聞いた時に、僕なんて最初は『システム・エラー』かと思ったくらいだよ。ダンジョン・システムは非情で過酷で容赦ない存在だけれど、決して理不尽ではないと思うんだ」

「睦夫、なにが言いたいんだ？」

「完全起動を回避する方法があったんじゃないかな。具体的には……」

【称号：Ａランクダンジョン討伐者《バスターズ》】

ホワイトボードの文字に、全員が釘付《くぎづ》けになった。俺は最初こそ呆然《ぼうぜん》とし、そして徐々に納得し始めた。

「ダンジョンは自律的な判断をしているんだよね？　その判断基準が『称号』なんじゃないかな。恐らくだけど、江副氏が『Ａランクダンジョン討伐者《バスターズ》』だったら、完全起動の罠を回避できたんじゃないかな」

「あり得るわね。いえ、聞くほどに納得できるわ。私も不思議だったのよ。称号なんて、なんのためにあるの？　和彦さんや彰を見ればそれだけで、人外の化け物だってすぐにわかるじゃない」

「天音ちゃん、化け物って……で、称号とランクアップとなんの関係があるの？」

「……順番か」

「うん、僕もそう思うよ」

俺の呟きに睦夫が頷く。目を合わせ、睦夫が説明するように促した。

「恐らくだけれど、Aランク以上のランクアップには、Bランクダンジョンの討伐が必要なんだと思う。Bランクを討伐した際に、なにか称号が得られるんじゃないかな」

「Aランク以上は特別な存在。だからランクアップが資格制度になっている。条件はBランクを討伐したという称号を得ていること。そうなるとSランクもそうだな」

「Aランクダンジョンを討伐して、また称号を得られるんだと思う。つまりSランクに上がれるのはAランクダンジョンの討伐者《バスターズ》だけ。全世界にAランクダンジョンは七〇弱しかないらしいから、急がないと」

「すぐに冒険者運営局に連絡する。世界中のAランクダンジョンの情報を集めるべきだ。そして俺たちは、Bランクダンジョン討伐を優先する。国内および近隣諸国のBランクダンジョンを討伐しよう」

全員は笑顔ではなく、深刻な表情で頷いた。見通しが立ったとしても、とても笑える状況ではなかったからだ。俺はなんとか笑顔を浮かべようとして、口端を引き攣《つ》らせた。

【ウリィ共和国《内国》　ソウル特別市　青瓦台】

「いったいどういうことだ！」

ウリィ共和国《内国》大統領パク・ジェアンは険しい表情で外交部長官を怒鳴った。対日政策で協調関係にあったはずの大東亜人民共産国が、内国に断りもなく日本と「歴史的和解」を果たし、ダンジョン対策で協力関係を形成したのである。日本の防衛省から、ダンジョン攻略の詳細データが渡され、それに基づいて「Cランク冒険者」まで誕生している。その一方で、南北関係改善を進めているはずなのに、北の「大姜王国」は、昨年下旬から内国を無視し始め、交流も途絶え気味だ。せっかくガメリカ軍が撤退し、南北融和の環境が整いつつあるというのに、交渉は進んでいない。それどころか「ベニスエラの主張にも一理ある。王国はベニスエラを支持する」と発表したのだ。ウリィ共和国の経済は低迷しているが、それでもG20に入る先進国だ。「金持ちは財布を開け！」というジョーカーの言葉に、パク大統領個人としては共感できる部分もあるが、それに協力するなど世論が許さないだろう。

「日本とはホワイト国問題で関係が冷え込み、ガメリカともGSOMIA解消以降、急速に離れつつある。さらに大亜共産国が日本と歩調を合わせ、北はベニスエラ支持を表明した。ルーシー連邦はダンジョンが出現していないことから極東から手を引きつつある。我が国はいったい、どうしたら良いのだ！」

「大統領。どうしたら良いのかではなく、どうしたいかです。大統領の決断が必要です」

ウリィ共和国は、ある意味でチャンスを迎えていた。民族自決国家を目指した「大姜帝国」から一〇〇年、ガメリカ軍が撤退したいま、ようやくその機会が訪れたとも言えた。だがそれは、一歩間違えれば「どの国からも相手にされない」という一〇〇年前の繰り返しになりかねなかった。

「やはりここは、日本との関係を改善すべきでは？」

「いや、国民感情が許さないだろう。まずはガメリカだ。大統領選挙もあることから、ハワード大統領は実績を作りたがっている。関税や工場移転で譲歩すれば、あちらも乗ってくるだろう」

「大亜共産国もそうだ。日本と和解したとはいえ、そう簡単に、反日政策転換を国民が受け入れるだろうか？」

侃々諤々《かんかんがくがく》の議論が続く中、パク政権内で唯一の知日派と呼ばれるイ国務総理が、首を傾げて全員に確認した。

「皆さんに一つ聞きたいのですが、なんのためにガメリカに譲歩したり、大亜共産国に近づこうとしたりするのですか？　お友だちにでもなりたいのですか？　我が国は独立国家です。正々堂々と『ウリィ共和国はこうする』と宣言すれば良いではありませんか。自分たちの意志を持って初めて、対等な外交になるのではありませんか？」

「それでは世界から孤立してしまうではないか！」

「孤立ではないでしょう。誰かに守ってもらうわけでも、誰かに決めてもらうわけでもない。自分たちで決めるのが自主自立の国家というものです。まずは決め、その上で他国の理解を得るべきでしょう」

イ総理の正論に、全員が沈黙してしまった。ダンジョンが出現してから一〇ヶ月、ジョーカーがベニスエラで革命を起こしてから一ヶ月が経過しようとしていた。各国はそれぞれに外交上の立場を決めて、対策に乗り出している。もうこれ以上、内国が遅れるわけにはいかなかった。

「私は『積弊清算』を掲げて大統領に就いた。そしてベニスエラ大統領の言葉には、それに通じるものがある。大姜王国との協調にも繋がる……」

「大統領、それはいけません。それをすれば、我が国の国際的信用は完全に失墜します」

イ総理が顔を青くして止めた。内心では、この男は正気かと思っている。いま考えるべきことは、ウリィ共和国の未来のために、ダンジョンを討伐しつつ経済を安定させる道を探すことのはずだ。

「経済民主化」「皆で共に豊かに暮らす社会」など理想論を言っている場合ではない。

「もう一度、北とコンタクトを取ってみてくれ。必要なら私が平壌《ピョンヤン》を訪問してもいい」

イ総理は天を仰いだ。

【防衛省　ダンジョン冒険者運営局　石原由紀恵《いしはらゆきえ》】

ランクアップの上限という話を聞いたとき、目の前が真っ暗になったわ。でも説明を受けると、なるほどと思わせる部分もある。ダンジョン・バスターズはAランクダンジョン「深淵《アビス》」を攻略する前に、新宿区百人町に出現したダンジョンを討伐すると決定した。

七月二四日から始まる東京オリンピック前に、関東圏からダンジョンを駆逐する。マラソンは札幌開催になったけれど、あそこは既に討伐済みだから問題ない。問題は……

「この話は出さないほうが良いわね。Ｂランクダンジョン討伐者《バスターズ》しかＡランクに上がれないとなれば、ダンジョン討伐の難度がさらに上がる。人々を不安にさせるだけよ」

「まだ仮説だからな。新宿ダンジョンを討伐することで、ハッキリするだろう。だが準備は必要だ。Ｂランク、Ａランクダンジョンの場所を調査してほしい。大亜共産国や東南アジア諸国にはそれなりの数があるはずだ」

「外務省を通じて、各大使館に連絡するわ。ただ表面上は、ダンジョン情報の交換ということにしておきましょう。その仮説どおりなら、Ｓランクになれるのは最大でも六六名。その人たちが世界七箇所のＳランクダンジョンを討伐する使命を負う。戦略的に育てる必要があるわね」

Ａ３用紙にプリントされた日本地図を出す。「札幌、仙台、新宿、鹿骨、船橋、横浜、金沢、名古屋、大阪、広島、博多《はかた》、都城《みやこのじょう》」の一二箇所の推定ランクが記されている。

「第一層に出現する魔物の強さを測っての推定だけれど、Ｂランクダンジョンは仙台、新宿、広島、都城の四箇所ね。このダンジョンについては、討伐は貴方たちに任せるわ。それと、東亜民国からもダンジョン討伐の依頼が来ているわ。一つは新北市、もう一つは高雄市よ。東亜民国は国連未加盟国だから、ＩＤＡＯ《国際ダンジョン冒険者機構》にも入っていないわ。初の海外遠征としては手頃じゃないかしら？」

「大亜共産国のほうは大丈夫なのか？　『一つの中華』を喧伝《けんでん》しているじゃないか。核心的利益を守るとか言って、抗議してくるんじゃないか？」

「問題ないわ。水面下での話だけれど、政府間での合意は取れている。あくまでも東亜民国政府が『ダンジョン・バスターズ』に依頼するのよ。形式としてはバチカン教国と同じね。日本政府は、口添えこそするけど無関係、という立場を取る。報道官を通じて不快感を示すくらいはするでしょうけど、それ以上の問題にはならないわよ」

「それで、肝心の大亜共産国とバーラタ共和国は？　この二ヶ国で世界の人口の四割を占める。ダンジョン数もそれに比例しているはずだ。両国ともＩＤＡＯに加盟しているが、外国人が討伐するとなると反対意見も多数出てくると思うが？」

そう。人口一四億の大亜共産国と、一三億のバーラタ共和国……魔物大氾濫《モンスタースタンピード》を回避するためには、この両国のダンジョンをどれだけ討伐できるかにかかっている。国土面積は両国合わせて一三〇〇万平方キロメートルという途方も無い広さの土地に、確認されているだけで二二〇〇以上のダンジョンがある。発見されていないダンジョンもあるはずだ。人口比で考えれば、二五〇〇以上あってもおかしくない。

「外交的には、両国とも日本の協力を歓迎しているわ。でも実際問題として、あまりにもダンジョン数が多すぎて管理できないみたいなの。日本のように各ダンジョン入り口を封鎖し、徹底した管理体制を整えるには、時間も予算も足りないのは仕方がないわね。それともう一つ、両国とも急速な経済成長に伴い、貧富の差が拡大している。そのためジョーカーに共感する意見も一定数はあるみたいなの。デモも頻発しているわ」

舌打ちが聞こえた。昨年末に、初めてこの男に会ってから半年が過ぎたが、少しずつ余裕が無くなってきているように見える。確かにダンジョン討伐は進んでいるが、それ以上の速度で周辺状況が悪化してきているからだろう。こういうときは、何か明るい話題を提供したほうがいい。

「良いニュースもあるわ。ガメリカがようやく態度を変えて、ＩＤＡＯへの加盟を検討し始めたそうよ」

「そうなのか？　ガメリカ・ファーストの爺《じい》さんが変節するとは思えないが？」

「ハワード大統領の孤立主義は世界中から批判されている。このままでは八月の共和党大会で指名から外されかねないわ。ダンジョン対策だけでも世界と歩調を合わせないと、来年には民主党が与党になりかねない。そう考えたんでしょうね」

「民主党は、三つ巴《みつどもえ》状態だったな。元副大統領、女性上院議員、そして市長だったか？」

「支持を伸ばしているのは三番目の『ピーター・ウォズニアック』よ。元副大統領は七七歳、女性議員は七一歳よ。通常ならそこまで指摘はされないけれど、健康面での不安が挙げられているわ。ダンジョンという危機を前にして、これまでの政治経験はかえって足かせになるという、ウォズニアックの意見に賛同する若者が増えてきているのよ」

「年齢三八歳、資産一〇万ドル。史上最貧の立候補者だったな。たしかハワード大統領に対抗して……」

「Make Gamerica Decent Again《ガメリカを再びマトモに》」

江副は肩を竦めて笑った。大統領選挙に、あまり関心がなさそうに見える。彼にとっては、ガメリカの存在価値は「ダンジョンの位置情報」くらいなのだろう。だがガメリカがＩＤＡＯに入ってくれるのは助かる。もしそうなれば、北西の半島国家も態度を変えるかもしれない。

「まずは国内だ。すべてのＢランクダンジョンを討伐する。その間に、アジア各国のダンジョン情報を集めておいてくれ」

「了解したわ」

多少は気分が晴れたのだろうか。江副が笑顔を見せたことで、私も少し安心した。この男が暴走したら誰にも止められない。休暇を勧めるべきか迷った。

【大日本製薬工業　鮫島健介《さめじまけんすけ》】

会社の命令でダンジョン冒険者になってから、四ヶ月が経った。地上の一時間がダンジョン内では六日間になるということもあり、毎日ダンジョンに入るということは無い。会社側としては毎日ダンジョンに入り、さらに地上で仕事もしてほしいのだろうが、それは労組が許さない。だから俺たち「チームDPM」がダンジョンに入るのは、せいぜい週二回といったところだ。魔石は売り払い、集めた魔物カードはガチャで使用し、ポーション類を会社に納める。それで給料が貰《もら》えるんだから、楽な仕事だ。それに特典もある。

「へぇ……惚《ほ》れ薬なんて出るのかよ」

ガチャではごく稀《まれ》に「Ｕｎ　Ｃｏｍｍｏｎカード」が出る。以前、ハイ・ポーションを会社に持ち帰ったら臨時ボーナスが出た。本来、武器や防具などもガチャで獲得する必要があるが、俺はハイ・ポーションを狙ってアイテムガチャばかり回している。横浜ダンジョン第一層ならＣカードのナイフで十分だ。

＝＝＝＝＝＝＝＝＝＝＝＝＝＝＝＝＝＝＝＝＝＝＝＝＝＝＝＝＝＝

【名　称】　惚れ薬

【レア度】　Ｕｎ Ｃｏｍｍｏｎ

【説　明】　薬液に自分の血を一滴たらして意中の相手に飲ませれば、たちまち、熱烈な愛情をアナタに向けることでしょう。

＝＝＝＝＝＝＝＝＝＝＝＝＝＝＝＝＝＝＝＝＝＝＝＝＝＝＝＝＝＝

「こりゃいいな！　今夜、六本木に行くか！」

六本木には、現役のポルノビデオ女優が接待してくれるキャバクラがある。けっこう人気だった女優なんかもいる。ソイツにコレを飲ませれば、楽しい人生になりそうだ。

さっそく顕現させて、ナイフで指先を切って血を混ぜる。それをポケットに入れる。するとそれを見咎《みとが》めた一人が俺を止めようとしてきた。

「おい、いいのかよ？　ガチャアイテムの地上使用は、許可が必要だろ？」

思わず舌打ちする。要領の悪い奴だ。バレなきゃいいんだよ。俺たちはこんな薄暗い洞窟の中で戦い続けてるんだ。地上に出たら癒やしは必要だろうが！

「ケチ臭いこと言うなよ。ちょっと遊ぶだけだろ」

そう言って俺は同僚を無視して、地上へと戻る。魔石を納入し、得たカードなども全て出す。無論、惚れ薬は出さない。

「ダンジョン内で得た魔石やカードはこれだけですか？　ダンジョン内で顕現したアイテムなどがあれば、隠さずに出してください」

「はい、コレ（だけ）です」

「コレだけ」と言ったつもりなのに、気づいたら俺は惚れ薬をカウンターの上に出していた。え、なんでだ？　自分の意志に関係なく、なんで出しちまうんだよ！　だが、美人の受付嬢は俺の混乱など無視して、冷たい眼差《まなざ》しを惚れ薬に向け、そして上司を呼んだ。

「お、おい！　なにやってんだよ、お前！」

チームメンバーが慌てる。俺は知らない！　俺の手が勝手に出したんだ！　必死に言い訳した。

やがて自衛隊の服を着た屈強な男が現れた。机の上の薬を手にすると鼻で笑う。

「封印指定がされている『惚れ薬』だ。二週間ほど前にも、地上に持ち出そうとした奴がいた。残念だったな。受付の審問を通り抜けることは不可能だ。冒険者規定違反だな。ちょっと別室に来てもらおうか」

「クズですね」

受付嬢が、冷たい眼差しを俺に向けて吐き捨てた。


【ヨーロッパ連合ダンジョン冒険者運営局　ライヒ支部】

「いつの時代も、どこの国にも、クズはいるものだな」

クルセイダーズの一員であるアルベルタは食後のコーヒーを飲みながら、朝刊の記事に軽蔑の眼差しを向けた。ベルリン郊外のダンジョンから「禁忌カード」を持ち出そうとした男が逮捕されたという記事だ。一晩だけ異性を虜《とりこ》にできるUCカード「一夜の遊び」を持ち出そうとしたが、地上の受付で露見し、逮捕されたと書かれている。リーダーのロルフも頷いた。

「我々は『誓約の連判状』にサインしている。ダンジョンから出た際のみと限定されているが、受付の審問には正直に答えなければならない。連判状により、それが強制される。聞いた当初は、無実の人間にそのような拘束を掛けるのはどうかと思ったが、結果としてはヘル・エゾエの予見通りだったな」

「俺らまでサインしてるからね。つーか、ＩＤＡＯには使い切れないほどの連判状があるそうじゃん？　ダンバスから寄贈されたそうだけど、どんだけスロット回したんだよ？」

マルコが呆《あき》れた口調で笑うと、他のメンバーも頷いた。今でこそ、クルセイダーズにとってＵＣカードは珍しいものではない。だがそれでも、ダンジョン・バスターズが持つカード数は異常であった。それだけ多くの魔物を倒していることを意味する。そして、それだけ多くの「誘惑」と「苦悩」があるはずだ。

「俺たちのところにも『買取』の話が来ているからな。収納袋などが出回れば、これまでの物流システムが一変するだろう。だがそれは、銃器や薬物なども簡単に移送できるようになるということだ。ポーションなどの純粋な回復薬はともかく、他のカードについては地上使用を制限するのは当然だろうな」

「人間は善意ばかりではありません。時として誘惑に負けてしまうのがヒトというものです。その誘惑に負けないために、私たちは信仰を持つのです。さぁ皆さん、朝食も終わりましたし、お祈りをしましょう」

神官のレオナールが促す。メンバーは互いに苦笑するが、素直に立ち上がった。なんだかんだ言っても、やはり彼らは「十字軍《クルセイダーズ》」であった。

【愛知県名古屋市　今池一丁目】

俺の名は「佐藤蒼汰《そうた》」、民間人冒険者だ。俺が冒険者をやる理由はただ一つ「大阪ダンジョンを討伐するため」だけだ。警察官だった親父《おやじ》は、大阪ダンジョンを調べようとして命を落とした。当初は、ダンジョンなんて俺も含めて誰も信じなかった。だがそれが事実だと判明すると、猛烈な怒りが込み上げてきた。なんでだよ、なんで二九日でも三一日でもなく、七月三〇日だったんだよ！翌日だったら、親父は非番だった。死ぬことはなかったはずなんだ。

「クソッ……　またハズレたか」

俺はいま、名古屋市今池に出現した「名古屋ダンジョン」に一人で入っている。UC武器「ミドルソード」を使い、第三層のホブコボルトを相手に戦っている。相手の体高は一メートル八〇センチほどで、俺と同じように剣を手にした「Dランク魔物」だ。一撃で屠《ほふ》ろうと急所をめがけて突きを入れるが躱されてしまう。そしてカウンターで斬撃を入れられる。盾を持っていなかったら死んでいたかもしれない。

〈ダンジョン討伐者《バスターズ》〉

民間人冒険者の免許証には、そのように書かれている。討伐者《バスターズ》は時間制限なくダンジョンに入ることが許される。ただし魔物カード数や獲得魔石量に基準がある。要するに「本気」であることを示さなければならない。だがそんなことは俺にはどうでもいいことだ。ダンジョンアイテム「魔法の革袋」の使用許可を得たので、二週間分の水や食料を買い込み、延々とダンジョンに潜り続ける。疲れたら安全地帯《セーフティゾーン》に寝袋を敷いて眠り、食料が尽きるまで戦い続ける。

「ハァッ！……ハァッ！……」

第三層の安全地帯《セーフティゾーン》に戻った俺は、ペットボトルの水を呷《あお》り、身につけていたウェイトを外した。無茶苦茶な鍛え方をしているのはわかっている。だがバスターズの動画では、これくらいの鍛え方をしないとCランクには上がらないとあった。この状態で魔物を討伐すること一五万以上、それでようやくCランクになるそうだ。

「よし、メシだ……」

レトルトのビーフシチューと乾燥野菜のスープ、非常食用のライスを食べる。歯を磨いて頭から水を被《かぶ》り、身体を拭う。ダンジョンに入って二週間、風呂には入っていない。さぞかし臭いだろう。一人だからできる鍛え方だ。寝袋に入ると、すぐに落ちた。

「明日こそ……Cランクに……」

目が覚めた俺は、朝の大小便を終えて飯を食い、戦い始めた。どれだけ倒したかはわからない。ただ夢中で倒し続ける。最初は苦しいが、やがて身体が軽くなり、戦うことが心地良くなってくる。この状態に入るといくらでも動ける。三時間ほど経過してアラームが鳴り、ようやく止まる。まだ動ける気がするが、それは気のせいらしい。動画にも、これ以上動き続けると死ぬという手前で止めるために、アラームをセットしていた。快感が消え、息苦しさと疲労感が襲ってくる。壁に寄りかかりながら、ステータス画面を開いた。

＝＝

【名　前】佐藤　蒼汰
【称　号】種族限界突破者《スピーシズ・リミットブレイカー》
【ランク】C
【保有数】32／32
【スキル】カードガチャ（3）　剣術Lv5　体術Lv5　不屈

＝＝

「へ……へへへッ……」

ようやくCランクへと上がった。スキルの最後の一枠は「不屈」になっている。レベル表示はない。どのような効果かは知らないが、嫌いではない。そう、俺は諦めない。たとえ一人でも、大阪ダンジョンを討伐してやる！

一休憩しようと、安全地帯《セーフティゾーン》に入った。するとあらぬ方向から声が掛けられた。

「おや！　お一人ですか？」

「うあぁぁっ！」

慌てて飛び退《の》き、剣を構えた。黒髪をした二〇代中頃にみえる女性が床に座っていた。バカな！ここは名古屋ダンジョンの第三層だぞ。バスターズのメンバーでもない限り、この層に冒険者が来るはずがない。

「こんにちは！　私はダンジョンを渡り歩く行商人《ペドラー》、リタと申します。末永いお付き合いのほどを～　ニヒッ」

いったい、この女性は誰なんだ？　取り敢えず、害意はなさそうに見えた。剣を下ろすと、リタという女性はカードを一枚取り出した。

「驚かせてしまったようで、申し訳ありません。私はカードを交換する行商人《ペドラー》です。見たところランクが上がったばかりのようですね。これからカードを集めていくというところでしょうか？　カードが集まり次第、お取引させていただきたく存じます。これはご挨拶というか、お近づきのしるしでございます。どうぞ、お収めください」


＝＝＝＝＝＝＝＝＝＝＝＝＝＝＝＝＝＝＝＝＝＝＝＝＝＝＝＝＝＝＝

【名　称】無限カードホルダー
【レア度】Ｓｕｐｅｒ Ｒａｒｅ
【説　明】無限にカードを保有することができるホルダー。
事実上、所有上限数がなくなる。

＝＝＝＝＝＝＝＝＝＝＝＝＝＝＝＝＝＝＝＝＝＝＝＝＝＝＝＝

　カード所有上限である三二枚を超えると、魔物カードがドロップしなくなる。それでも構わないと戦い続けてきたが、これがあればもっと魔物カードを集められるだろう。渡されたカードの説明文を読んで驚いた俺は、礼を述べようと顔を上げた。いつの間にか、リタという女性は消えていた。

【ガメリカ合衆国　ＮＮＮ《National News Network》】

「二〇二〇年合衆国大統領選挙も、両党の党大会を目前とするいま、候補者が絞られてきました。共和党は現職のロナルド・ハワード大統領が優勢ですが、マイケル・フェルド元州知事も立候補を表明しており、両者の一騎打ちとなる見込みです。一方、候補者が乱立して混迷を深めていた民主党ですが、ほぼ三人に絞られました」

「エリザベス・サランドン上院議員、ジョナサン・バイロン元副大統領、ピーター・ウォズニアック市長です。政策においては、サランドン氏が急進左派系、バイロン氏とウォズニアック氏が中庸と目されています」

「大統領選挙で最大の争点となるのが『対ダンジョン政策』です。国際社会では、日本、大亜共産国、ＥＵがダンジョン冒険者同士の情報交換や人的交流などで連携を強めようとしていますが、ハワード大統領は『ガメリカのダンジョンはガメリカのモノ』と、ＩＤＡＯ加盟に慎重な姿勢を崩していません。これに対し、三名の候補者全員が『国際社会との連携強化』『ＩＤＡＯ加盟』を政策に掲げていますが、具体的な内容をみると、大きな違いが浮かび上がっています」

「サランドン氏は、自由と平等の世界の実現を表明し、ベニスエラ政府とも積極的な交渉を行い、G20各国が資金を出し合い、全人類に平等な教育機会を提供するという構想を打ち出しました。先日の討論会で、バイロン氏が構想を『荒唐無稽』と一刀両断し、激しい議論となったのは記憶に新しいところです」

「一方、批判したバイロン氏の政策はよく言えば順当、意地悪な言い方をすれば、特徴がないものです。IDAOに加盟し、世界に向けてガメリカも積極的に情報発信を行なっていくという政策です。ダンジョンの討伐や情報発信は日本が先行しており、これに追いつくことは容易ではなく、ガメリカのグローバル・リーダーシップが損なわれると一部からは批判されています」

「ウォズニアック氏の提案は、サランドン氏とは異なる意味で特徴的です。日本のダンジョン・バスターズおよびEUのダンジョン・クルセイダーズを招聘《しょうへい》し、魔石《ブラックストーン》の採掘に特化した民間人冒険者を養成しつつ、三一箇所のダンジョン討伐については両組織に任せるという政策です。世界各国から撤収したガメリカ軍を戻して、国家間紛争への抑止力とすること。また米国沿岸部の警戒を強化し、テロ対策に充てるべきだとしています。海外の組織にダンジョンを開放することに対して批判もありますが、国家間の軍事的均衡が揺れていることから、現実的な政策と評価する声もあります」

「現在のところ、バイロン氏の支持が先行していますが、ウォズニアック氏が猛追しており、七月の民主党党大会の結果はまったく予想できません。いずれにしても、今年の大統領選挙は合衆国、そして全世界の未来を決定する歴史的な選挙になるのは間違いなく、過去最高の投票率になると見込まれます」

【東京都新宿区百人町　職安通り】

東京都新宿区百人町の歴史は古く、江戸時代にまで遡る。江戸幕府初期、江戸の街を警備するために「百人組」という鉄砲部隊が組織されたが、そのうちの一つである伊賀《いが》組の屋敷があった場所が、この百人町である。現在は、山手線「新大久保駅」と総武線「大久保駅」を中心に栄えており、日本最大級の「コリアン・タウン」としても有名である。

新宿区百人町がコリアン・タウンとなったのは、太平洋戦争直後である。一九五〇年、新宿区大久保に在日内国人一世が「製菓メーカー」を創業する。その後、大姜半島戦争から逃れてきた姜国人・内国人たちが雇用を期待してこの地に集まり、コリアン・タウンの原型が誕生した。その後、内国での日本旅行自由化や国際化・グローバル化の流れから、アジア周辺国からも人々が集まり、エスニック料理の店を開いたりするようになる。二一世紀になると、いわゆる「姜流ブーム」から日本の若者たちも集まるようになった。しかし、日内間の歴史認識問題から「嫌内デモ」なども頻発し、姜流ショップが倒産したりするなど、コリア・タウンは二一年間で盛衰を繰り返してきた。

現在は、一時期ほどの熱狂的な賑《にぎ》わいこそ無いが、職安通りから大久保通りにかけては姜流レストランやK-POPサロンなど在日内国人が経営する店のみならず、ハラールフードストアなどムスラン教徒向けの店も立ち並び、国際色豊かな街へと変貌しつつある。

「ここか……初めて来たな」

京葉道路から靖国《やすくに》通りを進み曙橋《あけぼのばし》、東新宿を通過すると「職安通り」へと続く。すると右手に総合ディスカウントストアが見えてくる。そこが都内最大のコリアン・タウンの入り口だ。通称「イケメン通り」と呼ばれており、大久保通りまで繋がる幅四メートルの道には、多数の「コリア・ショップ」が並んでいる。

駐車場に車を停《と》めた俺は、信号機を渡りホルモン店を右手に見ながら、イケメン通りに入った。

かつては多くの在日内国人と日本の若者が賑わったそうだが、来てみると想像していたほどではない。

「現在のパク政権が誕生してから三年、日内関係は急速に悪化したわ。特に、内国の経済は最悪で、対ダンジョン政策の見通しも立っていない。この数年で日本国内では『嫌内』が常識化しつつあるわ。この街にかつての賑わいが戻ることは無いかもしれないわね」

霧原天音は、すこし寂しそうに両側の店を見ている。天音は姜流ファンらしく、ドラマや内国コスメなどに詳しいそうだ。俺は姜流ドラマなど観たことないが「夏ソナ」とかいうドラマが有名なことくらいは知っている。もっとも俺の場合は、日本のドラマでさえも観たことがないのだが……

「そういえば以前、東テレのＷＢＮで『姜流フライドチキン』が特集されていたな。この機会に食ってみるか」

「あら、和彦さんはどちらかというと『嫌内派』だと思っていたけれど？」

天音が横目を向けてくる。俺の記者会見の仕方が悪いのか、どうも「保守」「嫌内」と思われているようだ。この際だからハッキリと言っておこう。俺はポケットからスマートフォンを取り出した。

「俺のスマホはギャラクシアだ。自宅のテレビも内国の家電メーカー製だ。友人には元在日内国人もいるし、冬にはキムチチゲも食べる。車は国産だがな。『坊主憎けりゃ袈裟《けさ》まで憎い』という奴を否定するつもりはないが、俺は違う。俺が気に入らないのは、ウリィ共和国政府の『対ダンジョン政策』だけだ。政策が気に入らないだけであって、その国の企業まで否定するつもりはない。どの国の製品であろうとも、良いものは取り入れる」

「兄貴は現実主義者《リアリスト》だからね。使えれば内国製だろうが大亜製だろうが使い、使えなければ国産でも切り捨てる。もっともその結果、ダンバスが使う公式のキャンプ道具は全部、日本製になっちゃったんだけどね」

民間人冒険者の登場によって活況を呈している企業として、アウトドア用品メーカーがある。ダンジョン・バスターズが使用するテント、寝袋、ランタン、バーナー、テーブルや椅子などは、すべて国内メーカー製だ。値段を考慮しなければメイド・イン・ジャパンはやはり世界最高品質なのだ。動画の中で紹介しているためか、メーカー各社には国内のみならず海外からも注文が殺到しているらしい。

「ガメリカブランドも悪くはないが、同品質なら国産を選ぶ。道具のみならず、食事も全て国産だ。理由は簡単だ。万一にも大氾濫《スタンピード》が起きたら、世界は間違いなく分断される。安全保障の観点からも、国内の自給力を高めておくべきだ。俺たちは高額所得者だからな。金をガンガン使って、一次産業の人たちに還元すべきだろう」

話をしているうちに、目的地に到着した。イケメン通りから一歩入った西大久保公園である。細長い公園だが、ダンジョンが出現したのは南側の公園広場だ。

「ん？　なんだ？」

公園の入り口で人々がなにか叫んでいる。他の冒険者と鉢合わせたかと思ったが、どうやら彼らは民間人冒険者ではなく、なにかの活動家らしい。

「日本人だけダンジョンに入れる制度など差別だ！」

「不本意ながら日本で生きざるを得ない在日の人々の権利を守れ！」

「浦部内閣は直ちに総辞職しろ！」

老若男女二〇名ほどが、そんな言葉を叫んでいる。政治主張をするのは結構だが、周囲の迷惑も考えてほしい。入れないいじゃないか。暇な連中を羨ましく思っていたら、そのうち一人が俺たちに気づいたらしく、目を剝《む》いた。

「ダンジョン……バスターズ？」

左右に割れた。やれやれ、ようやく入れる。と思ったら、一人が喚《わめ》き出した。

「差別主義者は家に帰れ！」

「あん？」

叫び声の方に思わず顔を向けてしまった。二〇代中頃の女性だろうか。一瞬、怯《ひる》んでいたが再び叫び始める。

「貴方たち、恥ずかしくないの！　ダンジョンに入るということは、浦部内閣の差別政策を支持するということよ！　ダンジョン・バスターズは差別団体だわ！」

「そうだそうだ！　日本のダンジョン政策は間違っている！　日本で暮らし、税金を納めている在日の人たちにも、ダンジョン冒険者の機会を平等に与えるべきだ！」

「………」

俺は無視して通り過ぎることに決めた。民間人冒険者の登録資格を国籍で分けるのは、差別ではなく区別だろ。ガメリカ人もフランツ人も、日本では登録できないんだから。

だが、それを言っても彼らは理解しないだろう。二〇年近くの社会人経験で解ったことがある。世の中には「思想」と「信仰」を混同している人がいる。情緒的観念論を掲げて「自分が正しい」と主張する人たちのその精神構造は「信仰」に近い。結論ありきで考えているのだ。こういう相手には、何を言っても無駄だ。

「帰りが面倒だな。コリア・チキンとチーズタッカルビで打ち上げしたかったんだが」

「この近くに、内国の有名な芸人が経営している、日本初上陸のフランチャイズチキン店があるわ。個人的には、青唐辛子チキンがオススメね」

「……二人共、これからダンジョンに入るってときに、食事の話はやめてください」

凜子が睨んでくる。まぁ攻略後の楽しみにしておこう。自衛官四人が警備している入り口を通り、公園に入る。ダンジョンを中心に公園全体を塀で囲い、ブランコなどの設備は全て撤去され、民間人冒険者を受け付ける二階建ての施設が用意されていた。

「お待ちしていました。ダンジョン・バスターズの皆さん」

女性が声を掛けてくる。新宿ダンジョン施設の「受付嬢」だ。この現代社会に、なぜか黒を基調とした中世的デザインのスーツ？　である。これは「らしさ」を演出するためらしい。有識者会議およびその他多数の声により実現した。

（睦夫まで「ギルド受付嬢はファンタジーの花形だよ！　それが迷彩服着てるなんてありえない！」とか言ってたからな。そのへんの感覚はまったく理解できん）

「現在、他の冒険者の方が入っています。最大でも、あと四〇分ほどで出てくると思いますので、それまでお待ちください」

「では、このダンジョンについて判明している限りの情報が欲しい。ダンジョン内の構造、出てくる魔物、魔石の大きさ、安全地帯《セーフティゾーン》の位置などだ」

俺、彰、凜子、天音、正義、寿人の六人が別室に通される。新宿ダンジョンについての情報を整理し、共有するためだ。資料をめくった彰たちが顔を見合わせる。

「ん？　この魔物は初めてのはずだが、知っているのか？」

「……兄貴、日本人で知らない人のほうが少ないと思うよ。超メジャーな魔物だよ」


＝＝＝＝＝＝＝＝＝＝＝＝＝＝＝＝＝＝＝＝＝＝＝＝＝＝＝＝＝＝＝＝＝＝＝

【名　前】ドッキー

【称　号】　なし
【ランク】　F
【レア度】　Common
【スキル】　飛行Lv1　……
＝＝

「どう見ても、ド○ゴ○・ク○○トのド○キーですね」
「背中の翼でホバリングしたり急旋回したりするらしい。ただ、攻撃方法は噛みつきなので、空中機動に気をつければ簡単に倒せるそうだ。ちなみに第二層まで判明しているぞ。第二層は『ポイズンスライム』というらしい。ランクはEだ」

＝＝
【名　前】　ポイズンスライム
【称　号】　なし
【ランク】　E
【レア度】　Common
【スキル】　毒攻撃Lv1　……
＝＝

五人がなんとも言えない表情を浮かべている。確かに一見すると「アニメっぽい外見」をしているが、魔物なのだからそういう奴もいるだろうと思っていた。だが五人からすると異常に見えるらしい。

「兄貴、本当に知らないのかい？　これ、テレビゲームに出てくるモンスターだよ」

テーッテレンテテテ……とか彰がメロディを口ずさんだ。

「あのなぁ、俺は四〇歳の中年オヤジだぞ。無論、ド〇ゴ〇・ク〇〇トというゲーム名は知っているし、やったこともある。『I』だけだがな」

「だったら知ってるでしょ！　ド〇キーなんてIから出てるはずだよ」

「クライアント先にゲーム開発会社があったから、話題になるかと思ってスマホでダウンロードしてやってみた。自称国王が、ナントカとかいう奴を殺してこいと、偉そうに命令してきたのがムカついて、開始一分で止めた覚えがある。納期も報酬も提示されず、契約書もない。断って当然だろ」

「いや、ゲームだから……」

呆れたように笑う彰を置いて、俺は書類に目を落として沈思した。

（いったい、どういうことだ？　ゲームのキャラクターが魔物として出てくる？　ガチャといいスキルといい、ダンジョン・システムがこの世界のことを学んで、新たな魔物を生み出しているのか？　だがなんのために？　異世界を滅ぼし続けてきたシステムだが、滅ぼすことそのものは目的ではないのだろう。何かを成し遂げようとしている。それが叶《かな》わず、結果として世界が滅んだ……以前、人類の進化のためにダンジョンがあると仮説を立てたが、なんのために人類を進化させるのだ？）

「和さん、どうかしましたか？」

寿人の声で、俺は我に返った。ダンジョン・システムについての仮説は後回しだ。今はその前に、確認しておくことがある。俺は思考を中断した。

「ドッキーですわね。飛行能力こそありますが、攻撃力の弱いFランク魔物ですわ」

新宿ダンジョン第一層で、朱音を顕現させる。出てきた魔物ドッキーを当たり前のように解説するが、俺はそこで朱音をじっと見つめた。

「……なぜ知っている？」

「和彦様？」

俺の眼差しに違和感を覚えたのか、朱音が真顔で応じてきた。恐らく、朱音に対して初めて見せる「不審の表情」だろう。

「朱音、このドッキーというのは異世界には存在しないはずだ。なぜなら、この魔物はこの世界の人間が創り出したゲームのキャラクターを模して、ダンジョン・システムが生み出したからだ。他の世界にいるはずがない。それを、なぜお前が知っている？」

「なぜ……と仰《おつしや》られましても……」

戸惑う朱音をよそに、俺はエミリ、劉師父、ンギーエを顕現させた。そして同様の疑問をぶつける。エミリとンギーエは知らなかったが、劉師父はドッキーという魔物を知っていた。

「朱音たちＬｅｇｅｎｄ Ｒａｒｅを疑っているわけではない。だがその記憶は、ダンジョン・システムによって調整、コントロールされているのは間違いない。恐らく、地球にダンジョンが出現した際に、各キャラクターに記憶が植え付けられたのだろう。となると、問題は最下層のレリーフだ。お前たちが覚えた違和感、重要なはずだという感覚さえも、ダンジョン・システムによって生み出されたと考えるべきだろう」

「兄貴、姉御たちのことを疑っているのか？」

「もちろん信用している。これまで幾度となく助けられたし、今も助けられている。ただＬｅｇｅｎｄ Ｒａｒｅそのものがダンジョン・システムの一部であるということを再認識しただけだ。信用はするが、盲信はできない。ダンジョン・システムにおいて、Ｌｅｇｅｎｄ Ｒａｒｅ一〇八柱の役割はなんだ？　ダンジョン討伐を助けるのが役割というのなら、なぜそんな役割がダンジョン・システムに組み込まれているのか。それが明らかにならない限り完全に信用することはできない」

「……………」

彰や凜子たちが互いに顔を見合わせた。咳払《せきばら》いが聞こえた。劉師父のものだ。

「それで良い。儂ら一〇八柱は討伐者《バスターズ》を助けるために存在している。だが、なんのために存在しているのかは解っていても、なぜ存在しているのかは儂らにも解らん。そのような状況で儂らを無条件に信じるなど、甘さを通り越して愚かというものじゃ。儂らのことさえも疑うぐらいに用心深くないとのぉ」

「……済まなかったな。信用しているし、頼りにもしている。そこに嘘《うそ》はない。朱音、済まなかったな。気分を変えよう。少し早いが、安全地帯《セーフティゾーン》に戻って食事にしようか」

彰が少し深刻そうな表情をしている。微妙な空気を変えたかった。時間は十分にある。ノンアルコールビールと和牛ステーキ肉のバーベキューにしようと思った。

【コロビアン共和国首都　ボゴタ】

南米大陸北西部に位置するコロビアン共和国は、人口四九〇〇万人、南米第三位の経済を持つ。日本人が持つコロビアンへのイメージは、情報不足のためか一九九〇年代で止まっているといえる。すなわち「麻薬カルテルなどのマフィアが暗躍し、内戦が続き、政府も腐敗した治安の悪い国」というイメージだ。

一九九〇年代前半は、たしかにこのイメージに近いものであったが、二一世紀に入るとコロビアンは劇的に変化した。麻薬カルテルはほぼ完全に崩壊し、内戦の原因であった極左革命軍も衰退の一途を辿《たど》り、汚職は一掃された。人口の多さと人件費の安さから、有望な投資先として注目されている。

コロビアンといえばコーヒーが有名だが、これも二〇世紀のイメージだ。現在のコロビアンでは、産業の中心はコーヒー農園から鉱工業へと移行している。二〇〇二年に大統領に就任したアヤラ大統領は、ポピュリズムと現実的政策を絶妙なバランスで実行することで、八年間を掛けてコロビアンを激変させた。彼の実績については現在でも賛否両論があるが、低下するコーヒー価格で国内経済が疲弊し、マフィアやゲリラが横行する最悪の国内状況を見事に立て直し、七％近い経済成長を維持しつつ国家財政を健全化した手腕は、現在でも高く評価されている。その後に政権を継いだニコライ大統領も、ゲリラ組織との和平に成功するなど、コロビアンは前世紀とはまったく違う国家へと変貌している。

二〇一八年八月、新たな大統領に「ルイス・サルミエント」が就任する。折しも、隣国のベニスエラでは国内が混乱し、一〇〇万人の難民が流れ込んできていた。また経済成長に伴う貧富の差の拡大により、再び左翼ゲリラが活動を開始している。さらに、そのような混乱の中でダンジョン群発現象が発生する。

二〇〇二年から二代続けて、卓越した政治手腕を持つ大統領に恵まれたコロビアンだが、三代目にして試練の時を迎えようとしていた。

ボゴタ市の中心部である「ラ・カンデラリア」のボリバル広場から南に進むと、国会議事堂、そしてコロビアン大統領府がある。この日、サルミエント大統領は国家安全保障会議に臨んでいた。議題は対ダンジョン防衛及びベニスエラ国境の防衛についてである。

「現在、第一、第二、第四師団が国境を固め、第六師団もビチャーダ県を中心に防衛に当たっています。ベニスエラ側の動きは未だにありませんが、避難民の流入は続いており、サンタマルタとククタの難民キャンプはパンク状態です。武装ゲリラにも流れているという未確認情報もあり、予断を許しません」

「一方のダンジョンのほうは、落ち着いています。ボゴタに二つ、メデジン、カリに一つずつ出現しましたが、陸軍による完全封鎖が成功し、今のところ被害は出ていません」

「やはり問題は避難民の扱いです。二〇〇万の避難民をどうにかしないと、このままでは暴動が起きます。かといって、彼らを国民として受け入れられるほどの経済的、財政的余力もありません。やはりここは、ガメリカに支援を求めるべきでは……」

閣僚たちが頭を抱えていると、大統領が口を開いた。

「避難民の中から有志で『ダンジョン冒険者』を募るということはできないだろうか？」

現在、コロビアンではダンジョン冒険者制度は導入されていない。財政的な余裕が無いためだ。魔石買取以前に、ダンジョン周辺に管理棟を建て、防塵《ぼうじん》スーツや安全靴などの最低限の装備類を揃え、志望者にブートキャンプを行い、その中から冒険者を登録して活動を管理しなければならない。日本によってある程度はマニュアル化されているが、資金も人材も不足している。

「大統領、それは難しいと思います。ダンジョン冒険者制度が成功しているのは日本とEUだけです。大亜共産国やバーラタリア民主共和国でも始まってはいますが、運用面の課題も出てきているようです。なにより、資金的にも難しいかと……」

だがサルミエント大統領は資金面の問題については、ガメリカや日本に頼れば良いと考えていた。

「我が国はベニスエラと隣り合っている。ジョーカーの脅威をもっとも身近に受けているのだ。我が国は軍拡をしようというのではない。ジョーカーが顕現させる魔物に対抗するため、冒険者を育てたいだけだ。同じ状況であるブレージルと歩調を合わせて、南米連合としてガメリカ、EU、日本と交渉できないだろうか?」

「EU、ガメリカはともかく、日本は乗ってくる可能性はあると思います。日本のダンジョン対策は世界最先端ですし、他国の支援にも積極的です。『難民対策への協力』という名目であれば、難民受け入れに消極的な日本にとって、国際社会からの非難を躱す口実にもなるでしょう」

「ガメリカは大統領選挙中ですので、ハワード大統領がどう反応するかは未知数です。EUは交渉可能でしょう。南にアフリカを抱えるEUにとって、ジョーカー対策は喫緊の課題のはずですし、カソリック教徒も多いのですから」

「ではまず、ブレージルへの根回しと、駐日大使を通じて日本に接触を図ってみてくれ。その感触次第で、EU、そしてバチカンとも交渉を始める」

大統領の指示によって、各閣僚も動き始めた。こうしてコロビアンは南米の大国ブレージルとも連携して、自国防衛のために各国に協力を要請したのである。

二〇二〇年五月、東京オリンピックの話題すらもかき消すように、世界は加速度的に混沌《こんとん》を深めていた。バスターズ、クルセイダーズ、そしてジョーカーが率いる魔王軍《レギオン》……世界はこれからどうなるのか。この時点では誰も見通してはいなかった。

あとがき

この度は、拙作「ダンジョン・バスターズ」を手に取っていただき、誠にありがとうございます。

第三巻は、バチカン教国によって結成された「ダンジョン・クルセイダーズ」が来日し、ダンジョン・バスターズによって修行をつけられる場面がメインとなっています。

その一方で、南米では魔王ジョーカーが出現し、魔物大氾濫《モンスタースタンピード》を食い止めようとする主人公の大きな障害となり始めます。ローファンタジー小説では、魔物以上に人間こそがもっとも大きな障害になるのではないでしょうか。世界を守りたいという人間がいる一方で、現状の世界に絶望し、それを変えたいと望む人間もいます。どちらが正しいというものではなく、それぞれに信念があり、正義がある。ローファンタジーだからこそ、絶対悪の存在しない舞台を描きたいと思っていました。バスターズ、クルセイダーズ、そしてジョーカー率いる魔王軍。彼らがどのように世界に関わっていくのか、楽しみにしていただければと思います。

また本作は帯でお知らせしている通り、コミカライズを予定しております。文字とはまた違った形で、ダンバスの世界を楽しんでいただけたら、これに勝る喜びはありません。

最後に、第一巻から本作にご助言を下さり、出版まで精力的にご支援していただいているオーバーラップのI氏に、心から感謝を申し上げ、あとがきとさせていただきます。

鹿骨町《ししぼね》一丁目のカフェにて　篠崎《しのざき》　冬馬《とうま》

ダンジョン・バスターズ 3
～中年男ですが庭にダンジョンが出現したので世界を救います～

発行　2021年6月25日　初版第一刷発行

著者　篠崎冬馬
イラスト　千里GAN
発行者　永田勝治
発行所　株式会社オーバーラップ
〒141-0031
東京都品川区西五反田 7-9-5

校正・DTP　株式会社鷗来堂
印刷・製本　大日本印刷株式会社

ISBN　978-4-86554-940-9 C0093

【オーバーラップ　カスタマーサポート】
電話　03-6219-0850
受付時間　10時～18時（土日祝日をのぞく）

作品のご感想、ファンレターをお待ちしています

あて先：〒141-0031　東京都品川区西五反田 7-9-5 SGテラス5階　オーバーラップ編集部

「篠崎冬馬」先生係／「千里GAN」先生係

スマホ、PCからWEBアンケートにご協力ください

アンケートにご協力いただいた方には、下記スペシャルコンテンツをプレゼントします。
★本書イラストの「無料壁紙」　★毎月10名様に抽選で「図書カード（1000円分）」

公式HPもしくは左記の二次元バーコードまたはURLよりアクセスしてください。
▶ https://over-lap.co.jp/865549409
※スマートフォンとPCからのアクセスにのみ対応しております。
※サイトへのアクセスや登録時に発生する通信費等はご負担ください。

オーバーラップノベルス公式HP ▶ https://over-lap.co.jp/lnv/

第9回 オーバーラップ文庫大賞
原稿募集中！
イラスト：KeG
紡げ、魔法のような物語！
【賞金】
大賞…300万円
（3巻刊行確約＋コミカライズ確約）
金賞……100万円
（3巻刊行確約）
銀賞………30万円
（2巻刊行確約）
佳作………10万円
【締め切り】
第1ターン 2021年6月末日
第2ターン 2021年12月末日
各ターンの締め切り後4ヶ月以内に佳作を発表。通期で佳作に選出された作品の中から、「大賞」、「金賞」、「銀賞」を選出します。
投稿はオンラインで！ 結果も評価シートもサイトをチェック！
https://over-lap.co.jp/bunko/award/
〈オーバーラップ文庫大賞オンライン〉
※最新情報および応募詳細については上記サイトをご覧ください。
※紙での応募受付は行っておりません。